U0946356

# 炉边诗话

## 金性尧古诗纵横谈

金性尧 著
JIN XING YAO

北京联合出版公司
Beijing United Publishing Co.,Ltd.

图书在版编目（CIP）数据

炉边诗话 ：金性尧古诗纵横谈 / 金性尧著. -- 北京 ：北京联合出版公司，2018.6
ISBN 978-7-5596-1687-6

Ⅰ. ①炉… Ⅱ. ①金… Ⅲ. ①古典诗歌－诗歌评论－中国 Ⅳ. ①I207.22

中国版本图书馆CIP数据核字(2018)第023749号

# 炉边诗话 ：金性尧古诗纵横谈

作　　者：金性尧
出版统筹：新华先锋
责任编辑：宋延涛
特约监制：林　丽
策划编辑：刘　钊　程慧敏
封面设计：杨祎妹
版式设计：徐　倩
营销统筹：章艳芬

---

北京联合出版公司出版
（北京市西城区德外大街83号楼9层 100088）
北京市松源印刷有限公司印刷　新华书店经销
字数132千字　620毫米×889毫米　1/16　16印张
2018年6月第1版　2018年6月第1次印刷
ISBN 978-7-5596-1687-6
定价：49.00元

---

# 前　言

这是一件百衲衣，也是从杂家铺子的零缣[1]残帛中拾来的。想不到会塞进书市的角落。姑且当作闲书看。只是这一回，却是由别人来穿针引线。无须感谢，这原是出版社编辑的天职，但没有编辑的缝制，这本小册子就难以露面。但愿今后编辑自己穿的衣裳也能挺刮些、柔和些，免得看起来寒酸相，自然也不必显得峨冠博带的样子。

给《书林》写稿，开始于 1979 年。“炉边诗话”则始于 1982 年。因为写时在冬天，室内有一只取暖的炉子，便随手取了这个名字。算起来，前前后后也有六七年了。对于去日苦多的老人来说，这六七年却不同于少壮时代的过程，就像每天撕下一张日历，薄薄一张纸，撕一张就少一天了。

由于应约写稿，只是想到就写，所以杂、所以乱，也谈不上什么“体系”。有些万口相传的名篇，例如李白的“举头望明月，低头思故乡”，孟郊的“慈母手中线，游子身上衣”，也想写，却又觉得写上千把字而有新意也很吃力。唐宋诗话多了一些，因为我在完成《唐诗三百首

[1] 缣：细密的绢。——编辑注（本书脚注若无特别说明，均为编辑注）

新注》后，选注了《宋诗三百首》，利用接触过的资料，写下了自己的看法、感想。最后三篇可说是注释这两个选本时的札记。有些作品，倒是有话可说，由于篇幅关系，只得从略。如《诗经》，除已选的《七月》这一篇外，《大雅》的《生民》，也可看作最古的传奇文学。一个叫作姜嫄的女子，因为踏着上帝的脚迹居然怀孕了。经过难产，孩子来到人间，不料却被母亲丢在树林和冰块里。上帝却一定要使这个孩子做一番大事业，就由仁慈的牛羊给他以奶汁，鸟翼为他御寒护暖。这个孩子终于茁壮成长，最后成为周朝的始祖后稷，万民敬重的农业之神。不能忘记，周朝是中国历史上发出过金子一样光彩的朝代，《生民》作者的文学手腕也真正令人惊奇。历史的长河不舍昼夜地流逝着，到了晚清，诗界里出了个黄遵宪。我对他诗歌艺术的欣赏倒在其次，主要还是他诗歌中反映的广阔的新型内容和强烈的现实感。他到过好多地方，亚洲的、欧洲的社会生活，以至声光化电曾在他笔下活跃过，和以前的一些诗人比，黄遵宪的脑子里已经有了“世界”的影子，他的作品因而也把人带进了另一个诗歌世界中。他的诗中也充满悲愤和感伤，却和宋明遗老诗中的所谓黍离之痛[1]，沧桑之感不一样。说到世界，同样不能忘记，黄遵宪生活的晚清时期，世界上有几个国家的强横霸道的统治者，曾经欺侮过中国，道理很简单，当时的中国人还没有站起来，自己又确有许多不争气、不文明的地方。可惜也因篇幅限制，没有对黄诗作为专题来谈。所以，从拙著的全书看，一方面没有开中药铺；另一方面，畸重畸轻、不成层次的毛病也很突出。

已经发表过的那些文章，这次都做了程度不同的修订，就是新写部分，隔了一段时期再看看，无论论点方面、资料方面，还是有好些

---

[1] 黍离之痛：对国破家亡、今不如昔的哀叹。

地方需要修改，真是读不尽之书，求不全之知，改不完的错误，垦不光的砚田。在修改过程中，自然又要查检一些资料，由于东抄西袭的积习，也常成为作茧自缚。如果没有几家出版社图书室同志的殷勤帮助，就觉寸步难行。这是个人著作，他们也可以给我以方便，然而应当明白，他们无此义务。秀才人情，也只能在纸墨间略抒数语而已。

光阴如箭，荏苒之间，寅年在望，大家又要高高兴兴地迎接大地之春了。本书大部分的修订和写作，仍是在炉边完成的，在将近夜半，寒意渐增的时候，有这么一点儿闪着红光的炉火，身心就要温暖得多、舒服得多。

金性尧

1986 年 1 月 15 日夜

# 目录 <一>

# 目录

<三>

# 目录<二>

# 目录

<四>

# 七月流火

七月流火，九月授衣。一之日觱发[1]，二之日栗烈[2]。无衣无褐，何以卒岁？三之日于耜[3]，四之日举趾。同我妇子，馌[4]彼南亩，田畯[5]至喜。

七月流火，九月授衣。春日载阳，有鸣仓庚。女执懿筐，遵彼微行，爰[6]求柔桑。春日迟迟，采蘩祁祁[7]。女心伤悲，殆及公子同归。（下六章略）

《诗经·豳风·七月》是描写豳地一年四季农业生活的诗[8]，所以闻一多先生在《歌与诗》中比作“一篇韵语的《夏小正》或《月令》”。

---

[1] 觱（bì）发：寒风触物发出的声音。

[2] 栗烈：形容寒气逼人。

[3] 耜（sì）：一种农具，类似于犁。

[4] 馌（yè）：指送饭。

[5] 田畯（jùn）：古代掌管农事的官吏。

[6] 爰（yuán）：于是。

[7] 祁祁：众多。

[8] 豳（bīn）：也作邠，在今陕西省彬县。但豳非周代国名，所以前人也以为豳诗不属于“国风”。——作者注
豳风，《诗经》十五国风之一，共有七首诗。

写作时间在西周。旧说作者是周公，这连前人也不相信，其实还是出于民间，也即“闾巷[1]之作”。内容以衣食为中心，旁及风土时令、社会生活以及草木虫鱼。第八章里特写“二之日凿冰冲冲，三之日纳于凌阴”（藏冰的地窖），说明当时已认识到冰块的防腐作用。除了用于食物之外，还用于死者的尸体，因为古人对尸体是很重视的。

全诗共八章，属于《诗经》中的长诗部分，比起《大雅》的《绵》与《生民》，宗教色彩较少，抒情气息较强，文学价值也较高。为什么要从夏历七月说起？前人说，因为七月标志一年中上半年的结束下半年的开始，国君在这承前启后的时期“训农”，则年终和来年的农事无不包括，即所谓观往而知来。例如“无衣无褐，何以卒岁”两句，便是未然之虑：如果无衣无褐，又怎能度过寒冬；不能度过寒冬，来年又如何手理耕具，足举田头呢？也就是要大家抓紧时机，不要懈怠。崔述在《读风偶识》卷四中说：“七月火虽西流，残暑犹存，距寒尚远，乃见星流即知寒之将至；先事而筹，则无仓卒之患。”（见《崔东壁遗书》）这固然言之成理。但我却另有想法，虽然别无根据。

七月的夜晚，暑意还没有完全消失，人们还要到原野里去乘凉。忽然，一颗红色的大星向西面流去[2]，高空里闪着强烈的光芒，如同宇宙之流萤，这种奇异的夜景恰巧被一位民间诗人看到了，从一刹那视觉的刺激里，时间观念便通过空间观念而出现，诗人立即写下第一句的“七月流火”。接下来是省去八月，紧接九月，因为八月天还不太冷，九月才是秋风渐急的时候，才会想到“授衣”，黄仲则所谓“九月衣裳未剪裁”。诗也总是含有跳跃性的。九月之后，又略去十月而

[1] 闾巷：乡里民间。闾，里门。

[2] 七月流火的火指大火星，即荧惑星，色红。——作者注

径说十一月、十二月。因为觱发和栗烈那样风力，用在这两月中才恰当。第二章里于九月后又略去整整一个冬天，径说阳光照暖，黄鹂争鸣的春天。春天的影子已经在诗人心中跃动，诗人急于要为她歌唱了。

《诗经》里的语言，有不少是当时的口语，所以唱的时候，别人容易听懂。有些单字或词汇，在今天已经沦为“死字”，需要专家们去考证，当时却是经常在使用的活字。例如觱发可能是大风触物的象声词，栗烈当也是象声，不一定是风猛烈得使人打寒战的意思。又如第七章里的“黍稷重穋”，在《鲁颂·閟宫[1]》里也用过。就这四个字本字说，各有各的具体含义，即每字下都可以用顿号隔开，如“重”字（通“穜”）的意思为后熟的谷物，“穋”为先熟的谷物，但在诗里只是谷物的泛称，就像我们现在说的柴米油盐、风花雪月一样。王国维在《观堂集林·与友人论诗书中成语书》中说：“古人颇用成语，其成语之意义，与其中单语之意义又不同。”正可用来解释这些例子。又如第八章末句的“万寿无疆”，除本篇《七月》外，《诗经》中还有五处用过它。说起来历，不过是宴饮举酒时信口说的祝颂之词，多少带有混话味道。

本篇第二章中还有一个很有趣的问题，就是“女心伤悲，殆及公子同归”这两句，古今学者理解全然不同。按照某些古人的说法，这“女”是已经订婚的上层女子，“归”是于归之归。她们在采桑时想到不久要远嫁异地，与“公子同归”，因而要与父母分离，心中不免伤悲。可是现代好多学者，也有将“同归”解为带着走或抢了去的，即指采桑女之遭蹂躏。郭沫若先生的《中国古代社会研究》中又将“许多野蛮民族的酋长对于一切的女子有‘初夜权’”的故事作比。但我

---

[1] 閟（bi）宫：深闭幽静的庙宇。閟，关闭、幽静。

们从西周时代的历史看，阶级的剥削和奴役，固然已经存在，妇女之遭受污辱也是常见的现象。我们对周公制礼作乐那一套美化了的说法固然不能看得太认真，但这个时代毕竟和酋长统治的野蛮时代不同些。诗中的采桑女子，并不是专指单独一个人，而是泛指几个人。那么，在人群众多的道路上，就可以公然抢走吗？再说，这些女子既然心里已在害怕要被恶少们抢走，又何必出来采桑呢？我这样说，并不否认当时一些贵族公子对妇女有过丑恶行为，只是就《七月》这两句诗而论，把它解为像舞台上那些白鼻子的衙内的“强抢民女”实很难使人信服。

最近读了钱锺书先生《管锥编》那一册《毛诗正义》，在《七月》一目中就开宗明义地注上“‘伤春’诗”三字。钱先生还为此二语作了一千余字论证，引用了王昌龄、曹植、《牡丹亭》等有关“伤春”的诗句，其中引王氏“忽见陌头杨柳色，悔教夫婿觅封侯”诗尤深有启发。王诗从陌头杨柳而想到戍边的夫婿，《七月》中的女子则从明媚的春阳照着柔嫩的桑叶而想自己的婚事。诗中的女子属于上层妇女，当时出门采桑，也是很普通事情。钱文中又引宋代李觏[1]《戏题〈玉台集〉》云：“江右君臣笔力雄，一言宫体便移风；始知姬旦无才思，只把《豳诗》咏女工。”李觏因《玉台新咏》而想到《七月》中的采桑女，所以钱氏说：“亦有见于斯矣。”但诗中“殆及公子同归”这一句[2]，从具体意义上究竟应怎样解释才算圆满，还有待推敲[3]。

最后是此诗中的历法，学者也有不同说法。一般以为这是夏历与

---

[1] 李觏（gòu）：北宋哲学家、思想家。

[2] 殆通“迨”，和“及”同义；不作“大概”、“几乎”解。新版《辞海》、《辞源》皆引此诗作“赶上”解。——作者注

[3] 前人以为“女心”两句，与《夏小正》二月的“绥多女士”有相似处，也有道理。——作者注

周历并用，即七月、九月指夏历，一之日、二之日指周历一月（正月）、二月，也便是夏历的十一月、十二月，就像现代民间仍有阴历、阳历兼用的。“一之日”即“在一月的日子里”的意思。一说全诗都用夏历，“一之日”是“十有一之日”（月）的省称，因为是诗，所以不好写作“十有一之日觱发”；而十又是数字的终点，十之后必是一，故也可省去十字。

于右任有《夜读〈豳风〉诗》云：“陨箨[1]惊心未有期，烹葵剥枣复何为？艰难父子勤家业，栗烈农夫祝岁时。南亩于茅犹惴惴，东山零雨自迟迟。无衣无褐思终日，苦读周人救乱诗。”于先生的原籍是三原，与豳同在陕北，诗作于抗战时期（1944），所以末两句这样说。

---

[1] 陨箨（tuò）：草木落叶。

## 孔雀东南飞

本篇不仅为罕见的长篇叙事诗，也是以诗歌形式写婆媳矛盾和家庭悲剧的滥觞。诗中与故事关系密切的人物有五个：除焦仲卿和兰芝外，其余三个为焦母、刘母、刘兄[1]。诗中虽有“便可白公姥”和“我有亲父母，逼迫兼弟兄”的话，实为偏义复词。仲卿只有一个母亲，兰芝也只有一个母亲和哥哥。焦母专横，刘母还能体惜女儿，曾两次拒绝媒人。她并没有强迫兰芝改嫁，诗里说是“逼迫”，其实是去留听从兰芝。她曾经劝兰芝改嫁县令之子，那还是从善意出发。刘兄却是一个势利横蛮的市井小人，他曾用责备口吻对兰芝说：“不嫁义郎体，其往欲何云？”意思是你不改嫁，长此以往又怎么办呢？言下之意，他家里是不让兰芝再住下去了。刘母只生兰芝兄妹两人，如果他还稍有手足之情，让她有个安身之地，兰芝不会轻生。焦母虽然凶狠，但把兰芝活活逼死的却是她的亲哥哥。一个十七岁的被婆婆驱逐的女子，回到家里，偏有个这样冷酷无情的哥哥，除了改嫁，就是死。当时对妇女改嫁还不像后来钳制得严酷，如果仲卿对兰芝不恩爱，没有答应过将来还要来接她回去，她也许会改嫁；可是仲卿有约在先，她心中一直闪着希望的火光，如果就此改嫁，那么，错误就全在她了，是她

[1] 姑且假定兰芝姓刘。——作者注

辜负仲卿了。可是哥哥的压力却像一块烧红的铁板烙在她身上，只好把心一横，假意答应了哥哥改嫁，真意却答应了死神。死是人所怕的，何况她这么年轻，然而这时却有比死更可怕的力量横在她面前。她无可选择了。

兰芝的性格和兰芝的命运是联结在一起的。她坚强刚烈，聪明果断，忠于感情，忠于生活。可是她却生在当时的社会里，不幸又是一个妇女，这一切优点恰恰成为灾难。这一点，前人如清代的陈祚明也看到了，他在《采菽堂古诗选》中就说："大抵此女性真挚，然亦刚；惟性刚始能轻生。"诗里虽未明写她和婆婆的正面冲突，但从她的性格看，必然是在经常发生。焦母对仲卿说："此妇无礼节，举动自专由。"虽出于焦母之口，却也说明她对婆婆并不驯服。她临走时，曾对小姑说："新妇初来时，小姑如我长。勤心养公姥，好自相扶将。"这不是随口说说的门面话，正见得她的善良，她对焦家的深厚感情，并从侧面说明小姑和她相处得很融洽。诗人让她经历了是非曲直之后又毁灭了她，诗人的态度是很明显的。

由于这首诗已经很长，又是在民间文学基础上加工完成，所以在层次结构上就不很缜密。其次，中国古典诗歌跳跃性强，容易发生脱节现象，作者自己的叙述与人物对话，第一、第二及第三人称常常交叉穿插，这在后来的小说戏剧也是如此。说它优点是繁简互用，善于错综变化，说它缺点是往往引起后人的歧义。钟惺《古诗归》有"乱处看其整"和"碎处看其完"的话，这是从优点方面说的，却也见得有乱有碎。诗中写到刘母谢绝县令派来的媒人后有云：

媒人去数日，寻遣丞请还。说有兰家女，承籍有宦官。云有第五郎，娇逸未有婚。遣丞为媒人，主簿通语言。直说太守家，有此令郎君。既欲结大义，故遣来贵门。阿母谢媒人，……

这里的“兰家女”究竟指谁呢？有两种说法。余冠英先生说兰家女是另外一个姓兰的姑娘。到“媒人去数日”这一句止，“县令和刘家说婚的事到此结束”。（见《汉魏六朝诗选》）俞平伯先生说：“至于女主角的名字原见于诗中，却不曾说她姓刘，不但不说她姓刘，而且说她不姓刘。‘说有兰家女’是也。……兰芝者，姓兰名芝，非姓刘而名兰芝也。”（见《论诗词曲杂著》）我认为俞说是对的。余说兰家女是另一个姓兰之女，未免太巧了，怎么偏偏姓氏上也有个“兰”字？但俞说把焦妻说成姓兰名芝，也嫌过泥，即太看重了这个“家”字。我以为“兰家女”即“兰女”，略如“兰小姐”之意。“家”字无义，就像京剧唱词里的垫字。上引原诗中“说有”、“云有”都是诗人的叙述，非对话。大意是：县令的媒人离去后，又派丞到太守那里去[1]，说是有个名门闺女兰小姐，就此一笔带过，却包括说媒和太守同意的细节，也即乱而整，碎而完。于是又到刘家，说有个第五郎，素为父母娇养而尚未结婚，也是一笔带过。因此派丞来做媒，并由太守的主簿传达。下面再补说是为太守家来做媒。“说有”是对太守家而言，“云有”是对兰芝家而言。我这样解释，自然仍不圆满，例如“寻遣丞请还”这一句到底应该如何理解？丞是谁遣的？余说是县丞先向县令建议另向兰家求婚，接下来是县丞告县令已受太守委托为他儿子去刘家求婚。总觉得情理上讲不通，等于是上司和下属在争夺媳妇了，也涉及太守

[1] 诗中写为县令说亲的只说“媒人”，并未说县丞。故此处丞可能指县丞，可能指府丞，虽然这无关宏旨。我疑心“寻遣丞请还”的是上句中的媒人。媒人恐县令官还不大，所以想改为太守家。所谓“请还”，即府丞回到自己长官那里。这样便和下文向太守“说有兰家女”相紧接了。——作者注

的品格。有的选本说太守示意县丞建议县令改向兰家求婚，然后太守又让主簿向县丞转述要为他儿子求婚。似承余说而转折之。总之，兰家女应是指兰芝本人。太守并没有为他儿子而设计断绝县令和刘家婚事。前人说兰家女之“兰”应作“刘”，固然谬误，却说明也不把兰家女看作另外一个女子。质言之，县令碰壁之后，不久，太守家又去说亲。一个弃妇而竟为县令、太守之家如此倾慕，事实上不大可能，只是突出兰芝品貌的超卓、兰芝本人又如何不为虚荣所诱动。至于具体细节，确是不很了然。

另外还有一个问题：焦母究竟为什么这样厌恶兰芝？诗里说是“自专由”，当然是一个原因，却并非唯一的原因。

1929年，女作家袁昌英曾在《孔雀东南飞及其他》剧本的序言中有这样一段话：“我觉得人与人的关系，总有一种心理作用的背景。焦母之嫌兰芝自然是一种心理作用。由我个人的阅历及日常见闻所及，我猜度一班婆媳之不睦，多半是‘吃醋’二字。我并不是说母亲与儿子有什么暧昧行为才对媳妇吃醋的。我是说：母亲辛辛苦苦、亲亲热热地一手把儿子抚养成人，一旦被一个毫不相干的女子占去，心里总有点愤愤不平。”我觉得这话有一定的道理，也使我想起陆游前妻唐琬被她婆婆逼走的故事。唐琬在“三从四德”上又有什么过错呢？

焦母和陆母都只生一子，自然巴不得早日替儿子成婚。媳妇来了，也就是一个陌生人进入她的家里。由于年龄悬殊，总有些超过婆婆的地方。任何一个最孝顺的儿子，结婚之后，总要分出一点时间和妻子在一起。于是母亲的心理平衡渐渐在动摇了，人的嫉妒心理（即袁文的“吃醋”）可以表现在多方面。儿子和亲友在一起喝酒吟诗，母亲也许会热情对待，如果换了和媳妇到园林游赏，心理上的反应就不一样，尽管做母亲的希望小夫妻恩爱。儿子一点小小疏忽，在没有结婚时，母亲会不计较或原谅，有了妻子，就会引起母亲莫名其妙的敏感。逢到儿子替妻子解释几句，她又感到在袒护妻子，因而感到自己更加孤立，更把媳妇看作对头。矛盾日益尖锐，嫉妒心理就会上升为焦母那样的“恶”。如果媳妇软弱些，就只能忍气吞声、暗中哭泣，可是逢到像兰芝那样刚强的人，也就没法调和。焦母是个老太太，本来也无所作为，可是她的背后却有宗法的传统势力在支持她、鼓动她，于是“婆婆心理”就通过这种势力而发泄得更猛烈了。过去，在文艺领域里对心理分析是薄弱的一环，重视了说不定会被看作“唯心主义”，现在这方面的研究探讨正在加强，不论正确或错误，总是好现象。

《孔雀东南飞》的时代离开我们已经一千多年了，生活里的一切都在大变特变，尽管焦母是一个作品中的虚构形象，她的凶狠仍然应当谴责，可是更重要的，却是现实生活中的虐待婆婆的凶媳妇，如同报上所揭露的，但愿不要让比率再上升了。真正的幸福家庭中的婆媳，是互敬互爱，双方都不长着叫人疼痛的刺。我们的社会是具备这种条件的。

# 曹操乐府诗

如果把曹操看作一个皇帝，又从文学的成就上来看，那么，在历代帝王中，没有一个比得上他的。除了作诗，他还懂方药，爱音乐，会写草书，下围棋，真说得上多才多艺，难怪他要以周公自居了。曹丕、曹植等的文才，自与曹操的熏陶和遗传有关，但曹操的父亲，却没有什么学问。曹操本人，年轻时游荡放纵，中年后南征北战，一直过着紧张的生活，而文学上却有此成就，可见他确有天才。他的“东临碣石”，可以说是山水诗的滥觞，王夫之所谓“未有海语，自有海情”（《船山古诗评选》）。他的散文如《祀故太尉桥玄文》，也是以诗人之笔来写的。

他的诗，流传下来的都是乐府歌辞，其中有的是模拟之作，有的却于悲凉中见性情。就当时文人写的乐府诗来说，却是写得最多的。这里先举《短歌行》第一首为例：

对酒当歌，人生几何？譬如朝露，去日苦多。慨当以慷，忧思难忘。何以解忧，唯有杜康。青青子衿，悠悠我心。但为君故，沉吟至今。呦呦鹿鸣，食野之苹。我有嘉宾，鼓瑟吹笙。明明如月，何时可掇？忧从中来，不可断绝。越陌度阡，枉用相存。契阔谈宴，心念旧恩。月明星稀，乌鹊南飞。绕树三匝，何枝可依？山不厌高，海不厌深[1]。周公吐哺，天下归心。

四言诗本不易作，到了东汉，可以欣赏的作品已经不多了，曹操这一首，还是有其自己的面目，如吴乔《围炉诗话》卷二所说：“作四字诗多受束于《三百篇》句法，不受束者唯曹孟德耳。”短歌之短，指歌声的长短，曹丕《燕歌行》所谓“短歌微吟不能长”。

这首诗具体的写作年代不详，当为急于建功立业、广求人才、设筵待客时所作。写时一面饮酒，一面听歌，一面构思，所以前人也说他前后不连贯。

人生几何之感，原是人之常情，下面接以去日苦多，警意便深了一层。正因去日苦多，来日苦少，更要紧握现在，以下一段文字皆从此出。吴兢《乐府古题要解》说此诗与晋陆机的“‘置酒高堂，悲歌临觞’，皆言当及时为乐”，张玉谷《古诗赏析》批评他“何其掉以轻心”，是对的。这开头四句，实是虚冒，作者的“神龟虽寿，犹有竟时。腾蛇乘雾，终为土灰”（《步出夏门行》四解），下急承以“老骥伏枥，志在千里。烈士暮年，壮心不已”，正是同一命意。一反一覆，诗境才显得转折而深厚。我们看看《短歌行》的第二首，他就念念不忘于西伯、齐桓、晋文，即不难明白。胡应麟《诗薮·内编》卷一就说“则终篇皆挟天子令诸侯、三分天下之意”。

“青青”两句，借用《诗经·郑风·子衿》原文，以此表达自己对才士的思慕，心欲得而沉吟，申足“慨当”两句。“呦呦”四句，也是借用《诗经·小雅·鹿鸣》原文，意为鹿得苹，便呦呦然相鸣呼，

---

[1] 《管子》卷二十《形势解》：“海不辞水，故能成其大；山不辞土石，故能成其高。”当是曹诗这两句所本。——作者注

诚恳发乎内心，有如欢宴宾客，鼓瑟吹笙，也是出于诚心，仍是借此表白爱才之意。引《子衿》是说求之不得，因而沉吟；引《鹿鸣》是说求之既得，奏乐助兴。“月明”四句，却又宕开，仍用反复手法。乌鹊比喻贤士，“绕树”两句感慨他们犹是漂泊之身。最后四句，则是希望他们归附自己。一番心事，全盘托出。自比周公，实已把汉献帝看成孺子。严羽《沧浪诗话·诗评》还举刘桢《赠五官中郎将》、王粲《从军诗》，一称曹操为“元后”，一称曹操为“圣君”，当时汉帝尚存，“而二子之言如此”，正如荀彧[1]比曹操为汉高祖、光武帝一样。

从曹操的一些诗文看，可以看到一个显著特点，便是强烈的权欲感，他的《让县自明本志令》的“设使国家无有孤，不知几人称帝，几人称王”以及“江湖未静，不可让位”这些话，同样是权欲感的体现。许劭[2]说他“子治世之能臣，乱世之奸雄”[3]，对后一句的平实一点的理解，也即在天下大乱的时代，他是最能发挥权欲的一个强力人物，古人之所谓霸才，大抵如此。陈恭尹的《邺中》诗有两句说得很有意思：“乱世奸雄空复尔，一家词赋最怜君。”意思是，做一个乱世奸雄不过尔尔，若论文才还得推曹氏一门。

五言诗可以《苦寒行》为代表：

北上太行山，艰哉何巍巍。羊肠坂[4]诘屈，车轮为之摧。树

[1] 荀彧：东汉末年著名政治家、战略家，被称为“王佐之才”。

[2] 许劭：东汉末年评论家。

[3] 《世说新语·识鉴》记乔玄对曹操也说过“然君实是乱世之英雄，治世之奸贼”的话。——作者注

[4] 坂：山坡。

木何萧瑟，北风声正悲。熊罴[1]对我蹲，虎豹夹路啼。溪谷少人民，雪落何霏霏。延颈长叹息，远行多所怀。我心何怫郁[2]，思欲一东归。水深桥梁绝，中路正徘徊。迷惑失故路，薄暮无宿栖。行行日已远，人马同时饥。担囊行取薪，斧冰持作糜。悲彼《东山》诗，悠悠令我哀。

题为“苦寒”，又值风雪，却不从风雪写起，而先写太行的艰险，严冬而登此进退两难，无寒可避之地，其寒之苦，便给读者以想象余地，而时世艰危也于此可见。第五句由风吹树木声而紧接北风。风声已足兴悲，忽又野兽当道，对我而蹲，何等可怕。野兽既多，自然人民稀少，即为下文“无宿栖”牵线。霏霏是雨雪纷飞貌，可见作者上山时已在下雪，却偏放在后面说。

这时天更晚了，风雪扑面而来，诗人不禁延颈长叹。从这句起，转入诗人自己的思归心情。这样严寒的天气，应当是缩颈的，诗人却在“延颈”，仅此二字添得多少寒意。“思欲”句当指东归故乡谯郡，由于苦寒徘徊，一刹那或许有此念头，实际却不可能，因而只有仍然北上。可是这时人和马都挨饿了。行军腹饥，平时已难忍受，何况寒而又饥？只得挑着行囊去拾柴，凿开冰块取水来烧粥。末两句仍隐以周公自居，因为《诗经·豳风·东山》，旧注以为是在称颂周公东征，三年而归的故事。

曹操此诗，作于建安十五年（210）征高干（袁绍之甥）时，年五十六，也见其能与士卒同甘苦。方东树《昭昧詹言》卷二云：“大

[1] 罴（pí）：熊的一种。

[2] 怫郁：郁结不舒。

约武帝诗沉郁直朴，气真而逐层顿断，不一顺平放，时时提笔换气换势，寻其意绪，无不明白；玩其笔势之法，凝重屈蟠，诵之令人满意。后唯杜公有之。可谓千古诗人第一之祖。”很能说明曹诗特点。又云：“《乐府》以此为文帝作，余以结句断之，知为武帝作。子桓溺豢乐之犬豕耳，无此志意矣。”亦言之成理。

王世贞《艺苑卮言》卷二，在论及《垓下歌》与《大风歌》后说：“千载而下，唯曹公‘山不厌高’、‘老骥伏枥’，司马仲达‘天地开辟，日月重光’语差可嗣响。”胡应麟《诗薮》中也将两诗并提。

司马懿的原诗是：“天地开辟，日月重光。遭逢际会，奉辞遐方。将扫芜秽，还过故乡。肃清万里，总齐八荒。告成归老，待罪舞阳。”司马懿的原籍为今河南温县，舞阳是他在曹魏时封邑。

此诗同样表现出他的气魄和权欲，在当时的四言诗中不失为杰作。曹操和司马懿皆是死后追尊为帝，故因曹诗而附录之。

# 饮马长城窟

陈琳在袁绍（字本初）幕府时，曾写过一篇讨曹操檄文。袁绍失败，他投曹操，曹操对他说：“卿昔为本初移书，但可罪状孤而已，恶恶止其身，何乃上及父祖邪？”琳谢罪，太祖爱其才而不咎。（《三国志·王粲传》）可见曹操还算宽宏大量。刘勰《文心雕龙》卷四所谓“敢指曹公之锋，幸哉免袁党之戮也”。后来陈琳又替曹操撰写军国书檄，因其文辞警拔，曹操读罢，原先所患头风不觉痊愈，并说：“此愈我病。”这便是“檄愈头风”的出典。但这是归附曹操以后的事，《三国演义》却附会为曹操读了上述那篇讨曹檄文的事。

曹操的父亲曹嵩是宦官曹腾的养子。陈琳为袁绍写的那篇檄文，无非要大家知道，曹操是“奸阉”的后代。其实，曹腾在后汉宦官中还算好的。古人是动不动要牵及敌方的祖宗三代的，当时风气如此，今天看来，这就近于辱骂，也可说人身攻击。即使后汉的宦官全是坏人，和曹操本人也不相干。如果说曹操有什么过错的话，他要负责的也只是本人的行为，而非他上代的阴私。陈琳又为尚书令荀彧写过《檄吴将部曲文》，文中有“孙权小子，未辨菽麦”的话，同样是笔头上的称快。何焯在《义门读书记·文选》中便说“文甚冗凡，何事滥存”。孙权果真没有辨别五谷的本领，这和他政治实践上的是非有什么关系呢？反过来，倒显得檄文作者自己的浅薄幼稚，虽胜不武。舞文弄墨，不脱幕客故习。陈檄之意，无非讥笑孙权是凭借父兄基业的大少爷，然而“生子当如孙仲谋”，孙权还是不失为一时豪杰。

但陈琳却也留下了一首好诗《饮马长城窟行》。那首诗很能体现建安风骨。不卖弄、不夸张，吸收乐府的特点，两眼望着下层，望着苦难：

> 饮马长城窟，水寒伤马骨。往谓长城吏：“慎莫稽留太原卒！”“官作自有程，举筑谐汝声！”“男儿宁当格斗死，何能怫郁筑长城？”长城何连连，连连三千里。边城多健儿，内舍多寡妇。作书与内舍：“便嫁莫留住。善侍新姑嫜[1]，时时念我故夫子。”报书往边地：“君今出语一何鄙！”“身在祸难中，何为稽留他家子？生男慎莫举，生女哺用脯。君独不见长城下，死人骸骨相撑拄？”“结发行事君，慊[2]慊心意关。明知边地苦，贱妾何能久自全？”

《饮马长城窟行》本有乐府古辞，即“青青河畔草，绵绵思远道”那一首[3]。但内容实与题目不相符。陈琳这首诗却是名实相副的。内容写秦筑长城带给人民的惨痛，实也包括后汉末叶北方人民在战乱中经历的流离颠沛的社会生活，因为陈琳在冀州也生活过一段时期，温庭筠《过陈琳墓》故有“莫怪临风倍惆怅，欲将书剑学从军”语。

这首诗不但有故事性，女主人的性格尤其鲜明。在汉魏诗歌中，

[1] 姑嫜（zhāng）：古代指丈夫的母亲和父亲。

[2] 慊（qiàn）：不满，怨恨。

[3] “青青河畔草”那首乐府古辞，在《玉台新咏》中署作蔡邕，所以张玉谷有“饮马长城绝唱双，陈琳宁肯蔡邕降”语。——作者注

能够赋予妇女以人格和意志，使读者能窥见她们性格中充实而光辉的素质，这首诗和《孔雀东南飞》同样富有表现能力。

长城窟是长城近处的泉眼，供行役者饮马之用。开头两句，以饮马为兴，点题直起，由伤马骨而引出苦寒：马骨可伤，其寒可知。由苦寒又引出归思，于是向官吏恳求，希望能如期回家，不要延迟。“慎”是叮咛、恳求的意思。官吏一听便不耐烦，劈面给他一个抢白：“官府的工程自有期限，（你们用不着啰唆）还是一齐用力筑城吧。”两句话，长城吏的盛气如画。我们原可想象，这种官吏当然不会有好嘴脸。清人陈祚明在《采菽堂古诗选》中还说：“‘举筑谐汝声’句中有用力之态，如闻邪许歌。”役卒也负气了，“男儿”两句是他顶撞官吏的话，他说话时神情的怨恨也力透纸背。“何能”云云虽是反问口气，实际心里已经明白，这回是一辈子要怫郁下去了。这句又为久筑难归立案，笔意趁此宕开。想到连连三千里的长城何时才能筑完，夫妻自永无团圆之日，便写信给他妻子。“边城”两句是对句，又是因果关系：边城既多了健少，内舍自然多了寡妇。这里的寡妇非“未亡人”，是指独居守候丈夫的妇人。鲍照《拟行路难》第十三云：“来时闻君妇，闺中孀居独宿有贞名。”这里的孀居也指有夫而独宿。

为了不耽误妻子的青春，便写信要她及早改嫁，一面要她“时时念我故夫子”，可见他仍是深切地爱恋着她。既然要她“念我故夫子”，他自然更要“念我故妻子”。绝望之中寄托着期望，说明这一主意并非出自本心，悲剧就在这里。

妻子写了一封回信给他。她的态度怎样？诗中只用了一句话，而且是责备的话：“君今出语一何鄙！”一个忠诚善良、坚定而又委屈的女子，立即直立在读者面前。正因为是这样的妻子，对丈夫完全有理由可以责备。“身在”至“撑拄”，则是役卒接信后二次去信中的话；他还是要她改嫁，还是为她着想。“他家子”犹言人家这样好女子，即指其妻。“生男”四句，利用当时流行的歌谣。意思是，改嫁之后，如果生个男子，千万不要抚养，因为将来徒然把尸骨扔在长城下；生个女孩，却要加倍爱护，因为她不会去筑长城。在重男轻女的古代而有这种反常的心理，就显得分外沉痛。役卒接连说着违心话，违心话总是在不得已的被动状态下说的，何况又是对妻子，一个值得相爱的妻子。钟惺在《古诗归》卷九中评“生男”两句说：“使民愤至此，何以为国。”倒也说得痛切。“结发”四句，又是妻子的话，她明知丈夫此后将葬身于长城窟，又不忍明言，只得以“苦”字来代替，并且暗示丈夫，万一他中途死了，她自己也活不长了，即是用生命来表现对他的忠诚。张玉谷在《古诗赏析》卷九中说：“此种乐府，古色奇趣，即在汉古辞中，亦推上乘。自魏而降，鲜嗣音矣。”《乐府诗集》中以《饮马长城窟》为题而写闺思或远征的有好多首，除古辞外，都不及陈诗的“古色奇趣”。

这首诗中的具体情节本是虚构，诗中夫妻的通信，可能是两次，即第一次书信往来是明写，第二次却是暗递。从优点说，则如沈德潜在《古诗源》中说的：“无问答之痕而神理井然，可与汉乐府竞爽矣。”清人笪重光[1]在《画筌》中论山水结构也说：“无层次而有层次者佳，有层次而无层次者拙。”从缺点说，终究感到艰涩。所以胡应麟在《诗薮·内编》中说是“格调颇古而文义多乖”，陈祚明《采菽堂古诗选》也说：“‘身在’至‘撑拄’又转一意，与上下不相蒙，或是重述来书中意”，这就因为中间忽插入“君今出语一何鄙”一句。他以为“君今”句是役卒妻子的话，下四句是她顺势重申她丈夫信中的话。看沈

[1] 笪（dá）重光：清朝书画家。

德潜的另几句评语（从略），似乎也是把它看成只是写了一次信，不过交叉说来，就像用辘轳体。陈、沈两说都可通。看役卒前后的话，用韵也相谐，如“住”和“拄”。换句话说，如果将“报书往边地，君今出语一何鄙”两句，移到“死人”句下面，就只是两人一次通信中的话了。

此诗本是模拟乐府，随手写来，落笔时未必经过怎样缜密的安排，由于思维的跳跃，意在笔手，匆促之间插入一句，便觉上下不相蒙。我们把它看作两次寄答，也没有多大把握，只是设想而已。

# 潘岳悼亡

潘岳和陆机等称为太康诗人，他的诗，真正可读的不多，代表作是三首五言的《悼亡诗》，三首中最精彩的是第一首：

荏苒冬春谢，寒暑忽流易。之子归穷泉，重壤永幽隔。私怀谁克从，淹留亦何益。僶俛[1]恭朝命，回心反初役。望庐思其人，入室想所历。帷屏无仿佛，翰墨有余迹。流芳未及歇，遗挂犹在壁。怅怳如或存，回惶忡惊惕[2]。如彼翰林鸟，双栖一朝只。如彼游川鱼，比目中路析。春风缘隙来，晨霤[3]承檐滴。寝息何时忘，沉忧日盈积。庶几有时衰，庄缶犹可击。

应劭《风俗通义》卷四有“谨终悼亡”语，亡，本是泛指一切亡人，自从潘岳写了《悼亡诗》后，便成为定语，即专指亡妻。从内容说，汉武帝悼念李夫人的“是邪非邪，立而望之，偏何姗姗其来迟”之歌，其实是悼亡诗的雏形。

---

[1] 僶俛（mǐn miǎn）：勤勉，努力。

[2] 回惶，一作“回徨”，徘徊的样子。《汉书•扬雄传•甘泉赋》：“徒回回以徨徨兮，魂固渺渺而皆乱。”——作者注

[3] 霤（liù）：从屋檐上留下来的雨水。

潘岳之父潘芘曾任琅琊内史，潘妻为荆州刺史杨肇之女。由于两家都为名门，且属世交，所以，在潘岳十二岁时就已联姻。何时正式结婚，史文没有明说。但据傅璇琮先生《潘岳系年考证》（《文史》第十四期）所考，杨氏逝世时，潘岳年五十二岁。我又查潘岳《悼亡赋》云："伊良嫔之初降，几二纪以迄兹。遭两门之不造，备荼毒而尝之。婴生艰之至极，又薄命而早终。"古时以十二年为一纪，赋中开头两句是说，杨氏嫁到潘家，差不多有二十四年了。因此可以推知，他们的结婚约在潘岳二十六七岁时。其后四句，当指杨肇任荆州刺史时，为吴将陆抗所败，免为庶人，三年后又死去，潘岳自己也在四十五岁时，因依附太傅杨骏被除名为民。由于两家遭此不幸，故而也可算共经患难。

杨氏卒于西晋都城洛阳的德宫里，时间在冬天，此诗则作于第三年的春天。古代礼制，妻死，丈夫服丧一年。据何焯《义门读书记·文选》说："悼亡之作，盖在终制之后。……古人未有丧而赋诗者。"他因此推断《悼亡诗》作于终制之后。其第二首有"清商应秋至，溽暑随节阑"语，可见还经过秋天。

时节的变迁，原是容易引起对逝者的怀念。想想妻子之归穷泉，也已一年多了。自己本不想出仕，可是又如何能顺从私人的心愿？而且久留家中也没有意思，只得回心（犹言"违心"）而赴原来的做官所在，也即第三首中"改服从朝政，哀心寄私制"之意。潘岳是一个热衷功名的人，这里可能因妻子新丧，不想就即做官，如吕延济在六臣注《文选》中说的"哀伤私情，欲不从仕"。

他也希望像汉武帝那样，从帷帐之间遥望李夫人的形象，却连一点影子也没有。他在第二首中也说："独无李氏灵，仿佛睹尔容。"但杨氏的手迹还挂在壁上，"未及歇"是对上文"有余迹"的补申。接着，恍惚之间，忽生幻觉，徘徊之余，不觉惊惧，由此自然地增加了孤独感。

春风入户，晨雨垂檐，无不使他悲从中来。末了以庄子于其妻死后鼓盆而歌的故事强作达观，但愿自己的悲痛逐渐淡薄些。这固然是无可奈何的自我譬解，也可能是老实话，时间一久，感情的触角也会变得迟钝，如同鲁迅在《伤逝》中说的："人必生活着，爱才有所附丽。"

第三首云："徘徊墟墓间，欲去复不忍。……落叶委埏侧，枯荄[1]带坟隅。"那么，他临走时还到杨氏墓前去凭吊过，但他并非离开洛阳，只是到朝中去任黄门侍郎，因为供职于宫门之内，故也难以常回家中。不想到了次年，他本人也遭孙秀陷害，和石崇等一同被杀了。

古典诗歌中的对仗，汉代已在运用，魏晋六朝更加普遍。潘岳此诗，也粗具排律，除头四句和末两句外，都是对句化。日僧遍照金刚的《文镜秘府论》中有《二十九种对》一节，第二种是隔句对，并举鲍照《玩月城西门廨[2]中》中的"始出西南楼，纤纤如玉钩。末映东北墀，娟娟似蛾眉"为例。潘诗的"如彼翰林鸟，双栖一朝只。如彼临川鱼，比目中路析"也属于隔句对："翰（义为"飞"）林鸟"对以"游川鱼"固很工整，但"只"对"析"却是意对字不对。"只"是单独，"析"是分裂。双栖之鸟一旦分飞，便成单身无偶；比目之鱼中途分离，也是孤独不能行。"何时忘"以反问口气写，从正面说也即"日盈积"，统言之便是无时无刻不在想念她。当然，严格说来，这一时期的对仗还不是很成熟完美的。

潘诗这四句，沈德潜在《古诗源》中有这样一句话："如彼翰林鸟四语反浅。"可谓一语中的。比目鱼即鲽，因而也落了鹣鹣鲽鲽[3]

[1] 荄（gāi）：草根。

[2] 廨（xiè）：古代官吏办公的地方。

[3] 鹣（jiān）鹣鲽（dié）鲽：比喻夫妻相亲相爱，相依相伴。鹣，比翼鸟。

的俗套[1]，（虽然这四个字可能出现在潘诗之后），而且近于文字技术上的卖弄。至哀极痛，雕饰过甚，反失本性。这四句诗，自然经过一番精巧的构思，平心而论，尚非恶札，为什么沈德潜看后觉得浅，可见他的欣赏能力确有高超地方。陈衍在《宋诗精华录》中选录梅尧臣《悼亡三首》，其中“相看犹不足，何况是长捐。我鬓已多白，此身宁久全”及“归来仍寂寞，欲语向谁何”等句，陈氏皆加密圈，并云：“案潘安仁诗，以悼亡三首为最，然除望庐二句[2]，流芳二句，长簟二句外，无沉痛语。盖熏心富贵，朝命刻不去怀，人品不可与都官（梅尧臣曾任都官员外郎）同日语也。”就西晋诗人的作品说，潘岳这首诗还算是写得好的，将他和北宋的名家如梅尧臣比，当然比不上。但梅诗的“见尽人间妇，无如美且贤”和七言《七夕有感》的“一逝九泉无问处，又看牛女渡河归”，用之于悼亡，前人也认为不甚得体。陈氏却对“见尽”两句评道：“情之所钟，不免质言，虽过当无伤也。”既承认“过当”，却又以为“无伤也”，那也是“过当”的。

[1] 实则《长恨歌》的“在天愿为比翼鸟”两句，也正是“白俗”之俗。——作者注

[2] 范晞文《对床夜语》卷五，评“望庐”两句云：“悲有余而意无尽。”并以为江淹的“明月入绮窗，仿佛想蕙质”，白居易的“手携稚子夜归院，月冷空房不见人”，都是拟用这两句潘诗。——作者注

# 陶渊明田园诗

陶渊明一生，外承五胡之扰，内继八王之乱，还有桓温、刘裕那样有野心的权臣。他是一个大诗人，但他出生于哪一年，史无明文，以致生年有几种说法（今定为365—427）。他八岁丧父，父亲曾任太守，却不知道他的名字叫什么。他自己的名字有渊明、潜、元亮三个，究竟名是什么，字是什么，又众说纷纭，沈约《宋书》中就说“陶潜，字渊明。或云渊明字元亮”。《宋书》写成，上距渊明之死不过六十年，已不能明确地说了。他的诗，四言诗也写了不少，但和他的五言诗并观，差距很大。这一字之微，艺术上却像是两种水平。他的五言诗，用通常的语言，写通常的生活，随随便便写些随时在发生的事物，不用过高的嗓音却唱出了高妙的歌曲，不在斧凿上过分用力，却把一条可以让人游赏的山径开出来了，在当时算得上是一种前无古人的新兴文体。特别是语言个性化方面，前人都没有他那样表现得鲜明。可是在南朝却不被重视，《宋书》中只略称他的志趣，对他文学上的成就未加评论。《宋书·谢灵运传》中历叙晋、宋诗人，也没有提到渊明。刘勰《文心雕龙》中没有提到他，钟嵘《诗品》中只将他列为“中品”[1]。这

[1] 《诗品》说陶诗源出于应璩，应璩又出于曹植，而应、曹都入中品，所以陶诗自也只能入中品。王夫之《姜斋诗话》卷下，说《诗品》所以称陶渊明为隐逸诗人之宗，“亦以其量不弘而气不胜”。王氏这评语倒是恰当的。——作者注

两部书都是古代文论中的权威之作。到了唐代，才对他有所注意，但大多以诗歌形式作些即兴式的纪念之词，或借陶诗中故事如饮酒赏菊之类发挥一下，也没有真正触及陶诗文学上的成就。杜甫在《遣兴五首》中说："观其著诗集，颇亦恨枯槁"，在《夜听许十一诵诗爱而有作》中说："陶谢不枝梧，风雅共推激。"白居易在《与元九书》中说："以渊明之高，偏放于田园。"都是褒贬各半。到了宋代，对陶诗的赏析才形成高潮，如"采菊东篱下，悠然见南山"，就是苏轼第一个提出来，说"近岁俗本"有将"见南山"作"望南山"的，"则此一篇神气都索然矣"（《东坡题跋》卷一）。同时也体现了苏轼自己的欣赏水平。又如"刑天舞干戚"，一作"形夭无千岁"，也是南宋周紫芝在《竹坡诗话》中提出来并予以纠正[1]。总之，从宋代起，陶渊明诗文的声名就大异于前代，直到清代和民国。但有的言过其实，有的强作解人，如说《闲情赋》是在"伤故主"。晚清的钱振锽在《快雪轩全集》卷上中，却有这样说法："渊明诗多不过百余首，即使其篇篇佳作，亦不得称大家，况美不掩恶，瑕胜于瑜，其中佳诗不过二十首耳。然其所为佳者，亦非独得之秘，后人颇能学而似之。"这恐怕是对陶诗评论中最严的一个了。他说得是否完全正确，是另一问题，但这种多少带些"异众"精神的立论，却是应该用青眼来看的。在学术上的诺诺连声的时候，何妨有寥落的谔谔[2]之声呢。

宋代对陶诗这样重视，一是随着诗话数量上之增多，对诗的评论的机会也增加了。二是陶诗的冲淡质朴、时杂议论的那种风格，和宋

[1] 据周必大在《二老堂诗话》中说：周紫芝的话是沿袭北宋人曾纮的意见说的，周必大自己却认为"形夭无千岁"没有错。但他的说法不正确，还是应该作"刑天舞干戚"。——作者注

[2] 谔谔：直言争辩的样子。

人的口胃也有共通处。三是南渡以后，中原沦亡，而后人又对渊明有耻事二姓之说，即所谓义熙甲子之说，虽然有些人对这说法并不同意，但他弃官就隐，不愿同流合污，这一点却是大家都承认的，因而南宋人对渊明的品格志节也就特别尊重。清朝亡后，连遗老中的汉人，也效法“义熙甲子”，不肯书写汉人统治下的民国名号。这当然是怪事，却说明陶渊明每逢动乱时代影响便越来越大。

钟嵘说陶渊明“古今隐逸诗人之宗也”，曾引起好些人的非议，因为渊明在弃官后仍有他不忘时政的一面。其实，这话对绝大部分的隐士都适用的。朱自清先生在《陶诗的深度》中说：“朱熹虽评《咏荆轲》诗‘豪放’，但他总论陶诗，只说：‘平淡出于自然’，他所重的还是‘萧散冲淡之趣’，便是那些田园诗里所表现的。田园诗才是渊明的独创；他到底还是‘隐逸诗人之宗’，钟嵘的评语没有错。”就渊明的本愿说，他也确实是想隐不想仕。其次，陶诗固然有鲁迅先生说的“金刚怒目式”，甚至还有被萧统讥为白璧微瑕的《闲情赋》，但他的主要倾向，他的整体，还是冲淡、恬静和自然。周紫芝在《竹坡诗话》中举陶诗《读山海经》的“亭亭明玕照（指竹），落落清瑶流（指水）”两句，说：“岂无雕琢之功。”这两句是否可看作“雕琢之功”，固一疑问，即使如此，毕竟只是个别而非全貌。

如果说，陶渊明有什么伟大地方，那么，他的伟大就在于真实，他的隐居确是连灵魂一同隐居的。田园诗里说的话，都可以使人相信不是假话，不是卖弄清高，不像看某些隐士的作品，还要让人想一想：是不是老实话？钟嵘说：“每观其文，想其人德。”这话是对的。许顗[1]《彦周诗话》说：“陶彭泽诗，颜、谢、潘、陆皆不及者，以其

[1] 许顗（yǐ）：南宋人，字彦周，生平事迹无可考，著有《彦周诗话》。

平昔所行之事，赋之于诗，无一点愧词，所以能尔。”也就是不虚假的意思。隐逸并不是我们所要提倡的行为，它的本身终究是消极的，但在陶渊明的隐逸生活中，还是能表现出他的本色。

这里试以《归园田居五首》中前三首为例。

这一组诗是他辞去彭泽令的次年所作，时年四十二，也是陶诗中最有层次之作。他对朝夕相见的普通事物，都是从感情上来评论它们。

第一首中，有地几亩，屋几间，后檐有哪些树木，前堂有哪些花果，远望村落，近看墟烟成何景色，狗在哪里叫，鸡在何处啼，门庭没有尘杂，所以虚室才有余闲。前因后果，左顾右盼，“大舍细入”，琐琐写来，不慌不忙，却又显得大气盘旋。诗是千百年前的人写的，但这些景物，却又活动在我们的可见性之中。

第二首，因为地处野外，人迹稀少，由静到动，便将门关上，来到田头去找乡人。相见之下，要说的便是桑麻已经长大。“相见无杂言，但道桑麻长”，“无杂言”是说没有世俗的客套话，三字中有人情，有性格。接下来“桑麻日已长，我土日已广”。将桑麻长重提一笔，加强诗人闻语后的内心感受，并由桑麻想到土地，自然极了。一切有个性的作品都是不带做作痕迹的。末两句“常恐霜霰[1]至，零落同草莽”，补足他的欣慰心情。因为他老是担心霜霰会伤害桑麻，和杂草一同零落，如今桑麻日长，才始了却心愿。元人刘履以为这是忧朝廷将有倾危之祸，未免热心过头，实也是一种标签。

第三首，草盛苗稀，生怕豆不能长，只好早夜都到田间治草锄土。道狭露多，务农本是苦事，但能和自己的志愿不违反，还是人生一乐。末两句“衣沾不足惜，但使愿无违”，却要从深一层去理解。衣服上

[1] 霰：小雪珠，小冰粒。

沾着一点露水，本来谈不上惜与不惜，但诗人在这里是和惜衣沾作为对立概念而存在的，即与不违愿形成矛盾：要么是为了惜衣沾而离开田园，要么是任凭露水沾衣而安居田园。诗人选择了后者。这两句诗就有更高的哲理上的意蕴。苏轼在《东坡题跋》卷二中说："览渊明此诗，相与太息。噫嘻！以夕露沾衣之故而犯所愧者多矣。"意思说，为了不肯隐居而在浊世中做了愧负操守的事情的人太多了。虽是借题发挥，比上述刘履的话要贴切些。

这首中的"常恐"两句和第二首中的"衣沾"两句，前者是愿望经过恐惧而实现，写情绪；后者是愿望从无恐惧中去获得，写意志。

如果从历史的真实看，陶渊明时代的农村当然极其残破黑暗，天灾人祸决不会放过它，因而要说他"美化现实"也可以。但作为诗人的陶渊明是在写诗，诗总是倾向美的。他对当时的那种政治生活是厌恶的，对农村生活却有感情，因而在写他的周围世界时，总是要把注意力主动地集中在能使他得到稳定、和谐的快感的对象上，并把它们驯服于自己的欣赏趣味上来完成。他的田园诗所以具有平衡性的特色，就因为他在归隐后愿望既已实现，因而精神生活上得到安宁从容的保证的缘故，因而一些与此相反的杂质也就被剔除，如同他写"野老"时总是写他淳朴可爱的一面。鲁迅先生在《这也是生活》中曾说画家不会画毛毛虫、癞头疮、鼻涕、大便。尽管在生活里是很普遍的。

陶渊明的时代是病态的、丑恶的，但他在田园诗里表现的感情、趣味还是健康的、高洁的，给予我们的感染作用还是正大于负，还不至于把人引导到庸俗浅薄、邪恶油滑的那种趣味上去。我们太需要谈得上高尚的趣味了。

## 贺知章还乡

李白在长安时，曾受知于贺知章，称之为谪仙人，并向唐玄宗延誉。他的谪仙名称，最早就是贺知章叫出来的[1]，所以李白引为生平第一知己。后来李白到江东，想去访问贺知章，他却已死了，故而李白在《重忆一首》中有“稽山无贺老，却棹酒船回”之句，和他《哭宣城善酿纪叟》的“夜台无李白，沽酒与何人”的作意有同工处。

贺知章的诗，《全唐诗》共收十九首，《外编》增收一首。在唐人中数量要算少的。这二十首中，大部分是庸俗无聊的“奉和御制”之类作品，如“青阳布王道，玄览陶真性。欣若天下春，高逾域中圣”和“西学垂玄览，东堂发圣谟。天光烛武殿，时宰集鸿都”等。这些诗本来没有引的必要却又必须引。

可是他在天宝三载（744）八十六岁回乡时[2]，却写出了这样两首《回乡偶书》：

少小离家老大回，乡音无改鬓毛衰。儿童相见不相识，笑问客从何处来。

---

[1] 李白自己则在《玉壶吟》中称东方朔为谪仙。——作者注

[2] 贺知章的原籍是越州永兴（今浙江萧山）。终老在会稽，即今绍兴。——作者注

离别家乡岁月多，近来人事半消磨。唯有门前镜湖水，春风不改旧时波。

据《旧唐书》本传记载，他当时已“因病恍惚，乃上疏请度为道士，求还乡里”。实是说，他的神智已不很健全，从年龄说，是正常现象。可是奇怪，他在写这两首诗时，思绪何等灵活，审美水平又何等高超。总之，他又从皇家的清客回到诗人位置上来了。贺知章如果没有留下这两首诗[1]，历代诗坛上恐怕不会提到他，即使再多写几百首“奉和圣制”诗，最多只能当作研究资料而不会拿来欣赏。一万只蚊子的哄叫抵不上一头夜莺的歌唱。“人间要好诗”，他应该感激玄宗能让他返乡，要是老死帝城，就没有机会看到乡童的笑容，镜湖的春波，“奉和圣制”诗便非继续写下去不可。每一个有才华的诗人自己都明白，这些诗并非好作品，却又不能不写，后人应当体谅他们的苦衷。还乡诗呢，一踏上离别多年的故乡泥土，又面对儿童的笑语，情随景生，促使他非写不可；不过出于被动与主动的两种力量，两种动机。并非说任何歌功颂德的作品都不应该写，像唐人某些“早朝”诗还是可以读读的，因此它们本身必须是有艺术价值的诗，而且只能偶一为之。诗人真要把诗写成诗，只有到那些能使个性归来、灵魂入窍的艺术沃土里，他的诗境，才能像暮鸦欲归，张开双翅时那样自然地敞开。诗人固然有对周围自然景物审美上的特殊敏感，但如果这些景物不能诱发他的真情实感，不是能使他的才情随心所欲地表现的对象，那么，即使用了许多美丽堂皇的辞藻，仍像纸花一样，尽管好看，却无生命。

[1] 他还有一首“不知细叶谁裁出，二月春风似剪刀”的《咏柳》诗，写仲春时柳叶像剪刀的形状，也很能表现他的想象力。——作者注

长安和皇宫中何尝没有青山绿水，春风何尝不是年年吹来呢？

第一首里的儿童非虚构，是实指，却又具有偶然性：刚巧最先碰到的就是儿童。黄发垂髫，更是鲜明的有趣对照。一个即将走到人生的尽头了，一个正在起步。故乡原是熟悉的地方，但从儿童的不相识中，他仿佛也感到陌生起来，他已经成为一个“客”了。从熟悉变成陌生，对诗人等于是一个发现，又开始获得一种新的意义。儿童的不相识是认识上的表现，笑问是这种认识在行为上的预期的、积极的反应。诗人用这两个字时，自己同时也富有感情色彩。在这两句诗里，视觉和听觉的审美作用都被巧妙而和谐地调动起来，安置在前后层次上。视觉把握了整个形象，带有时间性，听觉补充了它的空间性。诗的末句本来是全诗的终点，却又是起点。诗人没有将他回答的话写下来。

接触过儿童之后，诗人终于回到了自己家里。

杜甫在《遣兴五首》之四中说：“贺公雅吴语。”也即贺诗中“乡音未改”的注脚。人的乡音是很难改变的，往往与生命相终始。想起来，他和讲四川话的李白，讲河南话的杜甫以及长安人谈话，一定很吃力。杜甫又在《饮中八仙歌》中说：“知章骑马似乘船。”因为南人习惯于乘船，所以他连骑马时还像乘船一样，带些调侃意味，也说明他在长安时还保持南方人的生活习惯，他因此曾被人戏称为“吴儿”，所以写过一首《答朝士》诗：“钑镂银盘盛蛤蜊，镜湖莼菜乱如丝。乡曲近来佳此味，遮渠不道是吴儿。”意思是说，只要吃到故乡的蛤蜊莼菜，不管他们料到或料不到我是个“吴儿”。现在却能用满口家乡话和乡亲交接，家乡的土产，尽可以任他吃了。他是“饮中八仙”之一，那么，不论在家里或上酒馆，都可以喝到绍酒了。但由于离乡过久，人事上已有很大变化，尤其是一个八六高龄的老人，这感觉自然更加显著些。可是门前的镜湖之水，却还在春风中泛着波纹，这波纹却像他的故交一样。诗里没有流露出过多的感伤或激动情绪，而是不多不少、恰如其分地表现了一个老人的今昔之感。在长安时，只能从怀念中，梦境中萦绕的故乡的一堆山土、一条游鱼，现在都重新回到了眼前。尽管时间已从他脚下脉脉地流过了几十年，他却还能拾起时间的残片，让过去和现在连缀着；尽管时间已经改变了故乡的许多事物，这些事物却永远不会在老人记忆中消失[1]。

就在回乡这一年，老人终于和镜湖的水色诀别了。

[1] 宋范晞文《对床夜语》卷三，引卢象《还家》诗“小弟更孩幼，归来不相识”，以为知章“儿童”两句是脱胎于卢诗。恐是偶合。卢象的年龄似也小于知章。又引严坦叔（严粲）《还家》中“旧时巷陌浑忘记，却问新移来住人”句，说是“颇得知章之遗意”。其实两诗作意也全不相涉。——作者注

# 辋川秋日

王维诗的内容很广泛，但他最擅长的自推山水诗。他诗的体裁五七言古近体兼备，但最出色的还是五绝，而这和他的一些山水诗的题材是相适应的。稍纵即逝的一个感觉、一个印象，也只有用一首小诗来抓住它。王维是一个多才多艺的人，除了诗，还工画，懂音乐。中国画和诗之间，在艺术气息上又有有无相通的互相补充之处。唐会昌时人朱景玄的《唐朝名画录》上，曾说王维“复画《辋川图》，山谷郁郁盘盘，云水飞动，意出尘外，怪生笔端。尝自题诗云：‘当世谬词客，前身应画师。’其自负也如此”。这是说，他是宁愿做画家而不愿做诗人的。“空山不见人，但闻人语响”，如果以画来比，便是画面以外的东西了。他爱好音乐，曾任乐官，在听到自然界的一些音响时，就比别人容易引起美感上的反应，形成一种诗化的听觉。一串黄莺的啼叫，一天秋风吹动落叶的声音，在音乐家听起来，就跟别人不同。所谓志在高山，志在流水那种音乐上的高妙境界，同样适用于诗境。王维又是一个虔诚的佛教徒，他的山水诗里含有形而上的禅味的特点，多少和他的信佛教有关。他喜欢写静境、写独坐、写“人不知”，这和佛教徒所谓“入定”，未始没有相通地方。“行到水穷处，坐看云起时”（《终南别业》），这种水和云的无心交换，使他感到宇宙之无穷，也给他以某种信仰上的暗示。他诗中表现的空间的不可捉摸的流动性，多半是在这种精神世界里写成的，而在空间的变化中，又体现着时间追踪逝去。他的这些作品，虽然是在静止状态下写的，但作品中出现的景物，却始终在运动着，只是对他也许又产生了无常、色空的观念。其次，在他的某些山水诗里，人等于是自然界的一个小小单元，例如上述的“空山不见人，但闻人语响”和《山中》的“山路元无雨，空翠湿人衣”。人是为了要使空翠实现它的愿望才出现的。

王维山水诗的另一个特点是善于使用光线，《白石滩》的“家住山东西，浣纱明月下”，通过月色的映照，使人物和自然表现出和谐之美。《终南山》的“分野中峰变，阴晴众壑殊”，又以明与暗的对立，写出了各山之间光度上的差异。月亮上升时如何惊动山鸟，夕照如何穿过深林又投到青苔上，在无人知的幽深的竹林里，明月如何找到了诗人。光线在王维诗中常常占着主宰的地位。他笔下的光线并不强烈，但读者一见到他的光线在山谷和竹林间过来时，情绪立即活跃起来。

说王维晚年写的山水诗缺乏积极的现实意义也是事实，这除了主观上的“万事不关心”的原因外，还有一个题材上的原因。山水诗总是以乡村为对象的，乡村比起城市来有它恬静纯朴的一面，但从反映现实内容上说，也就差些。诗人越是把水乡禽语、竹林幽谷写得美感欲溢，紧张复杂的社会内容必然要削弱。如果把这一类山水诗集中起来的话，在情调上也确实感到单调狭窄。不过，有一点还是应当肯定的，姑以王维的《辋川集二十首》[1]为例，那种庸俗恶浊的东西却也很少。

下面试把《辋川集二十首》中的十六首，用散文形式作一蛇足式的改写（原诗见附注）：

---

[1] 《辋川集二十首》：王维辋川山水诗的集成，共二十首，分别以辋川的二十处景点为题。辋川，地名，在今陕西省西安市蓝田县。

孟城坳[1]的周围显得有些荒凉，几棵古柳在秋风中摇曳着，像是在怀念旧日的主人。诗人登上山冈，只见鸟向秋色中飞去，接二连三地出没着，好像大家约好似的，要在无穷的宇宙中找一个最合适的归宿地方，然后安心歌唱。他不知道以后能不能见到它们，带着惆怅走下了山冈。沿着山径向文杏馆走去，他闻到了香茅的气息，看到精致的屋梁，想起郭璞《游仙诗》里“云生梁栋间，风出窗户里”的诗句，但愿这些栋里云都飞出去化为人间雨。

隔了几天，他想往更高地方走去，就步上了斤竹岭。那里不但秀竹成荫，连水纹都泛起青翠的皱晕。不知不觉之间他已经进入商山了，可是樵夫又在何处呢？

寂静给他以快感，于是来到了鹿柴[2]。山上果然见不到人，奇怪！隐约间却传来了人语声，就像“鸟鸣山更幽”一样。这种看不见、听得到的玄妙感觉，又使诗人对深山密林发生更深厚的兴趣。他看看落日的余晖，山石的青苔上却闪着微茫的光泽。

在木兰柴里，夕照在渐渐地收敛，它已经替人间遍照了一天。一只飞鸟在紧张地追逐前面那个伴侣，在它身边又流动着翠色的山气，也不知要漂泊到哪里去。

辋川的秋天尤其可爱，一簇茱萸已经在水边结成红果绿叶了。如果山中人好客将他留下，他很想喝几杯茱萸酒呢。

他到宫槐陌的时候，恰巧秋雨之后，大概他好久没有去了，门前已堆满着落叶，他赶快将落叶扫去，生怕山僧到来时看作不恭敬。

到了这时候，他接触到水了。

---

[1] 孟城坳（ào）：辋川的一个地名。

[2] 鹿柴（zhài）：辋川的一个地名。柴，指栅栏、篱笆等。

在临湖亭边，一叶轻舟载着一个客人从湖上驶来。他迎接客人进入轩中，开怀畅饮，四面荷花为他们而开得更盛。月亮在轩子前徘徊着，远处传来谷口的猿啼声[1]。

主人将客人留下，第二天，轻舟又载着他们驶向南垞[2]。隔着盈盈湖水，遥望对面人家，可惜不认识。在游欹湖[3]那一天薄暮，他们在箫声中分手了。目送着友人的背影[4]，他又在湖上回过头看看白云，白云却被青山卷走了。

在栾家濑[5]的秋雨中，跳跃着的水珠溅到正在觅食的鸬鹚[6]身上，鸬鹚陡地吃了一惊，立即逃去，可是刚才快将入口的鱼儿却撩起它的食欲，它又飞下来了。

在白石滩，几个浣纱女向滩边走来。因为月色分外皎明，诗人从她们来时各自的方向上，知道她们有的住在水之东，有的住在水之西，为了都想趁着月色来浣纱，于是她们在一起碰头了，诗人因而对这天月色印象特别深。

---

[1] 原诗中的“轻舸迎上客，悠悠湖上来”的“上客”，也可以理解为诗人自己。但因为裴迪《同咏》中有“当轩弥晃漾”句，这里姑且解为指诗人的客人，也可能就是裴迪。——作者注

[2] 垞（chá）：小丘。南垞即湖南边的小丘，北垞即湖北边的小丘。

[3] 欹（qī）湖：辋川的一个湖泊名。

[4] 原诗云：“吹箫凌极浦，日暮送夫君。”按唐人诗中也以“夫君”称友人，如孟浩然的《游精思观回王白云在后》：“衡门犹未掩，伫立待夫君”的“夫君”，即指王白云。王维诗中的那个客人（夫君），固然未必就是临湖亭的客人（我将他缀合在一起，只是一种想当然的主观说法），但总之不能作为丈夫解。而且妻子吹箫送丈夫，也不大说得通。——作者注

[5] 濑（lài）：水流很急地流过沙石。

[6] 鸬鹚（lú cí）：水鸟名，俗叫鱼鹰，善捕鱼。

在南垞时，他就想起了北垞，但北垞很远，没法同时去。这一回，他终于来到了。几行葱茏的树木映着红色的阑干，南川的水流脉脉地蜿蜒而去，落日的余晖在林间时隐时现。他觉得北垞果然没有使他失望。

接下来是竹里馆和辛夷坞，那里的幽僻和恬静使他的心灵获得更大的满足。便独坐在竹林中时而弹琴，时而长啸。诗人是懂得音乐的，无须知音，他为自己奏着最美妙的心曲。

高大的辛夷（木笔）花也已发苞。诗人漫步到山间水边，四顾无人，只是眼看辛夷花又将在盛开后凋谢了，它开的时候就像荷花一样可爱[1]，可是来去为什么这样匆促？

---

[1] 原诗云："木末芙蓉花，山中发红萼。"李时珍《本草纲目》卷三十四说辛夷"紫苞红焰"，故第一句是说辛夷像芙蓉花，即荷花，并非指木芙蓉。——作者注

附注：

〔孟城坳〕新家孟城口，古木余衰柳。来者复为谁，空悲昔人有。

〔华子冈〕飞鸟去不穷，连山复秋色。上下华子冈，惆怅情何极。

〔文杏馆〕文杏裁为梁，香茅结为宇。不知栋里云，去作人间雨。

〔斤竹岭〕檀栾映空曲，青翠漾涟漪。暗入商山路，樵人不可知。

〔鹿　柴〕空山不见人，但闻人语响。返景入深林，复照青苔上。

〔木兰柴〕秋山敛余照，飞鸟逐前侣。彩翠时分明，夕岚无处所。

〔茱萸沜〕结实红且绿，复如花更开。山中倘留客，置此芙蓉杯。

〔宫槐陌〕仄径荫宫槐，幽阴多绿苔。应门但迎扫，畏有山僧来。

〔临湖亭〕轻舸迎上客，悠悠湖上来。当轩对尊酒，四面芙蓉开。

〔南　垞〕轻舟南垞去，北垞淼难即。隔浦望人家，遥遥不相识。

〔欹　湖〕吹箫凌极浦，日暮送夫君。湖上一回首，青山卷白云。

〔栾家濑〕飒飒秋雨中，浅浅石溜泻。跳波自相溅，白鹭惊复下。

〔白石滩〕清浅白石滩，绿蒲向堪把。家住水东西，浣纱明月下。

〔北　垞〕北垞湖水北，杂树映朱阑。逶迤南川水，明灭青林端。

〔竹里馆〕独坐幽篁里，弹琴复长啸。深林人不知，明月来相照。

〔辛夷坞〕木末芙蓉花，山中发红萼。涧户寂无人，纷纷开且落。

# 李白出京

李白诗中出现的妇女形象要比杜甫多，各种类型都有：乡村老妪、水上少妇、酒家女侍、东窗邻女以至北地娼妓。这些都是他所亲自接触的，故而还不包括历史人物和天上仙女，但身份最高贵的当然要算沉香亭畔的杨贵妃了。

他第一次到都城长安时，曾经结识了玉真公主，她是玄宗之妹，已出家为道士，身份也不在妃嫔之下。第二次是天宝元年（742）。这时杨贵妃是二十四岁，尚未封贵妃（此处姑从习称），却以道士之身、太真之号陪侍玄宗。李白则以布衣供奉翰林，实际是皇家的清客。

这天，宫中牡丹盛开，玄宗偕杨贵妃前往赏玩，乐工李龟年想进歌曲助兴，玄宗说："赏名花，对妃子，焉用旧乐词为？"便命李龟年持笺纸赐李白，要他立即写诗纪盛，李白乃写了三首《清平调》：

云想衣裳花想容，春风拂槛露华浓。若非群玉山头见，会向瑶台月下逢。

一枝红艳露凝香，云雨巫山枉断肠。借问汉宫谁得似，可怜飞燕倚新妆。

名花倾国两相欢，长得君王带笑看。解释春风无限恨，沉香亭北倚阑干。

清平调是由清调、平调合成的曲牌名，前所未有，所以不同于旧乐。

将花比作女人，在《诗经》中已经有了，例如《国风·桃夭》的“桃之夭夭，灼灼其华。之子于归，宜其室家”，即是以盛开的桃花比作将要去过新婚生活的新娘，也使人感到青春的“秾艳[1]”。李白这三首诗，给人一个突出的印象是丰满与和谐，很自然地会联想到杨贵妃的体态与风度。

诗虽三首，却是一个整体：花中有人，人中有花。沈德潜在《唐诗别裁集》中说：“或谓首章咏妃子，次章咏花，三章合咏，殊近执滞。”这话是对的。这三首诗是在匆促之间写成的，也不可能想得那么缜密。

第一首的第一句，是说云想做她的衣裳花想做她的容貌，陶渊明《闲情赋》所谓“愿在衣而为领”。即是说，如果能让云做她的衣裳花做她的容貌，那该多么愉快呀！但这只是向往，因此便成为云和花的遗憾了。第二句以含露之花又受春风的吹拂为喻，加一倍写杨贵妃之受厚宠。三四两句，原是一个意思，无非说只有到仙国才能看到这样美人，不但词意复衍，而且落了俗套。

第二首第二句是说当年楚王之与神女相会，究系虚幻的梦境，只能徒增惆怅，自不能和贵妃之深得实宠相比。李白《襄阳歌》中也以“襄王云雨今安在”，抵不上他自己的狂醉乐趣为比。

第三首第三句的“春风”，和第一首的“春风”相应，从正面说，也能够使春风高兴的，只有沉香亭畔倚阑干的那一种风情了。沈德潜说：“本言释天子之愁恨，托以春风，措词委婉。”沈氏解诗，常有颖悟处，此即其一。

李白这三首诗，其实是变相的宫体诗，叶燮在《原诗·外篇》中就说：

[1] 秾（nóng）艳：色彩浓重而艳丽。

“亦平平宫艳体耳。”在李白集中，原非上品。将它和《永王东巡歌》来比，同是谀扬，后者却是气概逼人。黄彻在《䂬溪[1]诗话》卷二中还说：“愚观唐玄宗渠渠于白，岂真乐道下贤者哉？其意急得艳词媟语[2]以悦妇人耳。”话有些不大好听，却也是事实。但因为李诗中有以赵飞燕比杨贵妃语意，高力士便向杨贵妃进谗，说李白是有意讽谏，因而遭到贵妃忌恨，李白为此也得不到玄宗重用。

但前人如王琦已经指出，这一说法不可靠。我觉得是对的。

李白是一个急于求表现的人，我们只要看看他在开元年间写的《与韩荆州书》，就可以窥见他如何以诚惶诚恐的心情，希望能一登龙门。他在翰林时还是个新进词臣，怎敢去触怒杨贵妃？触怒她岂非等于触怒玄宗？他用飞燕比贵妃，不过像他在《宫中行乐词》之二中写的“宫中谁第一，飞燕在昭阳”的意思一样，无非说贵妃的倚阑姿势，在汉宫中只有赵飞燕之倚新装才能并比。

可是赵飞燕确是个行为放纵的女人，最后又自杀而死。她的生平，杨贵妃是知道的，所以，尽管李白写诗时只为讨好，并无讥讽，也确实容易惹是生非。其次，由于杨贵妃入宫不由正途，也使她在某些方面会有特殊的敏感，加上高力士的挑拨（如诗中两用“倚”字，就可以罗织），“蛾眉不肯让人”，由此而忌恨李白并非不可能。至于玄宗之不重用李白，是否纯然出于贵妃的作梗，尚不能遽加断言。

两年多后，李白离开长安了。这时是四十五岁，天还留给他十七年时间，让他写出《梦游天姥吟留别》、《庐山谣寄卢侍御虚舟》、《赠汪伦》、《宿五松山下荀媪家》……那些光照人间的好诗；又让他去

[1] 䂬（gǒng）溪：北宋诗评家黄彻，晚号䂬溪居士。

[2] 媟（xiè）语：轻薄、淫秽的言词。

经历一场从永王李璘的风波。如果他老是留在皇帝旁边，就要花许多精力去写“是时君王在镐京，五云垂晖耀紫清”（《侍从宜春苑奉诏赋……》）以及“笛奏龙鸣飞，箫吟凤下空”、“后庭朝未入，轻辇夜相过”（《宫中行乐词》）那样作品，上焉者也不过如《清平调》而已。对于“安能摧眉折腰事权贵”的诗人来说，也许要视为老悔之作。

当然，李白也可以去做执政的卿相，但他是“谪仙”，不是名副其实的治国平天下的人才，尽管他在政治上有远大抱负，一直想偿施他的理想，但有的只是诗人豪语，依我看来，还是命运安排他去廊庙而游江湖好得多，让他以诗人之身死于东南，特别幸运的是，还让他与杜甫一同名垂千古。由此观之，实在没有委屈他。

# 李白大梦

诗人往往是开辟梦境的大匠。李白是这样，李贺也是这样。赵翼在《瓯北[1]诗话》卷六中，说到陆游纪梦诗，“核计全集，共九十九首”。陆诗多到近一万首，他能“核计”，倒真有此耐性。

对于李白那样的诗人，那种“别有天地非人间”的梦境，确也是表现他艺术魅力的好题材。沈德潜在《唐诗别裁集》中评《梦游天姥吟留别》说：“一路离奇灭没，恍恍惚惚，是梦境，是仙境。”又说：“诗境虽奇，脉理极细。”这话也体现了沈氏的欣赏能力。又如李白未曾到过剑阁，可是他在《蜀道难》中写的西望太白，曲绕青泥，经栈道，逾剑阁而前往锦城的途程，却是历历分明，不也是可以看作他在画梦吗？

梦境、仙境和诗境，原是一脉相承。梦本来是对现实生活的暂时中止，却又是补偿。在现实生活里被抑制的愿望，可能会在梦中实现。人们如果真想看到神仙，就只能寄期望于梦中。通过诗人的生花之笔，织就了一幅富有色泽的彩毯。当我们读到《梦游天姥吟留别》的上半首时，只觉得是一首杰出的山水诗，是李白留下的中年时的东南屐痕。

[1] 瓯北：赵翼之号。

但接着，可怕的雷电出现了，山岳崩裂了，天空的石门砉然[1]敞开了，众仙纷纷而下，怪物接踵而至，老虎在鼓瑟，凤凰在驱车。诗人魂悸魄动，梦也醒了。然而，正清醒着的读者却被唤进了梦境，神游于仙境。所谓浮生若梦，对于诗人来说，岂非就是梦若浮生？正像刘熙载在《艺概·诗概》中说：“‘以友天下之善士为未足，又尚论古之人’（这两句原为《孟子·万章下》的话），神仙犹古之人耳。故知太白诗好言神仙，只是将神仙当贤友，初非鄙薄当世也。”这话说得很巧妙，不过李白对当世还是鄙薄的。

李白是一个易于冲动，政治上、文学上的表现欲望都非常强烈的人。从他的某些诗文看，毋宁说，他是一个很热衷的人。像《与韩荆州书》等，如果出于别人之手，也不足为怪，出于李白，令人惊讶。他依附永王不能说全是被迫，《永王东巡歌十一首》也确实写得很好，说明他对永王原是有感情的。元人范德机（范梈[2]）对《梦游天姥吟留别》末尾的“安能摧眉折腰事权贵，使我不得开心颜”二语评云：“结语评衍，亦文势当如此。”（见王琦注本）我倒觉得是对的。

李白固然有他高傲的一面，但也有庸俗的一面。他在《流夜郎闻酺[3]不预》中说：“汉酺闻奏钧天乐，愿得风吹到夜郎”，足见其心存魏阙[4]之切，在《放后遇恩不沾》中，他又写道：“何时入宣室，更问洛阳才。”如果真的能预汉酺，入宣室，又怎能不事权贵？

---

[1] 砉（huā）然：象声词，多用来形容破裂声、折断声、开启声、高呼声等。

[2] 范梈（pēng）：元代诗人。

[3] 酺（pú）：欢聚饮酒。

[4] 魏阙：古代宫门外的建筑，是发布政令的地方，后用作朝廷的代称。身在江湖，心存魏阙，旧指解除了官职的人，仍惦记着进朝廷的事。后多用以讽刺迷恋功名富贵的假隐士。

但李白还是可爱的，他的冲动是强烈而真诚的。我们很难希望古代士大夫一点都不虚伪。只要他们能够更多地开放内心世界，对我们而言就是一种愉悦。仙境正是病态社会的产物。诗人越是把仙境写得亲切逼真，越能反映出对现实生活的“破坏”。梦境中的一丘半壑，也即他对理想世界的召唤。同时，他的语言艺术，他的那种“大风起兮云飞扬”的喷薄的想象力，他的大鹏双翅似的横扫一切的才气，也在他的梦境与仙境中充分体现出来。龚自珍在《最录李白集》中曾说：“庄、屈实二，不可以并，并之以为心，自白始。儒、仙、侠实三，不可以合，合之以为气，又自白始也。”这固然说得很精辟，但庄、屈二人，对于文学史上一些成就大的诗人，其实都起过不同程度的影响，而且庄、屈本身确也容易合流，孕育着仙，仙又靠近着侠。李白那样的诗人，也就命定地会受到影响。特别是那位聪明的唯心主义者庄子，李白对他自更有相煦相濡之感。李白如果不爱好庄子，庄子就永无知音了。同时，庄子是一个善于头走路的哲人，又算得上语言大师。他的北溟有鱼、大块噫气[1]、秋水时至等片段，其实都具有诗的气质。他如果生在盛唐，成就绝不在李白之下。总而言之，在与李白同一时期的大家中，心理状态如此复杂，幻想如此缤纷，矛盾如此分明，没有一个人能够超过李白。

宋人葛立方《韵语阳秋》卷十一有云：“李太白古风两卷，近七十篇，身欲为神仙者殆十三四。……岂非因贺季真有谪仙之目，而固为是以信其说耶？抑身不用，郁郁不得志而思高举远引耶？”在佛、道二教盛行的唐代，李白相信神仙是很有可能的，道教对他更合适些，也不

---

[1] 大块噫（yī）气：大块，大自然、大地、世界；噫气，吐气出声。大块噫气，其名为风，指大地发出来的气称为风，这是古人对风的起因的一种解释，语出《庄子•齐物论》。

光是姓李的缘故。李阳冰在《草堂集序》中，就说李白曾“请北海高天师授道箓[1]于齐州紫极宫”。这说的当是事实。葛立方说李白的近七十篇古风中“身欲为神仙者殆十三四”，也就是说，这些神仙故事，成为他创作欲的一种中心。在《古风其十九》的“西上莲花山，迢迢见明星”一段，在《梁甫吟》的“我欲攀龙见明主，雷公砰訇[2]震天鼓”一段，在《西岳云台歌送丹丘子》的“巨灵咆哮擘[3]两山，洪波喷流射东海”一段，在《鸣皋[4]歌奉饯从翁清归五崖山居》的“忆昨鸣皋梦里还，手弄素月清潭间”一段。……

这些形象，和《梦游天姥吟留别》都是属于同一“意识流”的领域，也就是梦的边缘，只是用不同的语汇表现出来。原来一些平凡的琐碎的事物，在他的笔下，便会感染仙气，特别是在酒后。不但自己得到快感，还使读者接受他的对话。但不管这些形象如何怪诞离奇，说到底，还是真实的化身。仙境中梦境中的巨石岩泉、亭台楼阁，正是他漫游中的雪泥鸿爪。在每一个不可能中包含着可能，在每一个幻想中包含着理性却又为它让路。不然，这些形象就无法在他笔下通行无阻了。任何艺术家都离不开大胆的想象，只是这种大胆的想象在我们的精神生活中能起什么作用？

李白在写作上述这些仙境的时候，实际已经突破了他对神仙的信仰限度，而是变为表现他想象力的一种智慧条件，一种积极的心理活动。对于我们来说，李白是否信仰神仙，是否真的做过这些梦，并不是主要问题，使我们感兴趣的，却是他的这些创作心理是在什么状态下活

[1] 道箓：道教的符箓。凡入道者必受箓，以标明身份，成为“在编”的道教徒。

[2] 訇：形容大声。

[3] 擘：剖开。

[4] 鸣皋：山名，在今河南省嵩县。

动的？和现实生活有着哪些矛盾？一个无神论者，不但要指出宗教迷信的消极影响，还要承认宗教感情在激发古代某些大诗人想象力方面的重要作用。

一个完整的李白是他整个精神生活的总和，然而又是在不断地变化着、矛盾着，积极和消极的因素常常合二而一。他相信神仙，但在《古风》之三中，对秦始皇遣方士求仙采药，却采取讽刺态度。他以大鹏自居，在某些方面，我们应当承认，说句不敬的话，实在和斥鷃只是五十步与百步之比。我们只能指出哪些是主要的，哪些是次要的。

每个人的一生中，都做过或喜或惧、可歌可泣的大梦，临到李白，他就留下了《梦游天姥吟留别》那样的作品。

从这个意义上说，李太白只有一个。

# 杜甫写马

杜甫写马的诗有十余首，有的是直接咏马，有的是为别人的画卷而题咏。杜甫不是画家，却又是一位画马的圣手。他所画的马的形态和气质，归纳起来，主要有这样一些特点：眼有紫焰，天骨开张。锐耳批竹，蹄能削玉。满身五花，雪垂白肉。顾视清高，瘦骨锋棱。临阵无敌，与人能成大功，又能寄托死生。这些特点，也体现了杜甫的审美趣味；不仅仅使人从形态上获得快感，更重要的，还由于他在抽象概念上做出重要的贡献，也即善于写出马的精神品格。南宋陈模在《怀古录》卷上中，说到杜诗中的“是日牵来赤墀下，迥立阊阖[1]生长风”等句后云：“其笔力已造妙难及，然尚是写出实事。至若‘曾貌先帝照夜白，龙池十日飞霹雳’，‘此皆骑战一敌万，缟素漠漠开风沙’……此皆以无为有，描摹气象，脱落笔墨畦径外。此其独步千古也。”所谓“以无为有”，就是指咏马诗中抽象和具象的反复转化。判断一个画家艺术上的高下，就是看他在画自然界的生态时，能不能同时画出思想、画出情操。一只小虫，一片败叶，一道溪流，在高明的画家笔下，虽寥寥数笔，其中就含着喜怒哀乐的感情。有些遗民画家画的石头，就是一种有表情的石头。

马，在无限的天地里驰驱着，在有限的棚屋里低着头。体积在动物

[1] 阊阖：天门。这里指宫门。

中不算最大，大街小巷却无法施展它的四蹄，性格不像虎豹那样凶猛，可是在一些不善于驾驭的人手里，倒也不容易驯服，就像杜甫在《画马赞》中说的，“愚夫乘骑，动必颠踬[1]”，甚至连“长安壮儿不敢骑”（《高都护骢马行》）。在杜诗中，不但有年富力强，肌肉结实的壮马，也有已入暮年的瘦马。它在前一年还在奔波逐余寇，第二年却被官军遗弃道旁，因而皮干剥落，身杂泥滓（《瘦马行》）。托尔斯泰的《安娜·卡列尼娜》第二部第二十一章中，写到一头叫作佛洛-佛洛的马时，有这样几句话：“它是那样一种动物，仿佛它的不能说话，只是因为它的口的构造不允许它那样。”可是马所不能传达的思想感情，却由杜甫传达了：“见人惨淡若哀诉。”

这里试再以他的名篇《丹青引赠曹将军霸》为例。

这首诗和《韦讽录事宅观曹将军画马图》是姊妹篇，同作于代宗广德二年（764）。这时杜甫在成都，已经五十三岁，他所追随过的玄宗、肃宗都已去世。诗中以一马而叙数人。历代对此诗都有很高的评价，清代翁方纲曾称为“古今七言诗第一压卷之作”（《王文简古诗平仄论》）。但我们看看全诗，真正描写到马的形象的，不过一两句，可是读了之后，确感到绝大波澜，无穷感慨。人才的漂泊，功臣的凋谢，世俗的势利，政局的变幻，都概括在二百余字之中。浦起龙在《读杜心解》中说：“身历兴衰，感时抚事，唯其胸中有泪，是以言中有物。”他这话是就《韦》诗说的，却也适用于《丹青引》。

曹霸的画，我们已经无法见到，但他当年画马时，总是力求将马的形象画得生动逼真，可是杜甫在写诗时，他所关心的，却不是马的外在形态，而是以马为契机，表达他的灵魂世界中一直想要倾泻的感慨，以及能够激发他的崇高感的历史事物，并把这些事物从具象中抽

[1] 踬（zhì）：被东西绊倒，不顺。

象出来，让它们以更高的存在形式出现于作品中。诗一开头举出曹操，不但因为与曹霸同姓，也因为曹操是一个文才武功震耀一世的英雄。褒公段志玄、鄂公尉迟敬德，都是百战沙场的健将，也是凌烟阁上的功臣，死后陪葬昭陵。他们固然是曹霸画中原来就有的，却也是为杜甫所尊敬的，他们当年跃马沙场，帮李渊父子于马上得天下的故事，都唤起人的崇高庄严的感觉。卫夫人、王右军都是书法艺术上有最高成就的代表，以此配下文的曹、韩。但王优于其师，曹则师贤于弟子。杜甫不爱肥马，在《李鄠县丈人胡马行》中曾说："始知神龙别有种，不比俗马空多肉。"所以《丹青引》中对韩干的画肉不画骨表示遗憾[1]。在《房兵曹胡马诗》中又说："胡马大宛名，锋棱瘦骨成。竹批双耳峻，风入四蹄轻。"因为瘦马象征筋骨强健，行动轻快，比肥马更能表现出力的美，一种起支持作用的力量。观李贺《马诗》的"向前敲瘦马，犹自带铜声"和"厩中皆肉马，不解上青天"句，可见他也是崇尚瘦马的。金圣叹选批杜诗，于此有云："然画肉不画骨，针砭世人多少。"又云："从来佳士，必不以肉重也。"都解得很精到，也使人联想到脑满肠肥之流。前人评杜甫咏马诗，也多是强调气质方面，黄彻《䂬溪诗话》卷二，曾举杜集中屡以马与鹰相对，如"老骥思千里，饥鹰待一呼"，"骥病思偏秣，鹰愁怕苦笼"等。接着说："盖其致远壮心，未甘伏枥，嫉恶刚肠，尤思排击。"确中杜诗原意，但黄氏说得尤为语妙。要之，杜甫这两首诗的最大价值，还在于抽象因素大于形象因素。

其次，曹霸的画是以真马为模特儿的，杜诗中的马是根据曹画写

[1] 杜甫对韩干画马艺术的总的成就是肯定的，所以在《画马赞》中颇为称赞，但对他的画肉不画骨这一点则表示不满意。这其实并不矛盾。浦起龙《读杜心解》卷二之二云："写生出色，又以韩干作衬，非贬韩，乃尊题法也。"亦是。——作者注

的，我们现在看到的只是杜甫的诗，那又是经过创造性的转化的一种艺术作品。艺术允许把真实东西一再改变，从现实变为理想。这中间，作为画家和诗人的思维活动的核心是他们的想象力。例如曹霸由马而想到功臣的姿态，玄宗和圉人的表情，杜甫由画想到书法。不仅画家和诗人在构思时需要想象力，就是读者，真要从作品中领会奥妙，取得快感也何尝不需要透过想象力进入自己的感情。就《丹青引》这首诗说，杜甫是一个作者；就杜甫对于曹画的关系来说，他最先也是一个读者。他是通过双重的想象力才达到这样高度成就的。读者在阅读杜诗时，眼中看到的虽只是一堆堆死的词句，然而贯穿整篇的是一团活力，读者的心灵也随着长上翅膀，于是想象力起飞了。古人所谓掩卷冥思，多半是指这样一个精神状态。历代有不少杜诗的评论者，他们同时也是杜甫的忠实读者。凡是评论到杜诗中精彩作品，这些评语也往往神采飞扬，表现出他们高超的欣赏能力，一看到杜诗中的“死不休”的名句，他们的审美敏感就一触即发，和诗人一样表现出他们的能动性。即使是寥寥数十字，也不失为杜甫的钟子期。在杜甫这两首咏马诗中，就可以找到例子。这种水乳关系，在杜甫等这些大家身上，尤其表现得明显，因为读者在阅读他们某些杰作前，本来怀着一种虔诚的期待，等到开卷细读，果然又是期待中的话，却被诗人说了出来，自然紧紧抱住了。

杜甫等大家的作品，优点、缺点都是客观存在，可是如果没有历代一批具慧眼的评论者也即读者，杜诗的光芒就要差些。杜甫没有辜负读者，但这些知音也值得他感激。

“伯乐一过冀北之野而马群遂空”，杜甫的如椽大笔，使《丹青引》、《韦》诗中的“真龙”一出，就“一洗万古凡马空”。如果说，伯乐是马的功能上最有眼力的鉴定者，那么，杜甫就是马的艺术上的伯乐。

# 夔州[1]古柏

杜甫是一个拘谨的人，一生穷愁困顿，北宋的杨亿曾称他为“村夫子”，也许可以这么说，却又是一个很可爱的“村夫子”。他在作品中所表现的情操，却高比崇山，深如大泽。一匹骏马，一间茅屋，一株古树，到了他的手里，无不唤起人的崇高的美感。鲁迅在《半夏小集》里说：“养肥了狮虎鹰隼，它们在天空、岩角、大漠、丛莽里是伟美的壮观，捕来放在动物园里，打死制成标本，看了也令人神往，消去人的鄙吝之心。”[2]虽然鲁迅没有举出杜诗，但杜诗中写的那种“消去人的鄙吝之心”的形象，正可以用他的话来印证。

代宗大历元年，杜甫来到了夔州，瞻谒[3]了象征民族智慧的诸葛亮的祠堂，也想起刘备永安托孤的故事。这时安史之乱虽已平定，但唐室还在纷乱之中，天下还未太平。诗人瞻谒之余，念天地之悠悠，感到唐帝国正是缺少一株古柏那样的大树，在疮痍遍地中尤其有些紧迫感，于是写下此诗。

开头四句，以首句之叙带出后三句之写，但夔州孔明庙的古柏形

[1] 夔州：历史名城，一直为巴渝东北部政治、经济、文化和军事中心，在今重庆市奉节县。

[2] 这句话当是化用萧统《陶渊明集序》中“鄙吝之意祛”语意。——作者注

[3] 瞻谒：朝见，谒见。

象也就到此为止。其中“霜皮溜雨”一句，原指树皮的白而润滑，可是也令人联想到古柏的内在树液，透露了在时间的流动中，古柏通过分泌的过程，生命也在无声中流动着的自然信息。它让我们把书本暂且放下，想一想从古柏的幼年时期起，经过多少的烈日严霜、雷霆雨露，它们对古柏的性格和意志又起过什么作用？它在孔明庙前又具有什么地位？它的“柯如青铜根如石”，仅仅是标志它的植物学上的特征吗？如同有些诗人咏岳飞墓前的北向大树一样，不也使人有出师未捷的怆痛之感？“云来”两句，形容古柏高耸阴森，可以气接巫峡，寒通雪山，正是夔州的地理背景。有人以为这两句文气不接，应当移在黛色这一句下。意思是写景就和写景在一起。仇兆鳌在“杜诗谬评”中对刘辰翁（须溪）的评杜诗，颇多贬责，并引宋濂（潜溪）的“如醉翁呓语”的话，可是对《古柏行》中的这两句，却依照刘辰翁的说法，竟将“君臣”两句和“云来”两句上下对调，可谓胆大妄为。即使真的文气不接，也应当由杜甫去负责，又怎能擅自改动？

杜甫对夔州孔明庙要说的话，在这八句中似乎已经说完了，内容有歌颂而无感慨。但接下来有这样八句：“忆昨路绕锦亭东，先主武侯同閟宫。崔嵬枝干郊原古，窈窕丹青户牖空。落落盘踞虽得地，冥冥孤高多烈风。扶持自是神明力，正直原因造化功。”朱鹤龄却以为前四句是指成都武侯庙之柏，后四句又转到夔州孔明庙之柏。从杜甫这首诗原为夔州者而作的意义上说，朱说也有道理。我在《唐诗三百首新注》中即采用朱说。但现在想想，将这八句分得这样刻板，恐也非杜诗原意。“冥冥孤高多烈风”一句，固然可解为栽在高地，不同于成都柏之在平地，也何尝不可解为成都柏长得孤高屹立，虽易受烈风摧折而终于不被摧倒。所以不被摧倒则因古柏的正直而为神明扶持之故。近读翁方纲《石洲诗话》卷一有云：“杜《古柏行》中间虽有忆昨一折，然落落盘踞以下，只是浑浑就古柏唱叹。朱注分上二句咏成都之柏，此二句咏夔州之柏，殊可不必。要知此等处，不须十分板划也。”他的意思是这里并无特定对象。这虽然是调和折中的说法，却也符合杜诗原意。诗人由此及彼，遂概括两地之柏的品德和遭际而言之。

另外还有一个问题。

沈括在《梦溪笔谈·讥谑》中曾说：“杜甫武侯庙柏诗云，霜皮溜雨四十围，黛色参天二千尺。四十围乃是径七尺，无乃太细长乎？”他以物理学角度来衡量艺术作品，自然有些迂，也受到后人的讥笑。艺术所力求形似的是对象的某些最主要特征，是事物之间的整个关系，因而要求其他成分都从属于一个占绝对优势的成分。诗人的意图是要写出古柏的高大，特别是它的高挺，它的高挺正体现了它强大的生命力量。诗人让我们从二千尺上面意识到有一个无限的精神空间。他所要着重表现的是古柏和丞相祠堂的庄严肃穆的气氛如何紧密配合，也即从事物的外部到内部的逻辑。如果说，这中间一定要保持某种比例上和谐的话，那么，分寸不在于四十围与二千尺，而在于古柏和武侯庙之间的主客关系是否相称。在现实生活中的事物特征和艺术作品中的事物特征，它们的作用、价值大不相同。在艺术作品中的特征，就不仅仅是将肉眼看到的东西一模一样予以复制而已。我们尊敬植物学家为了积累科学知识而千辛万苦采集标本的劳绩，但我们对诗人和画家的尊敬，却在于通过一株大树或一朵小花，把高尚的美好的情愫感染千百万读者的那双手、那颗心，尽管它们和生活中的树与花不相类似。我相信，要是沈括自己写到类似古柏那样的题材时，也会使用“无乃太某某乎”那样手法的。宋代范镇在《东斋记事》卷四云：“武侯庙柏，其色若牙，然白而光泽，不复生枝、叶矣。杜工部甫云：‘黛色参天二千尺。’其言盖过，今才十丈。古之诗人，好大其事，率如此也。”范镇是仁宗时人，即使他见到的确是杜甫当年写的古柏，也是认真得过头了，也使人想起苏轼的“见与儿童邻”的名言。一个伟大的艺术家当然要注意细节，但个别细节上的真实毕竟不能成为伟大的艺术作品。艺术家的最大贡献，就在于调动所有的细节，如同众星拱月那样，集中于一个最高目标上，从现实世界过渡到理想世界，从而在读者心中产生爆炸性的效果。“李杜文章在，光焰万丈长”，它们的光焰，不就体现在“黄河之水天上来”，“黛色参天二千尺”这些激发人的崇高之感的名句上吗？

另一方面，我倒由此又有一些题外的想法。

虽然仇兆鳌对刘辰翁的评论杜诗，列为“谬评”，但他对《古柏行》中的“君臣”和“云来”两句还是依照刘说而改动了。朱鹤龄对“忆昨”八句的理解，有的人采纳，有的还是认为全指成都柏，如冯至先生编选的《杜甫诗选》（1961年版）。仇注也以为“此咏成都柏，而以神力化功结之”。沈括的考证，赞成的人似乎没有，王得臣的《麈史》卷中，黄朝英的《缃素杂记》（见胡仔《苕溪渔隐丛话前集》卷八所引）还从古代的度量制度上评驳他[1]。尽管我们对沈括评杜诗这一具体论点不敢苟同，但他的科学的求实求证精神倒也未可厚非。诗词固然不能机械地以常识、以理性来判断，但常识或理性也并非完全是诗词的蛇足，就看他们如何运用，例如沈括指出白居易《长恨歌》中“峨眉山下少人行，旌旗无光日色薄”这两句诗云：“峨眉在嘉州，与幸蜀路全无交涉。”这对读者也是一种有用的知识，所以有些唐诗选本

[1] 《苕溪渔隐丛话》这一段中还引了《遁斋闲览》《学林新编》等驳沈括的文章。——作者注

注文中即采用了，只是他的评论二千尺毋乃太自扰乎。

其次，沈括对杜甫及其作品是钦佩的，但当他（也包括范镇）认为杜诗中某些写法不符合真实时，哪怕是细节，哪怕是诗圣写的，还是要说，这多少表现他对学术的认真态度。再从上述刘、朱、沈、王等对《古柏行》个别结构和词句的理解上，又反映了前辈学者对学术、对文艺作品的各抒己见自由评论的良好气氛，同时，后来的许多诗人、画家，仍然把他们充沛的想象力倾注在一词一句上，明知在现实生活里是不可能存在的，却没有被“毋乃太细长乎”这一类讥评所讥倒。即是说，我们既要允许诗人有写“白发三千丈”的自由，画家有画“人大于山”的自由，这在解剖学上是万万说不通的；也允许沈括、王得臣、黄朝英以求实求证精神互相批评的自由。如果说，他们的思想方法近乎钻牛角尖，也还是规规矩矩地从学术的牛角里钻去，毕竟不同于庸俗低级、哗众取宠那种论调。他们的考证对这一句杜诗是没有价值的，但对写作诗文的人，多少起一种提醒作用：在描写其他作品的细节时，还得注意它的分寸，注意想象力与真实感，夸张性与稳定性之间的矛盾和统一的关系。

# 杜甫与李白

李杜艺术上的高下，是一辈子说不清的，也无此必要。但两人性格的差异，却是非常显明。杜甫比较沉着稳健，脚下踏的是坚实泥土，眼睛看的是望得见的现实，李白的心灵却长上翅膀，随时都想向外飞翔。举一个例，他的参加永王李璘幕府，虽然他自己说是出于胁迫，恐也含有士为知己的自愿成分，只是没想到会闹到这样严重，如果换了杜甫，就未必有此胆量。他一生的目的就是“葵藿倾太阳”，老老实实忠君到底，值得肯定的“忠君”。

李白生于武后长安元年（701），比杜甫大十一岁。这个时代是出诗人的时代，王维就和李白同年出生（一说王维生于698），大约在次年，高适也出世了。这时的士大夫虽然常常会遭到放逐，放逐完毕，却也有漫游以至漂泊的自由。天宝三载（744），李白脱身长安的宫禁，漫游之余，到了洛阳，就此第一次和杜甫相见。这时李白已经写了不少名篇，对杜甫来说，多少算是个前辈。杜甫第一首写给李白的诗为五古的《赠李白》。他们的共同感受是憎厌世俗的机巧势利，厌腥膻而爱服青精饭[1]，一种道家认为可以延年的干饭。后来又一同去求仙访道，也许是受李白的影响。这在唐代，等于现代还有人相信人体的“特

[1] 青精饭：道教的一种饭，据道教书籍记载，服食青精饭有长生不老的功效。

异功能”。有些人体确是有特异功能的，我说的是那种像有妖怪钻在里面的“功能”。

杜甫单独赠李白的诗一共是九题十首，但不包括只在诗中带到两句的如《送孔巢父谢病归游江东兼呈李白》、《饮中八仙歌》等。李白则很少。就诗中表现的情感看，杜甫写的要深挚些。但无论杜赠李或李赠杜，含义都非常明白，并无曲笔，用不着去作索隐式的辩证。不想因为杜诗《春日忆李白》中有“清新庾开府，俊逸鲍参军”和“何时一尊酒，重与细论文”句，李白的《戏赠杜甫》中有“借问别来太瘦生，总为从前作诗苦”句，就引起后人的纷纷议论。有的说，这是在暗示李白不要局限于庾信、鲍照，而应该百尺竿头，更进一步。末句的“细”字更是大做文章，说这是在说李诗粗疏不缜密，即指出他的不足之处，希望以后在“细”字上下功夫。也真可谓瞽说[1]了。前人已多有辩驳，此处不再征引正反两方面的资料，却略有一些补充的意见。

如果只能用两个字来形容李诗的风格特征，那么，用“清新”和“俊逸”还是恰当的，而对庾鲍的风格大致也适用。其次，现代的读者眼福胜过唐人，单说唐、宋两代，我们就随便可以阅读李杜、王孟、元白、韩柳、苏黄、陆范等名家的作品。杜甫是唐代中叶的人，唐诗是从六朝诗发展过来。他要举前代名家的榜样，也只能举些庾鲍、阴何、二谢之类。李白的《白纻辞》，即有用鲍照《代白纻曲》句意处。其中还有个陶渊明，但若以陶诗比拟李诗，又嫌不相协调。我们试再以谢灵运、谢朓为例，他们在文学史上自有一定的地位，有些山水田园诗也常有好句，但如果生在盛唐，充其量只能列入第二流，一个王维就可压倒二谢。这当然由于时代的限制，不能孤立地来评比。杜甫

[1] 瞽（gǔ）说：胡说，瞎说。

自己在《解闷二十首》中也说“熟知二谢将能事，颇学阴何苦用心”。我们看看阴何之诗，实在不过尔尔，但在杜甫那个时代，他举阴何、庾鲍等，便是最高的典范了，也即朱鹤龄所谓“盖举生平所最慕者以相方也”。质言之，杜甫以庾鲍来比李诗，虽含友谊上的揄扬，却完全从推崇他的善意出发，没有丝毫“微词”用意。至于那个“细”字，更明白如话，用现代汉语说，便是详谈。如此而已。李白之赠杜甫，开宗明义就说“戏赠”，诗中的“头戴笠子日卓午”，也可能有玩笑性的土里土气之意，正见得李对杜的托熟，但罗大经《鹤林玉露》卷八，却说“苦之一辞，讥其困琱镌也”。真是从何说起。李诗原意，也是明明白白，意为杜甫这样清瘦，想必因为作诗作得太辛苦了。岂有他哉。杜甫自己写的《暮登四安寺钟楼寄裴十迪》有“知君苦思缘诗瘦，太向交游万事慵”句，仇注引赵大纲云：“裴之瘦貌，虽由耽诗所致，然于故旧交情亦太疏矣。”也是同一用意，杜诗的前一句正可为李诗作注脚。

上述杜甫有关李白的十首诗中，最精彩的自是闻李白流放后所作的五首，即占半数。在此之前，虽也时杂感慨，感情却是愉快的、明朗的，可是在《梦李白》等五首中，痛苦、忧郁和恐惧却代替了愉快和明朗，就像一个戏剧家本来想把现实中一对情侣的美满生活用喜剧形式结束，后来忽然听到由于天灾人祸的折磨迫使他们生离死别，喜剧立即成为大悲剧，剧中的人物要求作者用最沉痛的感情来体现他们的命运和性格，用最饱满的笔锋来凝聚他们的泪水。作者和客体关系改变了，作品的感情基调也起了本质性的变化。同时，越是抒情效果强烈的作品，它的美学效果也越强。一切不朽的抒情作品只能由生活里的最真实感情来决定，由它自身的素质来决定。

当杜甫写《梦李白》时，李白并没有死，而且在放还途中，杜甫也是将信将疑，死只是从最坏方面一种设想。读者如非事先明白本事，似也看不出杜诗是在写死李白还是活李白。作者杜甫、梦中李白和诗的读者的意识和声容，就是在这样一种迷离惝恍的信息中活动着。王嗣奭[1]《杜臆》所谓“亦幻亦真，亦信亦疑，恍惚沉吟，此长恻恻实景”，也使人想起韩愈《祭十二郎文》中的“其信然邪，其梦邪，其传之非其真邪”的话。杜诗中说的梦境，实际上当然不可能有这样完整的、清晰的梦，当然加入诗人虚构的因素，在整体上说，它比创作前容纳更多更美更有逻辑性的东西，有意识的活动超过了梦中无意识的偶然因素。梦中的李白形象并不是一觉醒来立即捕获的，而是经过诗人紧张的构思之后才成型的。一切万口传诵的杰作，都是诗人写到最后一个字时才像十月怀胎似的终于使生命来到人间。

诗中的蛟龙和《天末怀李白》中的魑魅，都是和李白的对立力量。善不能和善对立，必须通过恶的陪衬，善才能激发人们的正义，才能使诗人自己的倾向性不是硬紧塞给读者。在这两首诗中，李白已经不是一个单独性的形象，不仅仅是诗人所深念的挚友，而是悲剧人物的化身，因而对他的怜惜和同情也不仅仅限于诗人个人了。

杜甫怀念李白的最后一首是《不见》。从内容看，他似乎已经知道故人无恙，因而盼望有一天能到庐山来读书。诗中有这样两句话：“国人皆欲杀，吾意独怜才。”所谓杀，只是极言当时对李白排挤打击的厉害，并非真要杀他。唐室虽是封建王朝，对有影响的士大夫还是不敢随便杀的，即使仍是李林甫、杨国忠当权，也不敢杀李白那样士大夫。李白如可杀，王维早就杀了。可是在《李白与杜甫》中却这样说：“但他（指杜甫）只怜李白的才，而不能辨李白的冤；在他看来，李白仍

[1] 王嗣奭（shì）：明代文学家。

然犯了大罪，非真狂而是‘佯狂’，应该杀而可以不杀，如此而已。”

杜甫虽已入地下，苍天尚在上头。杜诗的《天末怀李白》就明说“应共冤魂语，投诗赠汨罗”。从杜甫这三首诗看，他才是李白的死生知己。

再就当时安史之乱爆发后的大局来说，当务之急是力求国家的安定统一，不能再有战乱分裂局面。李白参加李璘幕府，不管动机如何，在李璘失败后，他因而被流放和受到一些谴责，从当时朝廷纲纪来说，也不能说是错误，何况后来还是赦释了他。杜甫是个正统思想极重的人，他对李璘的起兵自然是反对的，对李白的获谴却极为同情，并为他申冤。即使说只是出于怜才，但对人才能如此爱惜也谈何容易。他的《寄李十二白二十韵》，卢世潅甚至说是“天壤间维持公道，保护元气文字”。反过来也见得卢氏对杜甫的公道。我对卢世潅生平不熟悉，他这两句话也是从仇注上看到，却于此不能无敬意。

# 风雪夜归人的“人”是谁

日暮苍山远，天寒白屋贫。

柴门闻犬吠，风雪夜归人。

（刘长卿：《逢雪宿芙蓉山主人》）

这是大家传诵的刘长卿名篇，末句尤为警策，统摄全诗之魂，恰恰又易生仁智之见：这个风雪夜归人的“人”到底是谁？

有的以为是投宿者，即诗人自己，这是多数。有的以为是芙蓉山主人。有的以为是路人。

明末黄凤池编纂、蔡元勋绘画的《唐诗画谱》，曾收有此诗，画面上画着骑着驴子的行人正向一座茅屋投宿，茅屋的篱门边有黑犬向客而吠，篱门内一个僮儿闻声持烛而出，背景是山峰。从这幅图画看，这位夜归人自是诗人自己了。

但我却另有设想：夜归人恐非指诗人自己。

第一句的苍山疑指芙蓉山，这句是写诗人未找到主人家时，仰望远山，身经风雪的心情；也可解为将到柴门，回顾苍山渐远。不管怎么样，都不是主要问题。第二句的白屋，指主人家屋子的简陋，白是白丁、白衣之白。《汉书·吾丘寿王传》：“三公有司，或由穷巷，起白屋。”注云：“以白茅覆屋也。”刘诗不一定用出典，只是信笔描摹，而白、寒、贫三字又是相互照应。白屋本身原与雪无关，用在这里却是不切而切。

三、四两句，写诗人进屋坐定后，忽闻柴门外犬吠之声，随即情动于中，联想到邻近必有人回家了。诗人其实不曾看到夜归人，但读者却已隐隐听到夜归人的踏雪之声。犬闻夜归人步声而吠，诗人则闻犬声而如见夜归人。他把自己的视觉引而不发，却有最大的可见性。叶燮《原诗·内编下》说的“幽渺以为理，想象以为事，惝恍以为情，方为理至事至情至之语”，倒可以借来说明这种境界。

由犬吠而想到行人，这在乡村本为很普通的反应，诗人却把这种反应上升为使人对生活发生兴趣的亲切感情，外部世界一点一滴的活动，都会在他心理上发生积极的作用，并将我们领进了大可流连的风雪之夜、灯光摇曳的荒村白屋之中，为什么不说风雪夜行人而说风雪夜归人？正是一个针对性的眼子，因为旅途投宿似很难说“归”。

我的这篇小文原载于期刊上，刊出后又读到陈师道五律《雪》，其中五六两句云：“寒巷闻惊犬，邻家有夜归。”[1] 当是用刘诗原意，则他似也理解为犬是白屋以外之犬，“归”是邻人之“归”。最近又读到《唐诗鉴赏辞典》中陈邦炎先生一文，他把夜归人解为芙蓉山主人自己[2]，虽然这一点与拙见不同，我的意思不如解为不相干的村人夜归，总之，陈文不是把夜归人解为诗人自己。《辞典》还附有上述蔡元勋一图，恰与陈文原意不相符，虽然作为插图也可并存。

---

[1] 徐凝（元和时睦州人）有一首《再归松溪旧居宿西林》七绝，末两句云：“西林静夜重来宿，暗记人家犬吠声。”此诗自与刘诗无关，却也写出了夜宿时闻邻家犬吠的情趣。——作者注

[2] 张籍《夜到渔家》有云：“行客欲投宿，主人犹未归。”可为陈说作一旁证。——作者注

其次，刘长卿这首诗是什么时候做的，芙蓉山又在何处？

《中国古今地名大辞典》芙蓉山条曾举了五处，有在山东的、福建的、湖南的（两处）、广东的。《嘉庆一统志》所列更多了，有二十一处。因此，一些选注本只得说有好多处，不详所指。这是对的。但我初步推断这首诗是刘氏任睦州司马时（代宗大历年间）做的。

此诗在四部丛刊本《刘随州集》及《全唐诗》中都置于第一首，接下来的第二和第三首为：

**送张起崔华之闽中**

朝无寒士达，家在旧山贫。
相送天涯里，怜君更远人。

**赠秦养征君**

群公谁让位，五柳独知贫。
惆怅青山路，烟霞老此人。

三首诗的首句皆不入韵，首联用对仗，这在唐人五绝中原很习见，且为正例，如杜甫《八阵图》的“功盖三分国，名成八阵图”。但二、四两句的韵脚，三诗皆用真韵中的“贫”字和“人”字。刘诗是按体裁而不是按年份编排的，但这三首诗必为同时期所作，并非偶合。第四首也是赠秦系的，第五首题为《夜中对雪赠秦系》。秦系为越州会稽人，长卿好友。秦系还将两人的唱和诗编成集子。《全唐诗》有秦系在会稽写的《耶溪书怀寄刘长卿员外》七律一首，题下注云：“时（刘）在睦州。”唐代的睦州辖境约有今浙江的桐庐、建德、淳安三县地，故秦诗末句有“严陵滩上胜耶溪”语。我因此推想，这首《逢雪宿芙蓉山主人》是刘氏从他处回到睦州途经芙蓉山主人家投宿后作的，做了这一首又用同韵做了上述第二、第三两首。芙蓉山虽然仍不能确指，但山东、广东境内的可能性应可排除。

此文写后，又见清黄叔灿《唐诗笺注》云："上二句孤寂况味，犬吠人归，若惊若喜，景色入妙。"这几句说得不很明白，体会他的意思，似乎也把夜归人理解为别人（芙蓉山主人？）而非诗人自己。黄文的"孤寂"自指诗人旅况，意即诗人已进入屋内，正在惆怅时，忽听犬吠声推想附近必有人归，孤寂之感顿时消减，因而"若惊若喜"[1]。也可能黄氏是指芙蓉山主人，那么，更有可以共语之人了。

---

[1] 明吴逸一《唐诗正声评》评此诗说："极肖山庄清景，却不寂寞。"所以不寂寞，就因听到白屋之外犬吠人归之故。——作者注

## 滁州西涧

少年时从《古文观止》中读欧阳修的《醉翁亭记》，劈头第一句是“环滁皆山也”。一个群峰簇拥的皖东山城，立即萦绕于眼前，后来又从《唐诗三百首》中读了韦应物的《滁州西涧》，更被他引进了水声禽语的溪边：

> 独怜幽草涧边生，上有黄鹂深树鸣。春潮带雨晚来急，野渡无人舟自横。[1]

韦应物曾任一年余的滁州刺史，罢任后又在西涧一带居住过，这首诗当是罢任时作。

野渡本是古人诗词中习见的题材，因为它渡载的多是离人或送客的水似的深情。但通常总是有人，这时作者看到的却是“无人”，于是这双善于发现诗情的眼睛，就把自然界中常人还不曾体验到的美感，在一刹那的直觉里摄取到了笔端。

诗里写的季节是暮春，时间是傍晚的雨后或雨中，地点在长江下游。第一句的涧边幽草，已经透示了空间与时间，接下来又以黄鹂深

[1] 王士禛《渔洋诗话》云：“滁州西涧有野渡庵，取韦诗命名。余题诗云：‘西涧潇潇数骑过，韦公诗句奈愁何。黄鹂唤客且须住，野渡庵前风雨多。’”——作者注

树来补足。正因为刚下过雨，黄莺还躲在树林深处啼叫。说得碎一点，首句是俯视，次句是仰望，末句是远眺。加上头上的莺声，诗人的视觉听觉便一齐活动起来，而幽草、深树、暮雨的色调又十分和谐，这也使我们想起王籍《入若耶溪》的“蝉噪林愈静，鸟鸣山更幽”的名句，它们都给人以特殊的空间感。凡是善于表现大自然之美的诗人，也必是“空间造型”的大匠，他们将自然界分散的多样的感觉，统一成为互相联系的整体。韦诗一开头就用“独怜”，意即“最爱”，说明诗人对西涧深有感情，因为他已经生活了一段时间，但仅仅凭这一点还不够，还需要高度的审美能力（尽管古代诗人自己不曾意识到）。

这首诗还有一个令人发生兴趣的疑问：是在什么光景下写的？可以有三种设想：（一）照第三句字面看，应是正在下雨时。那么，诗人是冒雨而去了。可能吗？（二）雨停了，因为西涧就在他寓所附近，便出得门来，信步走去，一见潮涨，就想到刚才那阵骤雨。（三）仍然是正在下雨时，只是从寓所中眺望。所以有此设想，是因为看了北宋寇准的《春日登楼怀旧》五律的上半首：“高楼聊引望，杳杳一川平。野水无人渡，孤舟尽日横。”但后来又觉得，寇诗是实写，即确是登楼引望而作，颔联顺手运用（详下），并不能作韦诗的注脚，因为韦诗的第一句，观察很细致，决非登楼引望能够看到，因而似应假设为（二）。

陈衍《宋诗精华录》录有苏舜钦《淮中晚泊犊头》一绝：“春阴垂野草青青，时有幽花一树明。晚泊孤舟古祠下，满川风雨看潮生。”陈衍评云：“视春潮带雨晚来急，气势过之。”所谓“气势过之”，也就是末句比韦诗富有激情，体现了诗人更高的精神世界：尽管是在荒凉的孤舟古祠下，他却怀着偏要看潮生的愿望。是的，好诗总是寄托着诗人愿望的。因此，前三句阴沉郁结的情绪，到这时便一变而为爆破性了。

欧阳修在《书韦应物西涧诗后》中曾云："今州城之西乃是丰山，无所谓涧者，独城之北有一涧水，极浅，遇夏潦溢涨，但为州人之患，其水亦不胜舟，又江潮不至此，岂诗家务作佳句，而实无此耶？"欧公错了，如同他在《六一诗话》中批评张继《枫桥夜泊》的"句则佳矣，其如三更不是打钟时"一样迂执。明人胡应麟在《诗薮》外编卷四中说："宋人谓滁州西涧，春潮绝不能至。不知诗人遇兴遣词，大则须弥，小则芥子，宁此拘拘？痴人前正自难说梦也。"[1] 胡氏只从"诗人遇兴遣词"来批评欧阳修（？），而对唐代西涧是否有春潮，是否有野渡，则认为不必"拘拘"。当然也可以这么说。事实上，韦诗是写实，并非只为了"遇兴遣词"。南宋王铚《默记》（王铚父亲王萃是欧阳修学生）一开头，便记宋太祖赵匡胤仕周世宗时，和江南李景（即李璟）大将皇甫晖战于滁州，正值西涧水大涨，"三军跨马西涧以迫城"。可见五代时西涧之水还是涨的，但可以跨马迫城，和唐代之可以野渡又不同，不过这时离开韦应物时也已二百年，水位自低了一些。换言之，韦氏作诗时如果根本没有供野渡的孤舟，如欧文所谓"其水亦不胜舟"，而是纯然出于虚构，那么，他即使为了"遇兴遣词"，诗的意义和价值就要大减，也就是有美而无真。

其次是韦诗中"独怜幽草涧边生"的"生"字问题。

杨慎《升庵诗话》卷八说："古本'生'作'行'，'行'字胜'生'字十倍。"这还是仁智之见。与他同时的何良俊在《四友斋丛说》卷

[1] 韦氏另外还写过《简寂观西涧瀑布下作》，可见当时还有瀑布。他的五律《简卢陟》云："涧树含朝雨，山鸟哢余春。"与七绝"独怜"两句实是一意两用。《西涧即事示卢陟》云："寝扉临碧涧，晨起澹忘情。空林细雨至，圆文遍水生。"可见他的寓所正是面临西涧，尤爱赏雨中的西涧。——作者注

三十六中说，韦应物有手书此诗，刻在太清楼帖中，首句“涧边生”作“涧边行”，次句“上有”作“尚有”，何氏并评云：“盖怜幽草而行于涧边，当春深之时黄鹂尚鸣，始于情性有关。今集本与选诗中，‘行’作‘生’，‘尚’作‘上’，则与我了无与矣。”何氏的话可靠性如何大成问题，即使原诗确作“行”与“尚”，但这和“情性”有什么关系？何氏的意思，以为只有明明白白地写上“行”字和“尚”字，才见得诗人自己在行走在仰望，因而才与“我”有关。也真是近乎刻舟求剑了。其实，就用字而论，“生”却远胜于“行”，这一“生”字本身就具有行动的意味，正为了偏爱涧边幽草丛生才乘兴而行，才表现了语言的潜力，恰恰包含自我在里面，景和情本来就难以截然分开的。

还有更古怪的是王士禛《唐人万首绝句选凡例》中举的例子：“宋赵章泉（赵蕃）、韩涧泉（韩淲）选唐诗绝句，其评注多迂腐穿凿。如韦苏州《滁州西涧》一首‘独怜幽草涧边生，上有黄鹂深树鸣’，以为君子在下小人在上之象，以此论诗，岂复有风雅耶？”赵、韩所选诗名为《唐诗绝句精选》，谢枋得曾有评注，于韦氏此诗评云：“幽草而生涧边，君子在野，考槃（隐居者）之在涧也。黄鹂而鸣于深树，小人在位，巧言如流也。潮水本急，春潮带雨，其急可知，国家患难多也。”谢氏以宋遗臣而绝食死，他的《叠山集》也颇有苍凉之作，他的《武夷山中》的“天地寂寥山雨歇，几生修得到梅花”，那倒确是寄托遗民哀思，只是评这两句诗，未免横空盘硬语，难怪明人敖英在《唐诗绝句类选》中要说：“谢公曲意取譬，何必乃尔？”

类此习气，还表现在对上述寇准的五律上，如葛立方《韵语阳秋》卷十八，说寇准知巴东县时，“有‘野水无人渡，孤舟尽日横’之句，固以公辅（三公和宰相）自期矣，奈何时未有知者”。同样是“曲意取譬”。对前人名句的袭取或化用，这在古人诗词中正不乏其例，如欧阳修《采桑子》词之九就有“野岸无人舟自横”之句，也是袭用韦诗。如果按照葛立方的说法，那么，韦应物本人之作此两句，难道也是“以公辅自期”？何文焕《历代诗话考索》就说：“葛公谓其以公辅自期，强作解矣。”

韦诗对西涧渡水的描写，有艺术上的“美”又有地理上的“真”，却不存在政治上的“善”，寇诗袭用韦诗同样如此。想不到一首一目了然的描写西涧春水的小诗，却引起后人如许的意外波澜。

## 韩愈贬潮州

元和十四年（819），唐宪宗遣使臣往凤翔迎佛骨到宫廷，韩愈上表劝谏，表中举出自汉明帝至梁武帝，皆因信佛而享国短促的事例。帝王本来什么也不怕，独独怕寿命不长。宪宗之迎佛骨，无非为了祈求延年，自然览表大怒，要处韩愈以极刑。后经诸亲贵的说情，才贬为潮州刺史。他的名篇《左迁至蓝关示侄孙湘》就是离京时作的。首二句“一封朝奏九重天，夕贬潮阳路八千”[1]，形容得罪之速：朝上奏而夕贬潮州。韩愈的原官为刑部侍郎，在古人也称为“卿贰”，因天子一怒遂沦为逐臣。第三句“欲为圣明除弊事”，仍认为自己做得没有错，末句的“好收吾骨瘴江边”，自料此去必将老死贬所。但他在这首诗里虽这样说，心里却很希望能获宽赦，在稍后的《路傍堠》中，就说“臣愚幸可哀，臣罪庶可释。何当迎送归？缘路高历历”。在《食曲河驿》中又说：“杀身谅无补，何用答生成。”意思是，如果自杀，又怎能报答皇帝抚育之恩。杀身固然大可不必，但他在诗里偏要表白，也是多此一举。

由蓝田南行，路经武关之西，适逢发配流放的吐蕃囚犯，便作了

---

[1] 当时从长安至闽粤，皆泛言八千里，参见韩愈《唐故中散大夫少监胡良公墓神道碑》。——作者注

一首七绝："嗟尔戎人莫惨然，湖南地近保生全。我今罪重无归望，直去长安路八千。"唐朝制度，在西面边界擒获的吐蕃囚犯，解至南方，都不杀死。所以首二句这样说。既借苦说苦，也以生慰生。

到了宜城（今属湖北），又作了一首《题楚昭王庙》："丘坟满目衣冠尽，城阙连云草树荒。犹有国人怀旧德，一间茅屋祭昭王。"楚昭王曾因吴国进攻而出奔，后又南征不返。宜城为楚地，当时已很荒凉，但每年十月，居民仍相率往祭昭王，也即不忘故主之意，故诗人对此一间茅屋，倍为流连。此诗前人评价极高，刘辰翁说是"俱压晚唐"，何焯说是"意味深长，昌黎绝句中第一"，陈衍说是"韩退之'日照潼关四扇开'，不如其'一间茅屋祭昭王'"，但杨慎在《升庵诗话》中却认为"今观其诗只平平，岂能冠唐人万首？"就诗论诗，确是杰作，好就好在不着力而余音袅袅，还是朱彝尊[1]说得最中肯："若草草然，却有风致，全在一间茅屋上。"（皆见钱仲联先生《韩昌黎诗系年集释》）

韩愈的古诗以巉削[2]奇崛著称，但他的七绝，却平易清隽，在南行途中，如《题临泷寺》的"不觉离家已五千，仍将衰病入泷船。潮阳未到吾能说，海气昏昏水拍天"。《晚次宣溪，辱韶州张端公使君惠书叙别，酬以绝句二章》（其一）的"韶州南去接宣溪，云水苍茫日向西。客泪数行元自落，鹧鸪休傍耳边啼"。意思是此时此地，无须听到鹧鸪的"不如归去"之声就已下泪。这两句，以"元自"与"休傍"使诗境似连而又有别。《过始兴江口感怀》云："忆作儿童随伯氏，南来今只一身存。目前百口还相逐，旧事无人可共论。"韩愈幼年时

[1] 朱彝尊：清代词人。

[2] 巉削：高峻陡削。

曾随其兄韩会之谪韶州而同往，第一句即指其事，此诗当是至曲江时作。百口极言其多，指家属。韩愈离京时，家属还留在京中，所以他有“云横秦岭家何在”及“恋阙那堪又忆家”（《次邓州界》）句，这时想必已经被迫南迁了（详后）。

到了潮州，即上表谢恩，这原是逐臣的官样文章，但表中力陈他如何用文字铺张宪宗功德，“编之乎诗书之策而无愧，措之乎天地之间而无亏。虽使古人复生，臣亦未肯多让”，甚至还请宪宗封禅，后人因此颇有责难。俞文豹《吹剑录》中就说潮阳的涨海炎风，使他的“向来豪勇之气，销铄殆尽”了，黄震《黄氏日钞》卷五十九，也说“汲汲乎苟全性命，良可悲矣乎”。获罪望赦，说几句浑话，原可体谅，但这已不同于一般浑话。他当初在《论佛骨表》中曾说：“凡有殃咎，宜加臣身。上天鉴临，臣不怨悔。”一和他的谢表对照，难免使人有“悲矣乎”之憾。

祭鳄鱼是韩愈在潮州的一件大事，这和佛教用经咒消灾实在没有什么两样，所以前人说只是来历不同，意思是佛是外来的，也即“非我族类”了。韩愈原意，或许想以此表白为民除害的决心，对冥顽不灵敢与刺史抗拒的丑类必驱之而后快，一面又趁此施展他古文的伎俩，所以后人对《祭鳄鱼文》多从词令在周汉之间、近于六经等文章气势上来评赞。《旧唐书·韩愈传》还加了这样一些话：“咒之夕，有暴风雷起于湫中。数日，湫水尽涸，徙于旧湫西六十里，自是潮人无鳄患。”这岂非把韩愈写成为张天师了？就算鳄鱼因咒而他迁，也是以邻为壑，它们到别处不是同样可以吃人？其实韩愈心里是有数的，他在文末曾说，如果鳄鱼还是不避走，“刺史则选材技吏民，操强弓毒矢以与鳄鱼从事，必尽杀乃止，其无悔”。对付这些残害百姓的丑类，强弓毒矢胜于纸面上的恫吓或劝导，任何人都是明白的。

韩愈谪迁时，他的第四个女儿女挐起先还留在长安，后来官府因她是罪人家属，不准留京，便强迫她们出京。女挐才十二岁，本已患病卧床，加上惊惶和劳累，便在旅途中死于商州南的层峰驿，草草下葬。时为元和十四年二月二日。次年，韩愈蒙赦还朝，途经女挐之墓，便写下一首七律："数条藤束木皮棺，草殡荒山白骨寒。惊恐入心身已病，扶舁沿路众知难。绕坟不暇号三帀，设祭唯闻饭一盘。致汝无辜由我罪，百年惭痛泪阑干。"第五句写韩愈还京时睹墓号哭，第六句是追叙，因女挐死时韩愈已先赴潮，所以用"唯闻"，末句意为由于受自己之罪而牵累，这种惭痛，即使多至百年，还是老泪纵横。

父亲犯罪，却连十二岁的患病女儿也不准留在京城，而父亲所犯之罪又是因为劝皇帝不要迷信虚妄的佛骨，不要做蠢事。这样的事例，对今天的人来说，是万难相信的，在韩愈时代，却是千真万确的事实。

长庆三年（823）十月，韩愈任京兆尹，乃将女挐尸骨移葬故乡河阳，还另撰祭文与圹[1]铭，祭文较《祭十二郎文》简短，却可看作姊妹篇，故多引几句：

> 昔汝疾极，值吾南逐。苍黄分散，使汝惊忧。我视汝颜，心知死隔。汝视我面，悲不能啼。……天雪冰寒，伤汝羸肌。撼顿险阻，不得少息。不能食饮，又使渴饥。死于穷山，实非其命。不免水火，父母之罪[2]。
>
> 使汝至此，岂不缘我？……人谁不死，于汝即冤。我归自南，乃临哭汝。汝目汝面，在吾眼傍。汝心汝意，宛宛可忘？

[1] 圹（kuàng）：墓穴。

[2] 《谷梁传》昭公十九年："子既生，不免乎水火，母之罪也。"水火，指遭受意外灾祸。母之罪，是说做母亲的应负责任。——作者注

句句是事实，句句从心里说出。贺贻孙《诗筏》说韩愈绝妙诗文，多在骨肉离别生死间，“亦是哀至即哭，真情流溢，非矜持造作所可到也”。说得很有眼力。

韩愈在潮州不过七八个月，他以谏佛骨得罪又以谏佛骨而名更显扬。到任京兆尹时，女挐是十六岁。古人结婚早，如果这时她还活着，也快到出嫁之年了，死者总是吃亏的、委屈的。长庆四年底，韩愈自己也死了，不知这对父女能否在地下重逢？也但愿他们能够重逢。

# 刘郎浦与蟂矶[1]

《三国演义》第五十回“玄德智激孙夫人·孔明二气周公瑾”，写刘备和孙夫人逃出东吴，来到刘郎浦，望江沉吟时，曾引用“后人”的一首七绝：“吴蜀成婚此水浔，明珠步障幄黄金。谁知一女轻天下，欲易刘郎鼎峙心。”（据 1978 年人民文学出版社版）

这所谓“后人”诗，实是中唐吕温的《过刘郎浦口号》。但其中的第二句，应作“谁将一女轻天下”。这一字之差，却与吕诗原意似是而非了。

刘郎浦在今湖北石首县沙步，所谓“先主纳吴女处”。其先本为江边沙滩，后来由此得名。石首西南的阳岐山，因刘孙行婚礼时绣幛如林，也改名绣林山。《三国演义》却倒了过来，写成刘孙在逃奔途中，诸葛亮以舟迎援他们的边岸。石首城原很贫瘠，杜甫自公安往岳州途中，曾作《发刘郎浦》一诗，中有“舟中无日不沙尘，岸上空村尽豺虎”语，可见其荒凉之状。

荆州共有八郡，周瑜曾给刘备在江南的四郡，刘备嫌地少不足容众，还想得到江汉间四郡，便于建安十五年至京口（今江苏镇江）去见孙权“借荆州”。周瑜上疏孙权说，刘备是枭雄，所以要孙权盛筑

[1] 蟂（xiāo）矶：地名，在今安徽省芜湖市。

宫室，多置美女“以娱其耳目”，这便是“美人计”之所本。刘孙联姻，大约即在次年，不过并不是在京口成亲，而是东吴将孙夫人送往荆州。当时刘备四十九岁，孙权二十九岁，孙夫人的年龄不可考，但和刘备相差自在二十岁以上。近人卢弼于《三国志集解·先主传》中有云：孙权以其妹“嫁此近五十之老翁，史文‘进妹固好’四字，大可玩也”。即是说，孙权为了政治上目的，不惜牺牲胞妹的青春，或也可为“生子当如孙仲谋”作一别解。

孙夫人的事迹，在《三国志·蜀书》中提到的共四处，都很简略，且没有替她正式立传，只有在《法正传》中，略可见到她的才性：才捷刚猛，有诸兄之风，侍婢多到百余人，都执刀侍立，因而使刘备“衷心常凛凛”，《资治通鉴》胡三省于此句下注云：“恐为所图也。”实在已超过“娱其耳目”的范围。袁枚曾写过一首《孙夫人诗》：“洞房如雪刀光秋，信有人间作婿愁。烛影摇红郎半醉，合欢床上梦荆州。”这也给我们以哲理上的启示：矛盾着的双方却非处于一个统一体中不可。

为什么要在《法正传》中记叙她的刚猛呢？因为法正能够制服她。刘备在公安时，诸葛亮即感到“东惮孙权之逼，近则惧孙夫人生变于肘腋之下”。幸有法正辅佐刘备。后来刘备入益州，裴注引《赵云别传》云：“此时孙夫人以权妹骄傲（自恃是孙权之妹而骄横），多将吴吏兵，纵横不法。”所以事先刘备把赵云留在公安营中以相钳制，足见她确实成为蜀国的威胁。元人编的《三国志平话》甚至说周瑜定计，要孙权使其妹暗杀刘备。京剧《回荆州》中，演刘备于江边见诸葛亮驾舟到来，急忙抢先上船，孙夫人立即“哼”了一声，又白了一眼，刘备赶快说：“请郡主上船。”这个小小的微妙的动作，大大加强了戏剧的效果，这一对新婚夫妇各自的内心秘奥，一刹那就泄露出来。

成亲之后，由于互相猜忌，两人没有住在一起，孙夫人城在公安城（即孱陵）西，遂和刘备同城异域，故城中有吴国官兵，并听她指挥。对孙夫人来说，以一二十余岁的闺女，只身远嫁，周围又对她多怀敌意，她也如身处危城。月明星稀，大江东去，举首云天，这心境自然尤为凄凉难堪。

孙夫人后来还吴，原因之一可能是刘备又想娶穆皇后。穆后姓吴，谥穆，本是刘瑁遗孀。“先主既定益州而孙夫人还吴，群下劝先主聘后。”（《穆皇后传》）但刘瑁和刘备同族，所以刘备事先有顾忌，臣下又必有议论，孙夫人自然也觉察了，就乘刘备在益州时，回到东吴。《三国志集解》引王昙曰：“舟船之迎（指孙权遣舟船迎妹），实夫人见几之哲。”这中间，自然有些负气，而将吴氏进之于刘备宫中的正是法正。所以清人严遂成《孱陵吊孙夫人》有“中宫正位吴夫人，妹乃徘徊中断绝。阿兄误我母则亡，刘郎薄幸心如铁”语。但更重要的，还是孙权派诸葛瑾求索荆州诸郡，刘备虚词敷衍，两国关系又紧张起来，后人因此推测，孙权将妹迎回，也为日后争荆州作部署。

孙夫人离刘后的归宿，史传即未再涉及，后世却有怪诞的传说，如元人林坤《诚斋杂记》就说她回到焦矶，“溺水而死，今俗呼为焦矶娘娘”。林文的“溺水而死”，字面上应当是掉在水里淹死之意，实际是“自沉于此”。如顾炎武《日知录》卷三十一。其次，林文说的是焦矶，它处却说是蟂矶，蟂矶在今安徽芜湖西，其祠《嘉庆一统志·太平府》说是“又云龙女祠”。她的嘉号又有灵泽夫人之称。如黄仲则曾有《灵泽夫人祠》一律：“空江日落黯祠门，仿佛云裳涕泪痕。一恸无由恩已绝，两家多故事难言。千秋杜宇休啼血，万里苍梧合断魂。终古湘灵有祠庙，流传真伪更难论。”三、四两句，极为悲凉沉痛，颇能曲达孙夫人的心事，也表现了黄氏的才情，实可单独作祠宇的楹联用。五句指刘备在蜀，六句用娥皇、女英泣舜典故，也切合，末句点明传说不可信。唯“难言”“难论”并用，是微瑕。黄氏好友洪亮吉也写过六首《蟂矶夫人像为方廉使昂赋》：

庙门斜对石矶开，一日灵潮两度来。好属锦鳞三十六，刘郎浦口寄书回。

“鳞三十六”原指鲤鱼，这里指传说中孙夫人投江而死。段成式《与温庭筠笺纸》：“三十六鳞充使时，数番犹得裹相思。”

识力居然轶辈群，卷中依约说三分。二乔莫更夸夫婿，天下英雄只使君。

一舸翩翩下武昌，归宁以后史难详。惠陵松柏如南指，尚认江东作婿乡。

第二句说得最客观也最令人遗憾。第三句的惠陵指刘备陵墓，在四川华阳西南。

越罗犹认嫁时衣，花草吴宫事已非。只有杜鹃啼血夜，江声如哭撼危矶。

末两句喻蜀吴两地相吊。

吴头楚尾路迢迢，家国多年恨未消。咫尺望夫山上石，一般心事付江潮。

传说的望夫山有好几处，一处是安徽当涂西，故与芜湖蟂矶可说“咫尺”。末句“一般”，犹李煜“别是一般滋味在心头”的“一般”。

一赋惊鸿谤议腾，寓言词客本难凭。洛川终古留遗恨，不及江波彻底澄。

这是说曹丕的甄后因《洛神赋》而被后世议论纷纷，不及孙夫人生平之澄明。

方昂曾任贵州按察使（也称廉访使），其妹方寿，善画，这幅像可能出她之手。

约与黄、洪同时的梁章巨，在他的《楹联丛话》卷六中也有一段记载，说是蟂矶夫人祠有徐文长（徐渭）一副楹联：“思亲泪落吴江冷，望帝魂归蜀道难。”事后，文长在梦中见夫人来谢。又记杨雪茉（庆琛）一联云：“空江苹藻祠灵泽，故国松楸梦惠陵。”梁氏评云：“其妙皆在不着议论而自然雅切也。”这副对联是否出于徐渭之手，原是疑问[1]，思亲句指孙夫人之思念其母吴氏，尤与事实不相符，因吴氏死于建安十二年（本传作建安七年），孙夫人出嫁在建安十四年，则她离吴之后，即无亲可思。

王士禛也有《蟂矶灵泽夫人祠》二首：（一）“白帝江声尚入吴。灵祠片石倚江孤。魂归若过刘郎浦，还记明珠步障无？”（二）“霸气江东久寂寥，永安宫殿莽萧萧。都将家国无穷恨，分付浔阳上下潮。”借刘孙生离而感慨蜀吴两亡，也颇深切。

---

[1] 王士禛《带经堂诗话》卷十四，录有张宗柟附识，也提到此联：“工绝，惜未详其氏名矣。”并未指明为徐氏作。——作者注

孙吴联姻，以喜剧形式出现，以悲剧形式结束。孙夫人与刘备相处只有三年[1]，感情上未必很融密，但毕竟分属夫妇，一旦分手，自不能无感。犹忆京剧《祭江》唱词中有“从今后不再照菱花宝镜，清风一扫未亡人”，作为戏剧看，倒也“宛转缠绵”。

最后，还要说一说蟂矶。黄庭坚有《书蟂矶》文，说“蟂似蛇四足，能害人”。蟂其实就是蛟。我由《诚斋杂记》说的焦矶，再查《嘉庆一统志·荆州府》，中云：“湖北石首县有焦山河，大江支流，自调弦口分流，经焦山下。”我因此疑心，蟂矶恐为焦矶的传讹，焦矶即石首城焦山河的岸边，石首则刘郎浦所在地。我们宁信她是自沉于江的：由于孙刘交恶，两家多故，入蜀将不谅于兄，返吴又难舍于情。徘徊于夫兄之间，处境两难，去留无主，只得投身于当初迎婚时的江畔，让如雪的浪花来明白她的心迹。这么说，她还是依恋着刘备的。

[1] 按照建安十六年刘备入蜀，孙夫人还吴计算，应是三年。——作者注

# 铁锁与降幡

太康元年（280），西晋大将益州刺史王浚，统率一批楼船，从益州出发，直驱吴都建业，吴主孙皓出降。三国鼎立的最后一个国家，至此覆灭，天下一统。

荏苒而至唐长庆四年（824），刘禹锡在往任和州刺史旅程中，途经西塞山，于凭吊古迹之余，写下名篇《西塞山怀古》：

> 王浚楼船下益州，金陵王气黯然收。千寻铁锁沉江底，一片降幡出石头。人世几回伤往事，山形依旧枕寒流。今逢四海为家日，故垒萧萧芦荻秋。

这时距吴亡已五百余年，唐室也几遭丧乱，声威下降，作者身经贬谪，有志未申，又值其母卢氏和挚友柳宗元之卒五年，自己已是五十三岁的人了。对于诗人而兼哲人的刘禹锡，这种感伤也是一种寄托。但这时的唐室究不同于割据偏安的六朝，还是“四海为家”的。

晋之灭吴，也是中国军事史上一次极为艰巨的战役。据《晋书·王浚传》，当时吴人曾于长江险要之处，用铁锁横截江中以抵制晋人楼船，王浚乃以十余丈的火炬，“灌以麻油，在船前，遇锁，然炬烧之，须臾，融液断绝，于是船无所碍”。吴之以铁锁截江，不难理解，在当时也是一种最理想的江防；晋之燃炬破江中之锁，在一千七百多年前的茫茫大江中，实在难以想象，也不知铁锁是怎样烧毁的？

纪昀于《瀛奎律髓》[1]卷三中批云："第四句但说得吴，第五句七字括过六朝，是为简练。第六句一笔折到西塞山，是为圆熟。"但略早于纪氏的汪师韩的《诗学纂闻》先这样说："以今观之，王浚楼船，所咏才一事耳，而多至四句，前则疑于偏枯；山城水国，芦荻之乡，触目尽尔，后则嫌其空衍也。"接着说："梦得之专咏晋事也，尊题也。下接云'人世几回伤往事'，若有上下千年，纵横万里在其笔底者。山形枕水之情景，不涉其境，不悉其妙。至于芦荻萧萧，履清时而依故垒，含蕴正靡穷矣。"金陵之盛，至吴而始著，晋灭吴后，建都洛阳，到了东晋，又迁都于当年吴主出降的石头城边的金陵，李白《金陵三首》所谓"晋家南渡日，此地旧长安"，而洛阳已沦于前赵。刘诗由西塞山而伤吴晋的往事，含蕴靡穷，正在于此。但因前四句以金陵为背景，第六句才转入本题西塞山，因此，后人也有将此诗和刘氏的《金陵怀古》相混，如后蜀何光远《鉴诫录》卷七即其一例。

七言律诗的起句必须凝重雄浑，体势阔大，才能镇服全章。何焯就说刘诗"气势笔力匹敌黄鹤楼诗，千载绝作也"。（见《瀛奎律髓》）三句是说孙吴并非毫无准备，四句指吴国的灭亡已不能避免。"石头"原为石头城的省称，对"江底"是以虚对实，前人称为假对，却自然而工整。但首两句连用两个"王"字，所以《瀛奎律髓》改"王浚"为"西晋"，又改"黯然"为"漠然"，后者固是妄改，前者还有些道理，以免与"王气"之"王"重复[2]，纪昀却把它改回，并批云：

[1]《瀛奎律髓》：唐、宋两代的五、七言律诗选集。

[2] 方回又说："王气之'王'去声，与上'王'字不同。"按，许浑《金陵怀古》："玉树歌残王气终，景阳兵合戍楼空"，也是用作仄声。——作者注

"'西晋'不如'王浚'字，'漠'不如'黯'字。"这话是对的。王浚率大军亲征时，已是七十五高龄的老将，吴亡，晋之统一才得完成，故《晋书》说他"定吴之功，此焉为最"。如果笼统地改为"西晋"，便无法突出他的功绩；用"王浚"则尚可代表西晋。两相比较，修辞自不如立意的重要。那么，能不能将次句的"王气"改掉呢？也不行。因为这里的"金陵王气"四字是密切结合的。相传战国楚威王时，见其地有王气，因埋金以镇之，故曰金陵。秦并天下，望气者因以为言，改为秣陵。作者用这一典故，实际也是伤往事，所以也不能改。

但王浚平吴，却也留下一个笑柄，《晋书·杜预传》云："王浚先列上得孙歆（东吴都督）头，预后生送歆，洛中以为大笑。"即是说，王浚先向晋帝陈报已斩孙歆的头，杜预接着把活孙歆送解到洛阳了。李商隐《隋师东》的"军令未闻斩马谡，捷书唯是报孙歆"，下句即用其典。与刘禹锡同时的吕温，也有《晋王龙骧墓》一绝："虎旗龙舰顺长风，坐引全吴入掌中。孙皓小儿何足取，便令千载笑争功。"王浚曾封龙骧将军，吕诗也于王氏有微词。

方东树《昭昧詹言》卷十八云："此诗昔人皆入选，然按以杜公《咏怀古迹》，则此诗无甚奇警胜妙。大约梦得才人，一直说去，不见艰难吃力，是其胜于诸家处，然少顿挫沉郁，又无自己在内，所以不及杜公。"用杜甫的《咏怀古迹》和刘诗比，当然比下去了，但独立地看刘诗本身，还是不失为佳作。至于说"又无自己在诗内"，其实还是有自己的，只是融化得不巧妙，见事明而见我较差。

我们再来看看施补华的《岘佣说诗》："刘梦得《金陵怀古》诗

‘王浚楼船’四语，虽少陵动笔，不过如是，宜香山之缩手[1]。五六‘人世几回’二句平弱不称，收亦无完固之力，此所以成晚唐也。”这和方氏的说法恰巧相反。“人世”二句其实不算平弱，“山形”句写空间，结时令，尤能于印象中突出感觉。末句确是“无完固之力”，这在任何吊古诗中都用得上，应当着力处却就匆匆而过了。

方、施的批评或许苛刻些（他们都是桐城派），但把诗的标准定得更高些，也即更看重诗的地位和价值。尽管文学史上没有尽善的作品，文学批评者却有理由要求作品尽可能写得更加完美，何况有些原是诗人力所能及的，像上述刘诗的末句，“梦得才人”，并非难事，他的吊古咏史之作如“山围故国”和“朱雀桥边”两首，就对历史与现实交流得浑成而隽永。杜甫的《登高》算得是不厌百回读的名篇了，但胡震亨在《唐音癸签》卷十中就批评说：“‘风急天高’篇，无论结语腿重，即起处‘鸟飞回’三字亦勉强属对，无意味。”

《唐音癸签》卷十六中，还谈到了前人对西塞山的误解事。

西塞山有两处，刘诗的西塞山在今湖北大冶东，一名道士矶。读李白的《流夜郎至西塞驿寄裴隐》的“回峦引群峰，横蹙楚山断。砯[2]冲万壑会，震沓百川满”，韦应物《西塞山》的“势从千里奔，直入江中断”诸句，犹可想见其地江流的险峻湍急。另一处在今浙江吴兴，即唐张志和《渔父》词中“西塞山前白鹭飞，桃花流水鳜鱼肥”的西塞山。陆游《入蜀记》卷四记他过大冶时所见景物，便把两处混为一处，王世贞还为他辩解，说是张志和垂钓处当在长江“北岸遥山

[1] 施氏也是沿《鉴诫录》之误。此时刘、白不在一起，谈不上“香山之缩手”。卞孝萱先生《刘禹锡年谱》中曾有考订。——作者注

[2] 砯（pīng）：象声词，水击岩石的声音。

人家处”，非峭壁洪涛的武昌西塞，故胡氏驳之。王琦注上引李白《流夜郎》诗的西塞山时无误，但注李白《送二季之江东》的“西塞当中路”时，先引南宋杨齐贤说，西塞山在鄂州，后又引《入蜀记》和《渔父词》，仍误为一处。陈衍《石遗室诗话》卷十一，记李慈铭《夜过西塞山》诗，末有“《玄真》不可作，三叹《渔父》词”语。志和曾著《玄真子》，以李氏读书之多也疏误了。实则《渔父》词中恬淡明媚景色，完全是江南水乡风光，和湖北西塞山的危矶激流截然不同。

江中铁锁，城上降幡；东吴失国，西晋创业。朝代变换了，西塞山依然枕着江流。是的，江山永远是无恙的。

## 杨贵妃与李夫人

清人王士禛论诗，标榜神韵，从他自己作品看，能够体现这种特色的，大多是流连光景，吊古咏史的七绝，如《秦淮杂诗》之七的“莫问万春园旧事，朱门草没大功坊”，之八的“千载秦淮呜咽水，不应仍恨孔都官”，《官渡》的“袁家新妇应惆怅，剩与陈王咏宓妃”。还有一首《马嵬怀古》，也颇蕴藉而见巧思：

巫山夜雨却归秦，金粟堆边草不春。
一种倾城颜色好，茂陵终傍李夫人。

这首诗也收录在沈德潜的《清诗别裁集》卷四，并有评云：“伤其不得傍金粟堆也。以李夫人形之，便曲而有味。”金粟堆即金粟山，在今陕西蒲城县（唐为奉先县）东北，即唐玄宗泰陵所在。“一种”犹言“一样”。意思是说，李杨两人同有倾城之色，但李夫人死后，神魂还能靠近汉武帝的茂陵。诗里不明说杨贵妃惨死于马嵬坡，却以李夫人的犹得傍茂陵来映衬。结句宕开一笔，遂有匣剑帷灯之妙。

王氏将李杨并提，可能从白居易诗篇想到，上述《秦淮杂诗》之七的“莫问”两句，当是用居易《梨园弟子》的“莫问华清今日事，满山红叶锁宫门”句意。

由此又使我想起白居易《长恨歌》和《李夫人》。这一点，陈寅恪先生早在《元白诗笺证稿》中已有阐释：“盖此篇实可以《长恨歌》著者自撰之笺注视之也，而今世之知此义者不多矣。”的确，谈《长恨歌》而不谈《李夫人》，未免得鱼忘筌。

李夫人和杨贵妃都以“尤物”为帝王宠妾，都擅长歌舞。李兄延年、广利，杨兄国忠都因其妹而贵显，唐人又常借武帝喻玄宗。《长恨歌》起句的“汉皇重色思倾国”，本来就是用李延年歌词中的“一顾倾人城，再顾倾人国”的话，陈鸿《长恨歌传》中更明言杨贵妃的风度体态“如汉武帝李夫人”，虽然陈鸿并不曾看到李杨本人。白居易就从某种逻辑意义上联系起来。在《李夫人》中，除了“九华帐深夜悄悄，反魂香降夫人魂。夫人之魂在何许，香烟引到焚香处”数语外，下面还有很重要的一段：“又不见泰陵一掬泪，马嵬坡下念杨妃。纵令艳质化为土，此恨长在无销期。生亦惑，死亦惑，尤物惑人忘不得。人非木石皆有情，不如不遇倾城色。”此诗并有小序云：“鉴嬖惑也。[1]”所谓卒章显志，诗人要发挥的正是“泰陵一掬泪”。也就是说，杨贵妃不但生前迷惑玄宗，死后也在乱玄宗的神志；玄宗之思念贵妃，虽由于“人非木石皆有情”，说到底，还是受她的迷惑。所谓鸿都道士“能以精诚致魂魄”者，其实仍出于一念之惑。

《长恨歌》作于元和元年（806），在先；《李夫人》作于元和四年，在后，但相隔也只三年。即是说，《李夫人》是对《长恨歌》的补充，是为了要重申其生亦惑，死亦惑的作意。从《李夫人》的“此恨长在无销期”一段来看，所谓“长恨”者只是“长惑”的婉转说法而已。

李夫人的故事，本为一般文士所熟知并作为谈助。白居易是否真

[1] 鉴嬖（bì）惑也：国君要对迷恋美色引以为鉴。嬖，宠爱。

的迷信神仙，此处暂不深究，但他必有宗教感情，而巫术、灵魂、仙境、天人感应、生离死别属于精神世界的活动，对于古代诗人，往往是激发想象力的绝好题材，容易增加传奇的色彩，何况加上死去的美人。这些美人，生前深居宫闱，一般文士没法见到；越是没法见到，越会引起种种幻想，写起诗歌来更易侜张为幻[1]。他们在构思时，理性和非理性，意识和潜意识，常常是交流起伏，随着灵感不断涌现美感，结果就会突破他们原来的创作动机。又由于对象既是虚无缥缈的事物，也可以暂时摆脱现实生活的限制，使想象能够更加飞跃，如同写梦境一样。曹雪芹笔下的太虚幻境，不就是这种潜意识的扩散？

《长恨歌》写作时间，上距杨贵妃之死恰好半个世纪[2]，唐人既常以武帝暗喻玄宗，则在这一过程中，武帝之思念李夫人、方士齐少翁张灯设帷令武帝遥望的故事，自必常在白氏心中浮动。又据宋人董逌《广川画跋·书马嵬图》引《青城山录》，说玄宗曾遣陈什邠求神于天上，起先一无所得，后于蓬莱南宫西庑访得上元玉女张太真，自称为上元宫侍女，玄宗则本是太阳朱宫真人，因“世念颇重”，两人遂降谪于人间。这虽出于宋人记载，当亦有此传说，而上元玉女张太真，也即《汉武帝内传》中的上元夫人阿环。《长恨歌》中“转教小玉报双成”的双成，则为《内传》中王母侍女董双成。《内传》中虽未涉及李夫人，但从武帝、上元夫人阿环身上就很容易联想到李夫人与杨贵妃身后的传说。这说明白氏在写《长恨歌》前，心中已有影子，就像他写《琵琶行》前，已有一个《夜闻歌者》中的歌女。等到《长恨歌》写后三年，再写《李夫人》时，杨贵妃的影子又出现了。

---

[1] 侜（zhōu）张为幻：以欺骗来迷惑他人。侜张，欺骗、作伪。语出《尚书·无逸》“民无或胥侜张为幻”。

[2] 杨贵妃死于至德元载（756），时年三十八。——作者注

杨贵妃是玄宗的妃子，白居易是大唐臣子，但杨贵妃又被看作尤物、祸本、乱阶，和一般完全遵循封建宫闱制约的后妃不同，又因唐人作诗，对本朝忌讳较少（参见洪迈《容斋随笔》卷二《唐诗无讳避》），因此，诗人在刻画她的形象时，就超过了一般的讽喻分寸，如“回眸一笑百媚生”和“春寒赐浴华清池”等句，前人就责为“恶诗之祖”；张戒《岁寒堂诗话》卷上，对“侍儿扶起娇无力”两句就说：“此下云云，殆可掩耳也。”就因为这两句接触到一个宠妃的肉体部分。从创作心理说，也许由于诗人在高度兴奋下，到了不能自我抑制的地步，对皇家贵妃的高贵尊严身份已经消失，他的注意力只集中于一个妖媚的美妇人上面，诗人自己一些潜意识里的东西，迫切地要求进入他的作品中，成为他心理反应的一种错综而特殊的形式，作品因而也含有非自觉的反正统的成分。

卞孝萱、刘维治先生《从“千草百花无颜色”到“六宫粉黛无颜色”》一文中，曾举出“六宫”句和白居易赠妓女阿软七律《长句》中的“绿水红莲一朵开，千草百花无颜色”两语是“移花接木，触类旁通”，也是一个例证。《长句》写作时间迟于《长恨歌》九年，杨贵妃的尊严在诗人心中更淡薄了，于是看到一个漂亮的妓女，他的联想又浮动了，不由自主地将“六宫”句改为“千草”句而写了出来。也因为杨贵妃为当时臣民所痛恨，白居易才会这样描写她，甚至从妓女身上也会联想到她。

对于唐玄宗和杨贵妃之间的悲欢离合，我们并不会产生多大兴趣；对于杨贵妃本人，我们无意把她看作“祸水”，也缺乏同情和宽容。她有她自己的过失，但别人对她的过失更多些。从文学史角度看，《长恨歌》也确实是一篇很有表现力的作品，它所取得的价值，并不等于被表现事物本身的价值，而对于诗人写作《长恨歌》、《琵琶行》这类作品的心理因素，却是值得我们探索的。

# 白头宫女

上阳人，红颜暗老白发新。绿衣监使守宫门，一闭上阳多少春。玄宗末岁初选入，入时十六今六十。同时采择百余人，零落年深残此身。忆昔吞悲别亲族，扶入车中不教哭。皆云入内便承恩，脸似芙蓉胸似玉。未容君王得见面，已被杨妃遥侧目。妒令潜配上阳宫，一生遂向空房宿。宿空房，秋夜长，夜长无寐天不明。耿耿残灯背壁影，萧萧暗雨打窗声。春日迟，日迟独坐天难暮。宫莺百啭愁厌闻，梁燕双栖老休妒。莺归燕去长悄然，春往秋来不记年。唯向深宫望明月，东西四五百回圆。今日宫中年最老，大家（指皇帝）遥赐尚书号。小头鞋履窄衣裳，青黛点眉眉细长。外人不见见应笑，天宝末年时世妆。上阳人，苦最多。少亦苦，老亦苦，少苦老苦两如何？君不见昔时吕向《美人赋》[1]，又不见今日上阳白发歌。

（白居易：《上阳白发人》）

我在小时候听长辈讲“点秀女”的故事，先用反问的口气说：你们以为人家巴不得能够点中，送进皇宫里面去吗？哪里知道那些爷娘

[1] 白居易原注：“天宝末，有密采艳色者，当时号花鸟使。吕向献《美人赋》以讽之。”——作者注

和秀女就像大祸临头一样，临别时各自饱含泪水，有苦难言。这和民间少女出嫁，母女啼哭的性质又不相同。民间媳妇，还可经常“归宁”，还能白头到老，秀女们却一入深宫，便如身处天堂里的地狱。“点秀女”虽限于清代八旗范围，讲的人却是泛指所有皇权时代强选民女的秽政。《红楼梦》第十八回，写元春回家，和贾母、王夫人等相见，彼此只是呜咽对泣，后来元春开口，第一句便说“当日既送我到那不得见人的去处”。这时她已受皇恩加封贤德妃，成为贵人，尚且说出这种话来。

白居易的《上阳白发人》，就是一首描写唐代“秀女”悲惨生活的史诗。上阳宫在东都洛阳皇宫内苑东面，本高宗上元年间建造，天宝以后，日渐荒废。诗的内容明白易懂，结末一段写这个上阳宫女，到暮年得到一个从长安遥赐的女尚书的空头封号，但她穿的还是天宝年间的小头鞋，窄衣裳，画的还是细长眉毛，时代却已到了德宗贞元年间（白诗则作于宪宗元和四年），也即四十余年前的打扮。由于她过着与世隔绝的日子，所以社会上那些打扮时髦的妇女，也没法儿和她相见，不然难免要讥笑她，其实这是生活对她的嘲弄。陈寅恪先生在《元白诗笺征稿》的《上阳（白发）人》中说得好：“噫！以数十年幽闭之苦，至垂死之年，始博得此虚名，聊以快意，实可哀悯，而诗人言外之旨抑可见矣。”在那个时代，妇女的美貌，常常意味着灾难会随时袭来，而皇家的多妻，则又造成宫女白头独宿的悲剧。

杜甫《观公孙大娘弟子舞剑器行》中说：“先帝（指玄宗）侍女八千人。”这个数字已足惊人，但据昭梿《啸亭杂录》卷十说，玄宗开元时后宫女官多至四万。这所谓女官，实际上是皇帝可以随意赏玩的人，可是皇帝只有一个，又如何能普遍受到恩宠？白居易在七绝《后宫词》中也说：“雨露由来一点恩，争能遍布及千门？三千宫女燕脂面，几个春来无泪痕？”杜牧《阿房宫赋》中说：“缦[1]立远视，而望幸焉。有不见者，三十六年。”实也借古讽今，包括唐代在内。白诗中的上阳人，却是四十余年还见不到皇帝呢。我们只要看看新旧《唐书》，能够名列后妃列传的又有几人？有的宫女，到皇帝一死，便被打发到皇陵的寝室中，像侍奉皇帝生前那样早晚供应汤水，收拾枕被，杜牧的《奉陵宫人》有云：“玉颜不是黄金少，泪滴秋山入寿宫。”上一句用昭君因不肯贿赂画工而使她的美貌不为汉元帝得见典故。意思说，这个宫女并非因不用黄金而见不到皇帝，却是用眼泪来陪伴皇帝的幽灵。

白氏此诗，附有原注：“天宝五载以后，杨贵妃专宠，后宫人无复进幸矣。六宫有美色者，辄置别所，上阳是其一也。贞元中尚存焉”，即诗中“已被杨妃遥侧目”之所本。杨贵妃生前，朝野对她本有怨意，马嵬之变后，好些诗人都对她作了公开的讽喻和谴责。宋人传奇的《梅妃传》中的梅妃，纯属虚构，即以“梅”对“杨”，反衬杨贵妃的嫉妒，《梅妃传》中还说：“会杨妃有宠，迁（梅妃）于上阳东宫，作《东楼赋》以自寓。”按照传文所写，则上阳宫也即冷宫的别名。徐凝《上阳红叶》云：“洛下三分红叶秋，二分翻作上阳愁[2]。千声万片御沟上，一片出宫何处流。”实也可看作上阳的宫怨诗。

《上阳白发人》的诗题原由李绅所作（原诗已佚），元稹、白居易和之。元诗的沉痛激越处不在白诗之下，如云：“天宝年中花鸟使（原注：天宝中，密号采取艳异者为花鸟使），撩花狎鸟含春思。满怀墨诏求嫔御，走上高楼半酣醉。醉酣直入卿士家，闺闱不得偷回避。良人顾妾心死别，小女呼爷血垂泪。十中有一得更衣，永（一作“九”）

[1] 缦：通“曼”，形容时间长。

[2] 徐凝这两句，和他《忆扬州》的“天下三分明月夜，二分无赖是扬州”是同一句法。——作者注

配深宫作宫婢。御马南奔胡马蹙，宫女三千合宫弃。宫门一闭不复开，上阳花草青苔地。（下略）”从这里可以看到花鸟使身怀密旨，横行不法的气焰，连大官的卿士之家也要闯进去，再看“良人”句，则被强掠的还有已婚的少妇。这些“花鸟”，到了皇宫，十九都成为上阳人的化身，成为“闲坐说玄宗”的话匣子，元诗中就说“十中有一得更衣”。更衣本指换衣休息[1]，因为汉代平阳公主家里的歌舞人卫子夫，在汉武帝更衣时得到宠悦，后来常以更衣作为受皇帝宠幸的代称，武则天就是“昔充太宗下陈，曾以更衣入侍”的。（见骆宾王《讨武曌檄》）

近读日本学者丸山清子教授著，申非先生译的《源氏物语与白氏文集》，甚佩其治学精勤和促进中日文化交流上的贡献。唯其中第二编之三谈到《魔法使》卷，叙述源氏悲伤，闭居于六院一段，有这样一句：“凡疏远的人，（源氏）一概不见。”以为这是运用《上阳白发人》中的“外人不见见应笑”语。似与白氏原意略有出入。白诗的“见应笑”是假设之词，外人是说上阳宫外之人，理解为“疏远的人”也似是而非。又如论及“耿耿残灯背壁影”句说：但“灯背壁”究竟如何理解，现在尚无定论。在中国语文中这类用例很多，经过考证、归纳，最近认为“移烛背墙”是最完整的表现。

按，“耿耿残灯背壁影”的“背”字应当属下，指人坐的方向，似无移烛的动作。全句意思是说，微弱的灯光照着上阳人壁上的背影。其他还有一些可以商榷的地方，因非本文范围，不详说。我的意思，《源氏物语》是一部古典长篇小说，它的作者尽可以“利用上阳人的语言，使之赋有新鲜的感受”，但从“残灯”这句的利用上，就说“在中国

[1] 更衣，在日本古代，是女官的正式职称，《源氏物语》（丰子恺译本）第一回《桐壶》注云：“妃嫔中地位最高的是女御，其次为更衣，皆侍寝。”——作者注

话里偶尔也会有含义不够明确的词语（按，“残灯”这一句其实含义倒还明确），像《源氏物语》这样理解中国诗句，才真正掌握了它的含义”。就理解此句而论，不是太妥帖。

书中又引《物语》作者对白诗“萧萧暗雨打窗声”的评语道：“此句并不十分出色，但因适合目前情景，吟来异常动人……”第一句说得很中肯。白氏这首诗，技巧上差些，不仅仅这一句，如“脸似芙蓉胸似玉”，就是《长恨歌》中“芙蓉如面柳如眉”的复用，却流于俗调。“夜长无寐天不明，耿耿残灯背壁影”，也是“孤灯挑尽未成眠”和“耿耿星河欲曙天”的化合。空房、秋夜、残灯、暗雨、宫莺、梁燕等，描摹沦落的老宫人的暮境，其实也落了俗套，低手也都想得到用得来，在语言上缺乏独创性、新鲜感，正是所谓“元轻白俗”之俗，就像后来的见花落泪，对月兴悲一样。这当然不是说，好诗不能用熟字常词，而是说看他如何使用，如何配合，例如元稹《行宫》的“寥落古行宫，宫花寂寞红”的“寂寞”，在诗词中也是最熟最常用的词汇，用在这里却像经过缜密的选择似的，只是和第一句中的“寥落”又显得重复而感到微疵，因为这首诗一共只有四句二十个字。

# 井底引银瓶

井底引银瓶，银瓶欲上丝绳绝。石上磨玉簪，玉簪欲成中央折。瓶沉簪折知奈何？似妾今朝与君别。忆昔在家为女时，人言举动有殊姿。婵娟两鬓秋蝉翼，宛转双蛾远山色。笑随女伴后园中，此时与君未相识。妾弄青梅凭短墙，君骑白马傍垂杨。墙头马上遥相顾，一见知君即断肠。知君断肠共君语，君指南山松柏树。感君松柏化为心，暗合双鬟逐君去。到君家舍五六年，君家大人频有言。聘则为妻奔是妾，不堪主祀奉苹蘩。终知君家不可住，其奈出门无去处。岂无父母在高堂，亦有亲情满故乡。潜来更不通消息，今日悲羞归不得。为君一日恩，误妾百年身。寄言痴小人家女，慎勿将身轻许人。

（白居易：《井底引银瓶》）

这首诗为白居易新乐府之一，以比兴手法开始，而比和兴往往很难分别，都是用婉转手法来发挥“唤起”的作用。

它不是写井底的银瓶没法汲引上来，玉石也没法磨成簪，这样就显得拙直了；而是从另一个角度来“破题”，来加强故事的悲剧效果：掉在井底的银瓶虽然不容易汲引上来，终于还是被汲引到井边，却因丝绳的断绝又掉下去了；玉石虽然不容易制成簪，经过持续的琢磨，在即将成功的刹那，不料倏地折断了。说明两人的结合最初原是很不容易。然而等到希望快成为现实时，绝望已经追上来了。读者读到这里，就要问一问：为什么会这样？没有一个读者不为此而感叹惋惜。诗人的苦心构思就获得初步的酬报。接着，读者也找到了答案：因为丝绳原是经不起压力，玉石也是容易破裂的，从而又暗示读者，诗中人物结合的根子本来不牢靠。这样就为作品中形象的塑造，创立了一个很有吸引力的起点，也把读者领进故事中的短墙里面了。

全诗可分为五段：

第一段，自“井底”至“似妾”句，象征故事的始末，等于一个序幕，以“似妾今朝与君别”结束了瓶簪的比兴作用：瓶要沉，簪要折，又有什么办法呢？以下进入故事本身，诉说悲剧产生的经过。

第二段，自“忆昔”至“此时”句，描写了女主人的整个面貌，也吸收了乐府的特色。我们从“婵娟两鬓秋蝉翼，宛转双蛾远山色”中，已经看到女主人原是一个很秀丽的少女，又从“笑随女伴后园中”中，可以想象，她的性格，一定很热情活泼。诗中没有用过多的辞藻，却把她的风姿和性格亮给了读者。可是她的这些特点，在当时社会里像是命定地会受到现实势力的歧视。末了的“此时与君未相识”是一个点子，它在提示我们，在跟男主人还未相识时，她的生活里原是没有什么痛苦的。回忆过去在家为闺女时的愉快，正是衬托今天有家难归的苦楚。

第三段，自“妾弄”至“暗合”句，是少女生活的转捩点[1]，一生中的大变化从此开始了。青梅竹马本出李白《长干行》的“郎骑竹马来，绕床弄青梅”句，也可能是唐人常用语，比喻小女儿的天真无邪。但这时男主人已不是一个有稚气的儿童了，用“竹马”便显得不相称，所以改为“白马”，并把青梅移在女主人身上。她正傍着短墙，摘着青

---

[1] 转捩（liè）点：转折点。

梅在玩弄。

女主人这一姿态，立即引起男主人的注视。接着，她从他的眼神里，看出他正在勒马凝眸，也即“断肠”（犹言断魂、销魂）了，双方的感情于是起飞，对话随即开始。他指着南山的松柏为誓，表示自己对她的坚贞。松柏是经得起风霜烈日的，诗人不是随便用这个很有分量的词眼儿。这个单纯的姑娘就相信了他。在当时来说也是信任得对的。诗人以轻快的节奏，写出了两人感情上航行的速度。

在男女没有社交自由的社会里，许多青年男女的相爱，往往是在偶然机会中发生的。正因为双方都没有选择对象的自由，因而这种结合，多少表示一种自主、一种突破，却又只是一种冲动。

从“忆昔”到“暗合”句，那种柔和的气氛，正和女主人的内心世界相配合，一个美好的愿望在召唤着她。“暗合”一句是一个诗眼，它向读者透露，两人相爱后，双鬟分梳的少女时代已经结束了。“暗”字本身就是一种暗示，暂时不向读者明说，等读到“聘则为妻奔是妾，不堪主祀奉苹蘩”时自然明白，这两句因而也有了根。

第四段，自“君到”到“不堪”句，写来到夫家直至被迫出走的过程；其中“到君家舍五六年，君家大人频有言”两句，需要我们去玩味：是不是过了五六年，她的公婆才说闲话呢？不是的。这一“频”字就包含了多少刺耳的冷嘲热讽。她本来还想忍受着，因为她们能在一起原不容易，可是后来实在被磨折得忍无可忍，只得出走了。一种想忍受而又无法忍受的痛苦，就浸透在这两句诗里。然而人海茫茫，又走向何处呢？

诗中虽说“聘则为妻奔是妾”，实际上是连妾的地位也轮不上，就像她连忍受的资格也丧失一样，下一句的“不堪主祀奉苹蘩”，即意味着她在这一家庭中不能取得宗法上的许可。这一点，她事先应当是知道的，知道了仍能毅然随着男主人而到他家里，就因为“感君松柏化为心”，可是松柏之心虽经得起风霜烈日，却经不起礼教压力，她终于住不下去了。“其奈出门无去处”这一句，抽象之中有形象。读者看到了一个年轻善良的妇女，从一个朱红的大门里被赶了出来，却又无她容身之地的阴暗画面。

接下来是愿望破灭之后的彷徨，虽然她还有父母在高堂，亲戚满故乡，但因当初是瞒着他们来的，也即诗中的“潜来”，在千夫所指之下，使她没有勇气再去见他们。为什么到了这样伤心地步，反不敢去见爷娘呢？就因为当初的“暗合双鬟”，原也冒着礼教的大忌，所以猜想回到娘家也不会同情。但当时有热烈的理想在燃烧着，对生活就充满勇气。希望使人坚强，但坚强和脆弱之间往往只隔一箭之遥，就像硬的东西最容易折断。礼教如同一头猛兽，你奔到哪里，它就追到哪里。

这个男主人的态度究竟怎样，诗里写得不明显，这样就给我们以探索余地。

全诗写到“君指南山松柏树”这一句，男主人的形象就不再出现了，但从结尾四句看，我们有理由相信他是个软弱的人。当初你原以松柏之心自誓，就为了你这短暂的恩爱，却苦了我一辈子了。诗虽未明写责备，责备之意隐然可见。实际上是以沉痛的心情在说，她是上当了。她为爱情而牺牲少女的贞操，爱情给予她的温度，很快就下降了。

白居易是写故事诗的能手，新乐府写的多为“时事”，即是当时社会生活中的一些现象，所以带有故事性，白朴的《墙头马上》杂剧，就是以此诗为素材。

此诗题目下有“止淫奔也”的注语，显然，作者的原意是在为封建礼法说教，即是为了维护它，结果适得其反。

生活里一些常见的事件，它本身往往具有是非标准，诗人通过艺术的规律，诉诸自己的理性，真实地去表现它，并且把自己的对待是非的态度落实在这些形象上，作品的倾向性就不是硬紧塞给读者。相形之下，作品的说教作用，就显得生吞活剥。

主观上肯定它，客观上却在否定它，某些优秀的古典作品的生命力，恰恰体现在这种矛盾上。

# 元稹悲怀

谢公最小偏怜女，自嫁黔娄百事乖。顾我无衣搜荩箧，泥他沽酒拔金钗。野蔬充膳甘长藿，落叶添薪仰古槐。今日俸钱过十万，与君营奠复营斋。

昔日戏言身后意，今朝都到眼前来。衣裳已施行看尽，针线犹存未忍开。尚想旧情怜婢仆，也曾因梦送钱财。诚知此恨人人有，贫贱夫妻百事哀。

闲坐悲君亦自悲，百年都是几多时！邓攸无子寻知命，潘岳悼亡犹费词。同穴窅冥何所望，他生缘会更难期。唯将终夜长开眼，报答平生未展眉。

（元稹：《遣悲怀》）

元稹生前，曾将自己所著诗分为十体，其第八体为“伤悼诗”，共四十八首，其中十余首为悼念夭殇的子女，余则都为他原配韦丛而作。

韦丛字成之（一作茂之），宰相韦夏卿之女。她的生平能够知道的不多，总算韩愈写过她的简短墓志铭，使我们知道有这样两点事实：一是她死时才二十七岁；二是“实生五子，一女之存”。这个女儿名叫保子。也就是说，韦丛结婚七年，生了五个子女，其余四个都夭折了。

元稹八岁丧父，曾随其母郑氏往凤翔依靠舅族，所以少年时处境很艰苦。他和韦丛结婚，也可说是高攀。结婚时元稹二十五岁，韦丛二十一岁。这年三月，元稹又中书判拔萃科（“书”指书法遒美，“判”指文理优长）第四等。一年之间，连得两桩快意之事（他和白居易订交当也在这一年）。婚后曾随韦夏卿至东都洛阳，住在履信坊旧宅。从元稹《追昔游》的“花园欲盛千坊饮，水阁初成百度过”等诗句看，犹可想见韦宅当年盛况。后来他往长安为校书郎，韦丛自必同行。校书郎官俸不多，所谓贫贱夫妻的生活，即从这时开始，可是也只过了短短七年。

诗的第一首写韦丛对元稹的体贴爱护，虽在艰难之际，还是搜箧裁衣、拔钗沽酒。“泥他”之“泥”是软缠的意思，以一字而点出年轻夫妇的闺房之趣。谢公本指东晋谢安，这里借指其岳父。偏怜女，意为最钟爱的女儿。元稹《祭亡妻韦氏文》云：“况夫人之生也，选甘而味，借光而衣，顺耳而声，便心而使。亲戚骄其意，父兄可其求，将二十年矣，非女子之幸耶？逮归于我，始知贱贫，食亦不饱，衣亦不温。”这段话可作一、二两句的注脚，并可知韦丛在母家时一直过着娇养生活。韦丛卒于元和四年（809）七月，这三首诗是同年所作，这时元稹已任监察御史分司东台，韦氏却以二七之年，匆匆地离开人间，苦尽却不及享甘，此例也见于其他的贫贱夫妻。虽然营奠营斋，然而逝者已矣。言下之意，也即祭虽丰而人已长眠。这一点，元稹在祭文中也说了：“呜呼！叙官阀，志德行，具哀词，陈荐奠，皆生者之事也，于死者何有哉？”说得老实，也显得痛切。

第二首的“昔日”两句，是说夫妇之间日常戏谑之言，本来说过算了，等到一瞑之后，这些话却句句涌上心头，忆其言而念其人，也就永难忘却。三、四两句和五、六两句，都是上下相承，两句一意：那些衣裳已经施舍得差不多了，留下来的却是因韦丛自己缝制而不忍开箱。

韦家的婢仆很多，如《醉醒》中“积善坊中前度饮，谢家诸婢笑扶行”，《追昔游》中“醉摘樱桃投小玉，懒梳丛鬓舞曹婆”，皆可证。所以第五句中说的婢仆，当是韦氏出嫁时带来。韦氏死后，尚能念主妇之旧日情谊，元稹因而对她们分外怜惜。又因元稹经常梦见韦氏，梦中或曾叮嘱他送些钱财给婢仆。梦虽虚幻，在生者宁信其真。末句又回溯到早年，即是说，始终不忘贫贱夫妻时甘苦相共的旧情。

第三首则于悼亡之余兼以自伤，也即曹丕“既伤逝者，行自念也”之意。元稹这时，只有一女，尚未有子，而悼亡之词对死者实是空言。第五句是说自己死后即使与韦丛共葬一处，但洞暗穴深，未必能使两情相通。他的《梦井》诗也云：“岂无同穴期，生期谅绵永。又恐前后魂，安能两知省？”至于他生之事，更属渺茫荒昧，也即李商隐《马嵬》的“他生未卜此生休”之意。最后，只有长此鳏居（旧说鳏鱼眼睛终夜不闭）以相报答。

但到了元和六年，元稹即纳安仙嫔为妾。安氏死后，又于元和十一年与裴淑结婚。他的《听妻弹别鹤操》的“妻”即指裴淑。这一点，固然可以说他食言轻诺，但我们如设身处地为他着想，他这时正当三十余岁壮年，又值仕途通显，要他终身不续娶，也不可能。在他写这三首诗时，或许确有此心愿。从他所有悼念韦丛的诗看，他对她的感情还是深挚的。日常生活上一点琐碎的事情，也会触动他的眷恋之情，对于他，也真可谓大恋之所存：看到竹簟，他想起当年新婚时她曾亲自铺展；听到友人弹《乌夜啼》曲，他想起谪官时韦丛曾邀女巫拜乌，为他祈求消灾；他出外任职，还是随身带着颜色已经暗淡的旧蚊帐，因为他们在帐中一同度过恩爱的岁月。……

韦丛生前，只有一女保子，她当然非常钟爱。元稹的《江陵三梦》中，写韦丛殷殷以善护女儿相托，还生怕元稹外出时，女儿受人欺侮，

“君在或有托，出门当付谁？”梦是现实的辐射，实也包含韦丛活着时的叮嘱。“百年何处尽，三夜梦中来”，这也说明元稹对韦丛怀念得深切，故而频频入梦。在《六年春遣怀八首》中又云：“百事无心值寒食，身将稚女帐前啼。”此诗作于他谪贬江陵时，可见他是带着女儿在身边的，想必因韦丛特别嘱托之故。保子这时还不到十岁，正是天真娇嫩的时候，命运却使她成为无母之人，就像小草见不到阳光，她的悲惨其实远过于元稹，只是她还不会写哭母诗。

韦丛未曾生过儿子，安氏却生一子名荆，不幸元荆在十四岁时就夭折了[1]，他曾写了《哭子十首》。这十首都是七绝，语言浅近，略施感慨，却都是性情中语，今选录四首：

> 才能辨别东西位，未解分明管带身。自食自眠犹未得，九重泉路记何人？
>
> 尔母溺情连夜哭，我身因事不时悲。钟声欲绝东方动，便是寻常上学时。
>
> 节量梨栗愁生疾，教示诗书望早成。鞭扑校多怜校少，又缘遗恨哭三声。
>
> 乌生八子今无七，猿叫三声月正孤。寂寞空堂天欲曙，拂帘双燕引新雏。

妻亡儿夭，本人间的大苦痛，诗人却通过一些家常的琐事来寄托他的哀思，特别是第三首的末两句，想起儿子活着时责打多于怜惜，

[1] 后来裴淑曾生一子，名道护，这时元稹已五十一岁，也即他逝世前二年。——作者注

到现在却成为难偿的遗恨了。这原是常人所有的对亡儿的心情，话也说得很平淡，却于平淡中见惨淡，成为人间至哀之文。赵翼《瓯北诗话》卷四论中唐诗以韩、孟、元、白为最，但韩、孟尚奇警，务言人所不敢言，元、白尚坦易，“坦易者多触景生情，因事起意，眼前景，口头语，自能沁人心脾，耐人咀嚼。此元、白胜于韩、孟”。这评语用之于元稹的伤悼，尤为中肯，且非白居易能及。

## 元白之交

元和十年（815）三月，元稹谪为通州（今四川达县）司马，白居易于二十九日前往鄠东蒲池村送别，次日，在沣水西岸桥边分手。元稹作了一首《沣西别乐天、博载、樊宗宪李景信两秀才、侄谷三月三十日相饯送》：“今朝相送自同游，酒语诗情替别愁。忽到沣西总回去，一身骑马到通州。”白居易也作了一首《醉后却寄元九》：“蒲池村里匆匆别，沣水桥边兀兀回。行到城门残酒醒，万重离恨一时来。”这时元、白订交，已有十二三年。

当时的通州，地湿人稀，易患痢疟，元稹《叙诗致乐天书》中曾说“刺史以下，计粒而食”，在《酬乐天雨后见忆》中甚至说：“黄泉便是通州郡，渐入深泥渐到州。”不久，便染上“瘴气”，白居易曾寄縠（绉纱）衫纱裤给他，并有《寄生衣与微之因题封上》诗：“浅色縠衫轻似雾，纺花纱裤薄于云。莫嫌轻薄但知着，犹恐通州热杀君。”可是元稹很瘦弱，穿上纱服还嫌太凉，想还给他，便写了一首《酬乐天寄生衣》：“秋茅处处流痎疟[1]，夜鸟声声哭瘴云。羸骨不胜纤细物，欲将文服却还君。”这末句自是戏言，只是形容自己的“羸骨”而已。

同年秋天，白居易也贬为江州司马。途过蓝桥驿（在今陕西蓝田

---

[1] 痎（jiē）疟：疟疾的通称。

县东），想起元稹曾经在驿亭题过诗[1]，便迎着秦岭吹来的萧瑟秋风，赶快下马，绕着驿亭的周围，寻觅故人的题诗，终于给他寻到了，便写下《蓝桥驿见元九诗》：“蓝桥春雪君归日，秦岭秋风我去时。每到驿亭先下马，循墙绕柱觅君诗。”北宋孔平仲《雍丘驿作》的“驿舍萧然无与语，绕墙闲觅故人题”，南宋刘克庄《见方云台题壁》的“不论驿亭僧寺里，有山水处有君诗”，诗境有近似处，也可能化用白诗句意。

元稹得讯后，便写了一首《闻乐天授江州司马》：“残灯无焰影幢幢，此夕闻君谪九江。垂死病中惊坐起，暗风吹雨入寒窗。”这时他正病重，第一句和他的病体有象征意味，末句以风雨作结，逆挽首句，病情病榻，两两相应，唐汝询《唐诗解》所谓“非元、白心知，不能作此”。难怪白居易读后，在《与微之书》中要说：“此句他人尚不可闻，况仆心哉。至今每吟犹恻恻耳。”两人诗所以写得这样真切动人，主要自然由于政治上遭遇相类同，所以抒情方式也有共同处。但洪迈在《容斋随笔》卷二中说：“微之集作‘垂死病中仍怅望’，此三句既不佳，又不题为病中作，失其意矣。”“仍怅望”实不如“惊坐起”好，洪氏评语也嫌苛刻，为什么一定要在题目中写明是病中作呢？

还记得《唐诗一百首》开始选录时，几位编辑对元稹此诗乍留乍删，几经斟酌，好像徘徊在诗人的残灯寒窗之前，就因为“情调低沉”之故，这时还在“文革”之前。现在事过境迁，忽忽二十余年，真成为诗话的资料了。

接着，白居易也写了《舟中读元九诗》：“把君诗卷灯前读，诗

[1] 元稹还京时，曾在蓝桥驿的驿亭壁上，留下一首《留呈梦得、子厚、致用》（李景俭）七律，题下注“题蓝桥驿”四字，中有“千层玉帐铺松盖，五出银区印虎蹄”语，白氏所谓“元九诗”，或指此。但元稹另有《西归绝句十二首》，末两首有“云覆蓝桥雪满溪”及“寒花带雪满山腰”语。——作者注

尽灯残天未明。眼痛灭灯犹暗坐，逆风吹浪打船声。”三句中连用三个“灯”字，每个灯字都有特定的内容。对于诗人，对于远谪的迁客，一盏灯，一缕光，感情上将会挑起多少的变化，也获得多少的暖意。元稹又和以《酬乐天舟泊夜读微之诗》：“知君暗泊西江岸，读我闲诗欲到明。今夜通州还不睡，满山风雨杜鹃声。”这几首诗都写得朴实干净，不但表现了诗人自己的性格，也表现了自然界的性格，因而使外部的真实和内部的真实得到和谐的统一。纯挚自然的而不是无病呻吟的痛苦悲哀，往往比正常的心理状态下写的作品更能突出感染的力量。后人谈到唱和诗，常以元、白、皮（日休）、陆（龟蒙）并举，实则皮、陆之作远逊于元、白。

元和十四年，白居易离江州，往忠州（今四川忠县）任刺史，元稹也离通州往虢州（今河南灵宝）任长史。三月间，两人在黄牛峡口碰到了，便停舟夷陵（今湖北宜昌），三宿而别，白居易作了《十年三月三十日别微之于沣上……》：“沣水店头春尽日，送君上马谪通川。夷陵峡口明月夜，此处逢君是偶然。一别五年方见面，相携三宿未回船。坐从日暮唯长叹，语到天明竟未眠。……君还秦地辞炎徼，我向忠州入瘴烟。未死会应相见在，又知何地复何年？”由于宦海风波险恶，所以结末这样说。但到了次年，两人各返长安任职，因而经常相见，元稹拜相，白居易还代他作谢表。

大和五年（831）七月，元稹以暴疾卒于武昌军节度使任所。卒前曾托白居易撰墓志铭。这时居易在东都洛阳，灵柩自鄂州运往长安，经过洛阳时，居易曾作《祭元微之文》，其中说：“死生契阔者三十载，歌诗唱和者九百章”，下记元稹自越州至洛阳和居易相见，曾写两首诗给居易，（一）“君应怪我留连久，我欲与君辞别难。白头徒侣渐希少，明日恐君无此欢。”（二）“自识君来三度别，这回白尽老髭须。

恋君不去君须会，知得后回相见无？”祭文紧接着说：“吟罢涕零，执手而去。私揣其故，中心惕然。及公捐馆于鄂，悲讣忽至，一恸之后，万感交怀。复视前篇，词意若此，得非魄兆先知之乎？”又云：“六十衰翁，灰心血泪，引酒再奠，抚棺一呼。”在居易所作祭文中，这一篇写得最沉痛。另外还有两首挽诗，一：“八月凉风吹白幕，寝门廊下哭微之。妻孥[1]亲友来相吊，唯道皇天无所知。”二：“文章卓荦[2]生无敌，风骨精灵殁有神。哭送咸阳北原上，可能随例作埃尘？”《文苑英华》又载有《哭微之》诗，即上述两诗的第三首：“今在岂有相逢日？未死应无暂忘时。从此三篇收泪后，终身无复更吟诗。”实即人琴两亡之意。

元稹至洛阳和居易相见，在大和三年，所以祭文中说“近者”，想不到只隔两年果真永别了。他活着时，尽管彼此千里相隔，两人毕竟还能通过诗文进行对话，这时只剩下一个了，写出来的祭文挽诗，其实还是写给自己看。

大和六年，元稹葬于咸阳奉贤乡，白居易曾作《元相公挽歌词三首》，其二云：“墓门已闭笳箫去，唯有夫人哭不休。苍苍露草咸阳垅，此是千秋第三秋。”其三云：“送葬万人皆惨淡，反虞驷马亦悲鸣。琴书剑珮谁收拾，三岁遗孤新学行。”夫人指继室裴淑。元稹将出镇武昌时，裴氏在屋内痛哭，使者传询为什么哭，裴氏说：“岁杪[3]到家乡，先春又赴任。亲情半未相见，所以如此。”元稹赠诗，乃有“嫁得浮云婿，相随即是家”句（见范摅《云溪友议》卷九）。裴氏能弹琴，元稹逝世前几个月，还为她向西川李德裕求蜀琴，所以刘禹锡《西州（川）

[1] 孥（nú）：子女。

[2] 荦（luò）：明显。

[3] 杪（miǎo）：树枝的细梢。

李尚书知愚与元武昌有旧……》中曾说："如何赠琴日，已是绝弦时。无复双金报，空余挂剑悲。"元稹赴武昌之任，禹锡曾往蓝田浐桥送别。

张籍是写新乐府较早的一个诗人，并为白居易所推崇，他比元稹早卒一年。元稹死后十一年，刘禹锡死了，白居易曾作《哭刘尚书梦得二首》，中云："贤豪虽殁精灵在，应共微之地下游。"他还是怀念着地下的元稹。又过了四年，即会昌六年（846）七月，为元、白屡屡称道、写过新乐府的李绅也死了。元稹还打算将张籍古乐府，李绅新歌行编为"元白往还诗集"。同年八月，白居易自己也撒手于洛阳。十余年间，诗坛健笔，一时俱逝；深情厚谊，从此结束，但地下相逢，仍可共语，平生文章，长留人间。

# 虢国夫人

外戚是中国封建社会真正的禄蠹，老百姓一提起皇亲国戚，感情上非怕即恨。这种裙带关系，和中国的宗法统治、宫闱制度以及妇女在政治上不能独立自主等因素密切相关。唐代的外戚，前有武氏，后有杨氏。在杨氏一门中，杨国忠之外，虢国夫人也是一个“健者”。

杨贵妃有三个姊姊，即大姊韩国夫人、三姊虢国夫人、八姊秦国夫人，虢国居其中。秦国先死，韩国和虢国富贵最久。虢国和杨国忠以从兄妹而私通，成为诗人们讥讽的题材。从传世的北宋人临摹的《虢国夫人游春图》里[1]，犹可看到她高踞马上、雍容显赫的神情。

先举张祜的《集灵台》（一说此诗为杜甫作）之二来说：

虢国夫人承主恩，平明骑马入宫门。
却嫌脂粉污颜色，淡扫蛾眉朝至尊。

虢国既非后妃，居然能于平明骑马而入宫“承主恩”，这就写尽玄宗之昏。所以黄生在《唐诗摘抄》中说：“承主恩三字，乃《春秋》

[1] 原作为唐代张萱所画，他还画过《捣练图》，参见本书《捣衣真相》。——作者注

之笔也。”《旧唐书·杨国忠传》，记国忠“有时与虢国并辔入朝，挥鞭走马，以为谐谑，衢路观之，无不骇叹”。《新唐书》还加了一句“施施若禽兽然”，玄宗却听之任之，主恩竟承到这个地步。三四两句，实写虢国的卖弄风情。乐史《太真外传》说：“虢国不施妆粉，自炫美艳，常素面朝天。”其实也是在写“承主恩”。杜甫的《丽人行》，也写了杨、虢之间的私情，但正如浦起龙在《读杜心解》中说：“无一刺讥语，描摹处语语刺讥；无一慨叹声，点逗处声声慨叹。”施补华在《岘佣说诗》中也说：“《丽人行》前半竭力形容杨氏姊妹之游冶淫逸，后半叙国忠之气焰逼人，绝不作一断语，使人于意外得之，此诗之善讽也。”这也就是对于讽刺诗的要求：要善于运用暗示。

从虢国这一人物的行为和品德来说，从事件的真实性来说，都是丑恶的，可是诗人表达的形态却使读者得到美感，这种一丑一美的混合，在艺术上就产生了别有风味的“意外得之”的效果。换言之，从诗人的主观上说，他们对这些丑事是憎恶的，但作品本身又能适合美的条件。

张祜另有一首《邠王小管》：“虢国潜行韩国随，宜春深院映花枝。金舆远幸无人见，偷把邠王小管吹。”邠王（李承宁，即《连昌宫词》中的二十五郎）一作宁王，宁王为明皇之兄李宪，即“让皇帝”。但据《太真外传》所记，偷笛吹的却是杨贵妃：天宝“九载二月，上旧置五王帐，长枕大被，与兄弟共处其间，妃子无何，（从这句看，似杨贵妃不喜欢玄宗和宁王等共处）窃宁王紫玉笛吹，故诗人张祜诗云：‘梨花静院无人见，闲把宁王玉笛吹。’因此又忤旨放出”。宁王卒于开元二十九年冬，与年份不符，但王楙《野客丛书》卷二十四，以为这是开元二十九年前事，这时宁王、邠王都还在。张祜又有一首《宁哥来》：“日映宫城雾半开，太真帘下畏人猜。黄翻绰指向西树，不信宁哥回马来。”意思是，杨贵妃以为玄宗已和宁王在一起，没想到宁王却回到自己宫中，因而被发觉。大约此事发生于宁王在世时，从宫内传到宫外。张祜写的是宫词，或许细节有出入，原意则在讽刺杨氏姊妹的轻狂。

《全唐诗》录有大中时人郑嵎《津阳门诗》，诗前并有小序，序中说，津阳门为华清宫外阙，文宗开成中，他于旅店主翁口中，得悉玄宗与贵妃在华清宫时一些故事，便写成一千四百字的长篇，比《长恨歌》还长。《全唐诗》所收郑嵎诗只此一首，但其史料价值不在《长恨歌》、《连昌宫词》之下，中间又附郑氏自己的注语，今摘录虢国营造“合欢堂”一段：

> 八姨新起合欢堂，翔鹍[1]贺燕无由窥。万金酬工不肯去，矜能恃巧犹咨嗟。（虢国创一堂，价费万金。堂成，工人偿价之外，更邀赏伎之值，复受绛罗五千段。工者嗤而不顾。虢国异之，问其由。工曰：某平生之能，殚于此矣，苟不知信，愿得蝼蚁、蜡蜴、蜂虿[2]之类，去其目而投于堂中，使有隙，失一物，即不论工直也。于是又以缯[3]彩珍贝与之。山下人至今话故事者，尚以第行呼诸姨焉。——郑氏原注）四方节制倾媚附，穷奢极侈沽恩私。堂中特设夜明枕，银烛不张光鉴帷。（虢国夜明枕，置于堂中，光烛一室，西川节度使所进。事载国史，略书之。——郑氏原注）

[1] 鹍：一种大鸟。

[2] 蜂虿（chài）：蜂和虿都是有毒的虫子。

[3] 缯（zēng）：古代对丝织物的总称。

首句的八姨应作三姨，八姨为秦国夫人[1]。诗中工匠的话，是自夸其善造密室的技能，意思说：夫人如不信我的本领，不妨将蚂蚁等捉来，去掉数目放在堂中，假使它们中有一只能从隙缝中钻出去，就用不着再给我钱。（其实，“去其目”三字是多余的）《资治通鉴》卷二一六也说：“虢国尤为浩荡。一旦，帅工徒突入韦嗣立宅，即撤去旧屋，自为新第，但授韦氏以隙地十亩而已。中堂既成，召工圬墁[2]，约钱二百万，复求赏技，虢国以绛罗五百段赏之，嗤而不顾，曰：请取蝼蚁、蜥蜴，记其数置堂中，苟失一物，不敢受值。”后面一段，当是根据郑诗。以通史而采纳前人诗中所咏的故事，这也是很有识见的。

韦嗣立在睿宗（玄宗之父）时曾拜相，他在骊山筑有别墅，虢国所占用者当是这座别墅。这时他虽已死，其孙韦济尚由河南尹迁尚书左丞（职权为监察百官），虢国竟敢撤去韦宅而自营密室，这就不光是生活上的奢淫，还依仗政治上的势力。虢国不但是杨贵妃之姊，她的儿子裴徽也与肃宗之女延光公主结婚[3]，女儿嫁给宁王之子。她进宫时，连睿宗之女玉真公主也不敢就位。

安禄山叛乱后，玄宗准备亲征，命太子李亨（即肃宗）监国，杨国忠闻而大惧，连忙告诉韩国、虢国（此时秦国已死）：“我等死在旦夕。今东宫监国，当与娘子等并命矣。”（《旧唐书·杨国忠传》）

---

[1] 以虢国为八姨的，还有苏轼《虢国夫人夜游图》：“坐中八姨真贵人，走马来看不动尘。”冯应榴注苏诗以为诗中文句有脱漏，王文诰不同意，以为言八姨只是“作衬”，与“玉奴弦索花奴手”句以杨贵妃作陪衬一样。或可备一说。但从诗句看，明明是在写八姨秦国夫人。苏轼《读开元天宝遗事》，又有“破费八姨三百万，大唐天子要缠头”句，则是在写秦国夫人。杜甫《丽人行》云：“就中云幕椒房亲，赐名大国虢与秦。”也见虢秦常并提。——作者注

[2] 圬墁（wū màn）：粉饰墙壁。

[3] 《旧唐书·杨贵妃传》误作代宗女。中华版《旧唐书》已改正。——作者注

两人便进宫向杨贵妃哭诉，贵妃又向玄宗“衔土请命”，以死相要挟，亲征之事由此打消。杨国忠的话，也说明诸杨和肃宗之间的矛盾已很尖锐。后来陈玄礼在马嵬诛杀诸杨，未始不趁了肃宗心愿。

关于虢国之死，以《太真外传》记得较详：杨国忠被杀后，虢国为县令薛景仙追捕，到了竹林下，她还以为是安禄山军队到来，就先将她的儿子和女儿杀死。国忠之妻裴柔说：“娘子何不借我方便乎？”虢国便把裴氏和她女儿杀死。她自己自刎未死，被押载到狱中，还问人说：“国家乎？贼乎？”狱吏说：“互有之。”接着血凝其喉而死。因为安禄山反叛时，以讨杨国忠为名，所以狱吏这样回答她，意思是，国家固然要惩罚她，安禄山也要杀她们。

## 两三星火

1980年4月，鉴真和尚的法像运往扬州时，曾由瓜洲（也作“瓜州”）古渡口涉江而过。瓜洲在今江苏邗江南，位居运河入长江处，为唐宋以来南北交通一个口子，也是江防要镇。王安石《泊船瓜洲》的“京口瓜洲一水间，钟山只隔数重山”，陆游《书愤》的“楼船夜雪瓜洲渡，铁马秋风大散关”，就是大家熟诵的名句。《警世通言·杜十娘怒沉百宝箱》中写扬州盐商孙富听到杜十娘的歌声，也在船泊瓜洲时。在唐诗中，张祜的那首《题金陵渡》，尤为后人欣赏。诗虽非为瓜洲而作，瓜洲的夜色却因此诗而令人憧憬：

> 金陵津渡小山楼，一宿行人自可愁。潮落夜江斜月里，两三星火是瓜洲。

全诗写印象，写感觉，写空间意识都很有特色，发挥了以少胜多，以小赅大的效果。梁代张僧繇“画龙点睛”的故事，所以为艺林传诵，就因它提示了局部和整体之间的关键。龙的眼睛只占龙的全躯极小部分，可是只要把龙的眼睛“点”活了，整个形象便有了活力。尽管是一双小小的眼睛，在整体中却具有压倒性的力量。同样，张祜诗中的两三星火，也是极小的形体单位，恰好映现在瓜形的沙洲上（瓜洲以形似瓜而得名）。

但每一个局部的出现，既是孤立的，又是反映全局的。我们读了两三星火这一句，一幅广袤的夜幕下的空间，随即进入了眼际。正像中国画里的轻染淡抹的疏林小桥，会引起我们更有想象力的空间感。

诗人是站在隔江的楼舍上，空间上的距离，首先给他以视觉上的刺激。同时，他身处寂寞的旅途中，两三星火，一窗斜月，几天来的风尘生活，古渡口的离情别绪，又从视觉的活动反映到心理上。第二句“一宿行人自可愁”的“愁”，不必看得太认真，以为他当真有什么忧愁，只是由于孤独，连短短的一宿也不免使他闷损，巴不得黎明到来，好让他摆渡而去，章燮注本的《唐诗三百首》，于末句“是”字注为“疑是也”[1]，意为“可是瓜洲”？不一定正确，倒也有意思。即是说，这两三星火仿佛在诱导诗人的眼睛在进行变化的追逐，视觉上的迷离带来意识上的幻觉感，既有形又有影。我们读了之后，对这一带的水声灯影，感情上不也是在悄悄起飞？

张祜是南阳（一作清河）人，却很爱东南山水，曾经写过“人生只合扬州死，禅智山光好墓田”之句，后来就葬于丹阳。此诗中的瓜洲，只是从金陵渡中望见，另一首《瓜洲闻晓角》，却是亲临其地后所作：“寒耿希星照碧霄，月楼吹角夜江遥。五更人起烟霜静，一曲残声遍落潮。”是否就是在这次宿金陵之后到瓜洲时所作，自不能断定，但他对这一带的自然景色，必有较多的观察和接触，到了夜色朦胧之间，美感经验涌上心头，作品也有了地理上的特征，使胸中丘壑与笔底丘壑感而后通。

可是这一首小诗，却有两个复杂的地名上问题，一是金陵，一是瓜洲。

---

[1] 《唐诗三百首》注中又引韩偓诗“金陵渡口去来潮”。按，此诗题为《金陵》，首四句云：“风雨萧萧，石头城下木兰桡。烟月迢迢，金陵渡口去来潮。”韩诗的金陵实指今南京。——作者注

古代诗词中的金陵，大都指今南京，但瓜洲在邗江县南，张祜如身处南京的长江边，怎能看到瓜洲灯火？而这并不是用“艺术夸张”能够解释的，故而曾引起后人的疑问，如高步瀛《唐宋诗举要》即引李刚己（健人）说：“金陵距瓜洲甚远，乌有夜见星光之理？余尝夜泊镇江，望江北瓜洲实有此景。考《镇江府志》有西津渡，在丹徒县西北九里，与瓜洲对岸，即古西渚，唐时谓之蒜山渡，疑金陵即在此处。”他这怀疑很有知识上的价值。查新版《辞海》“金陵”条③云：“今江苏镇江唐时亦称金陵。宋王楙《野客丛书》引唐张氏《行役记》谓甘露寺在金陵山上。唐赵璘《因话录》谓李勉（误。详下）至金陵，屡赞招隐寺标致。”这两说也见于杜牧《樊川诗集》中《杜秋娘》一诗的冯集梧注文：“二事皆在润州，则唐人谓京口亦曰金陵。”又说“白居易有赐金陵将士敕书，皆京口事也”。润州和京口皆今镇江，杜牧《杜秋娘》小序中也说：“杜秋，金陵女也。年十五，为李锜妾。”李锜曾于唐德宗时任浙江西道观察使，治所便在润州，故“金陵女也”实为“润州女也”。

和张祜同时的李绅，曾作《却到金陵登北固亭》诗，“却到”就是“回到”，因为李绅原籍是润州无锡，北固亭在润州北固山上，从李诗的“潮蹙海风驱万里，日浮天堑洞千寻”等句看，也是在咏今镇江形势。他另有《宿瓜洲》诗：“烟昏水郭津亭晚，回望金陵若动摇”，则是从瓜洲而望金陵（指镇江），恰与张祜诗相合。又如刘长卿的《发越州赴润州使院留别鲍侍郎》六言诗的“江南江北春草，独向金陵去时”，诗题是说从越州出发前赴润州，末句以“独向金陵去时”应之，也是金陵为润州之证。

但冯集梧说“赵璘《因话录》言李勉初至金陵”的李勉却是错了，应当是李勉的儿子李约。他曾入李锜之幕，“初至金陵”即初入李幕之意。《全唐诗》录存李约诗十首，其《观祈雨》一绝很著名。《因话录》

的原文是：

> 李司徒汧公（此指李勉）镇宣武。……兵部员外郎约，汧公之子也。……君初至金陵，于府主庶人锜坐屡赞招隐寺标致[1]。一日，庶人宴于寺中，明日谓君曰：十郎尝夸招隐寺标致，昨游宴，细看，何殊州中？

由于劈头第一句是在说李勉，遂沿文次而致误。《太平广记》删去了这一段，便觉一目了然。岑仲勉先生《唐人行第录》中《李十约》条云："勉子，《广记》二一引《因话录》谓，李锜呼约为十郎。"也可为证。

其次，瓜洲究在何处？事情也真巧，同在长江之北，六合县东南也有一个瓜步（一作"瓜埠"）镇。不但两处同在一个水域，而且各冠以"瓜"字，因此常致混淆。如《旧唐书·五行志》记开元十四年，"润州大风从东北，海涛奔上，没瓜步洲"。同书永王李璘传记李成式"使判官评事裴茂以广陵步卒三千同拒于瓜步洲伊娄埭"。伊娄埭实即瓜洲渡。顾炎武《日知录》卷三十一"江乘"条，黄汝成集释引王氏说，这两处的"瓜步洲"的"步"字是衍文，意即应作瓜洲。这是对的，裴茂以广陵步兵拒李璘地方，自在近扬州的瓜洲而不应是远处的瓜步镇。

有的选本，如《唐人绝句选》，将张诗的金陵既注为"当指今镇江附近的长江南北渡口"，于瓜洲却注为"今属江苏六合县"，也即将瓜步镇来抵注，可是镇江附近渡口又如何望得见六合东南的灯火？岂非等于在南京附近要望得见瓜洲的灯火？

---

[1] 此处"庶人"为贬词。李锜是李唐宗室，后被杀削爵，故以庶人称之。——作者注

# 牛鬼遗文

李贺以破落“王孙”而为布衣诗人。生年不满三十（一说活到二十七岁，一说二十四岁），却以其早熟的才情，缤纷的辞藻，为我们留下二百四十余首奇丽的诗篇，如杜牧在《李长吉歌诗序》中所说，连牛鬼蛇神都不及他的“虚荒诞幻”。传说他七岁即作《高轩过》，固然不可靠，但他的智力确是发达得很早。李商隐的《李长吉小传》说“长吉细瘦通眉，长指爪”，又记李母曾说过“是儿要呕出心乃已耳”的话，其实都说明他的病态性格。他喜欢用一些容易刺激感情的阴冷、惨淡和险怪的词眼儿，写一些“秋坟鬼唱鲍家诗，恨血千年土中碧”（《秋来》）的诗句，因而有“鬼才”之称，可能和他的病态心理有关。他的自信很强，曾经在《高轩过》中说过“笔补造化天无功”的豪语，而且有一些大胆的语言，如《苦昼短》中“刘彻茂陵多滞骨，嬴政梓棺费鲍鱼”，不但直呼汉武、秦皇之名，还讽刺他们求长生之徒劳。武帝和刘彻，始皇和嬴政，都不过是一个符号，在皇权时代这样叫却不容易，也表现出青年人的天真。但有些地方，似乎又把想象力使用得过度了，使形象与形象之间相互游离割裂，人们读了上一句，往往不明白与下一句有什么自然的联系，从而感到拼凑牵合，范晞文《对床夜语》卷二，引陆游语，就说李诗“如百家锦衲”。语言的独创性以至跳跃性固然是表现作品的一个特色，但必须不损害形象上的逻辑性。朱熹说：“李贺较怪得些子，不如太白自在。”（引自《诗人玉屑》）蘅塘退士的《唐诗三百首》所以未选李贺诗，原因之一，就因李诗难懂，不适合于训蒙。例如《恼公》中“肠攒非束竹，胘[1]急是张弓”，“古时填渤澥[2]，今日凿崆峒[3]”四句，钱钟书先生《谈艺录》第九说是“写女子分娩临蓐”，“尤奇而亵”。如果钱先生不指出，一般读者又如何懂得？

《梦天》是李贺名作，也是李诗中容易懂的，不妨看作一篇古代的“画梦录”：

老兔寒蟾泣天色，云楼半开壁斜白。玉轮轧露湿团光，鸾珮相逢桂香陌。黄尘清水三山下，更变千年如走马。遥望齐州九点烟[4]，一泓海水杯中泻。

诗题说的是梦天，实是说梦月，也即回忆诗人在梦中登上月宫的故事。

混沌初开，造物主就给予人间以皓月，却又可望而不可即。这个横空的银球中究竟有着一些什么秘密，一直引起人们的玄思冥想。梦呢，同样是出现于暗夜，同样是属于另一个世界。诗以梦与月为题材，又出于李贺之手，自然光照昌谷之壁了。

于是诗人进入了月宫，只见老兔寒蟾守着半开的云楼朝天色而啼泣，因为兔在长期的寂居中感到自己已经老了，蟾也因露冷风凄而怯寒。

---

[1] 胘（xián）：胃。

[2] 渤澥（xiè）：指渤海。

[3] 崆峒：指崆峒山。

[4] 这里的齐州非地名，是中州的意思，也可引申作九州解。——作者注

他在《巫山高》中也说“古祠近月蟾桂寒”，在《李凭箜篌引》中也说“露脚斜飞湿寒兔”。

诗人原以为他可以看到一轮满月，不想因为遍沾露珠而不能发出团圞[1]之光。他再朝前走去，在桂子飘香的大道上，意外地遇到了身系鸾珮的仙子。是不是嫦娥，诗人没有明说。但他从仙子那里得到了省悟：在时间的推移下，空间也变了，蓬莱、方丈、瀛洲三座东海神山，有的变为黄土，有的变为清水，千年之间，不过像快马那样飞奔而去。最后，他登上高处了，举目远望，诗人不禁“扑哧”一笑，只觉九州的辽阔，四海的广大，也不过是一点烟、一杯水而已。是的，正由于他站在高处，大山大海，在他眼里更显得渺小了。

全诗的力量就在于末两句，它把原来的某些消极因素摒弃了，从而加强了美感上的崇高效果。

一切本质上没有物质性的没有动作的东西，不可能形象分明地通过作者的感性而获得完美、真实的表现。李白的《梦游天姥吟留别》，句句是梦语，却又句句是人间语。李贺此诗的二、三两句，毋宁说，是在写诗人自己的书楼月色，末两句也是把他登山时获得的印象，以夸张的手法重新诉之于形象。换言之，诗人的感情是从地上起飞的，诗人的梦，是他平日生活实践的折射。

由此又想到李商隐的《李长吉小传》中说李贺将死时，忽昼见一驾着赤虬的绯衣人，持一板，上面写的是很古怪的文字，笑语李贺说：“帝成白玉楼，立召君为记。天上差乐不苦也。”过一会儿，李贺就气绝了。据李商隐说，这事是李贺姊姊告诉他的。李姊又怎么知道？当然是从李贺临终的呓语中得知，其实也是李贺平日内心苦闷的最后吐露。

---

[1] 团圞（luán）：形容圆。

上帝造白玉楼来邀请他写记文的愿望，在他的脑子里大概萦绕很久了。他的那篇《赠陈商》，是他对生平的部分表白。他自己知道不会太长命，也不想追求长生，就把佛经和《楚辞》放在身边，借此排遣苦闷。他在最后写道："天眼何时开，古剑庸一吼。"他对天有期待，却也有埋怨。

敦诚挽曹雪芹诗中有"牛鬼遗文悲李贺，鹿车荷锸[1]葬刘伶"语，上一句是说《红楼梦》的文情足以和李贺诗歌的"鲸呿鳌掷[2]，牛鬼蛇神"的气象相比，则在清乾隆时，这两句话还是作为文学上的褒美之词。

[1] 锸（chā）：铁锹。

[2] 鲸呿（qù）鳌掷：同"鳌掷鲸吞"，指鲸鱼张口，海龟腾跃。比喻诗文气势磅礴、跌宕起伏，意境奇虚荒诞。呿，张口。

## 《无题》诗中男性的女性化

李商隐的《无题》诗，收录在冯浩《玉溪生诗集笺注》中的，五七言共十七首，除了“万里风波”和“紫府仙人”外，其余十五首，从字面看，都是写男女恋情或妇女生活。但如前人所说，其中有几首七律，有的是隐喻唐代政局，有的是感伤自己遭遇。我们也可以承认，有些诗确是别有寄托，只是究竟指哪一件具体的事实，却是一个猜不透的谜，因而成为“玉溪诗谜”。一定要把某一首和令狐楚、令狐绹父子相联系，就未免有强作解人之感。《四库总目提要》在批评某些注家的穿凿附会的缺点后说：“然《无题》之中，有确有寄托者，‘来是空言去绝踪’之类是也。”只指出某一首有寄托而不强指寄托的具体对象，倒是最有分寸。

旧时有些学者曾说李商隐在牛李党争中善于反复，《新唐书》本传就说他“诡薄无行”，现代学者已有所辨析，并给他一个政治上的公正评价。这是很有必要的。但李商隐在生活上却是有些“浪漫”，他写的那些艳情诗，严格说来，并不能全都看作爱情诗，如和妓女的往来。另外，他和女道士等也发生过恋情。这在古代文人中，本可存而不论，但它又是考察李商隐创作心理的一个重要因素：为什么那些有政治上、身世上寄托的《无题》诗，偏要用艳情诗来写，甚至把自己置于女性地位？这就是他过去这方面的经历，他的内心深处的欲望，他的两性间的潜意识，一到构思时，又都集中到他的思维活动中。他将整个的自我摇身一变，变成好几个，并将自己感情生活中游离着的痛苦和喜悦体现在这些形象上，他到庄严的圣女祠时，也会有“寄问钗头双白燕，每朝珠馆几时归”的联想，因而光是用“香草美人”一类概念上的比喻，并不能提示其实质。从某一意义上说，这些诗也可称为“灵魂诗”。它的意义往往是不易解的，“朦胧”的，但诗人在写作时也许是自由的。固然，把自己化身为女性这类寄托诗，写的人不止李商隐一个（另详下），未必都从这种心理出发，可是针对李商隐那样的诗人来说，这种心理却是存在的。

其次是李诗中的性别位置问题。这里先引两首《无题》本诗：

来是空言去绝踪，月斜楼上五更钟。梦为远别啼难唤，书被催成墨未浓。蜡照半笼金翡翠，麝熏微度绣芙蓉。刘郎已恨蓬山远，更隔蓬山一万重。

凤尾香罗薄几重，碧纹圆顶夜深缝。扇裁月魄羞难掩，车走雷声语未通。曾是寂寥金烬暗，断无消息石榴红。斑骓只系垂杨岸，何处西南待好风?

这两首诗，冯浩、张采田（张文见《玉溪生年谱会笺》附刊的《李义山诗辨正》）都说是向令狐绹陈情告哀之作。如“来是空言”两句，冯说系指与令狐绹相见时，绹“仅有空言，去则更绝踪矣”。另有一首“神女生涯原是梦，小姑居处本无郎”，按照张氏说法，句中的“神女”与“小姑”，就是作者自喻。冯、张两位的说法，是否能够成立尚不可知，但它并非只写艳情而是别有寄托当为事实。除李诗外，张籍的《节妇吟》，就把自己比作强自克制的有夫之妇，朱庆余的《近试上张水部》，就把自己比作即将去拜公婆的新娘，宋代的陈师道，为了表示对老师曾巩悼念的深挚，竟把自己比作“事主不尽年”的薄命婢女。这些诗，在表现手法上确有成功的地方，但我们如果想到作者却是七尺之躯的男子汉时，在审美心理上总感到不协调、不舒服，感情上像是被扭曲似的。说穿了，还是反映着把妇女置于被爱怜、被支配地位的一种偏见，通过感情上的逗弄求得自我发泄。鲁迅先生在1925年写的《论照相之类》一文中，曾经批评过京剧舞台上“男人扮女人”的现象，他就是和“审美的眼睛”联系起来。换言之，男性的女性化，不管用什么样的理由，总不是艺术上可以欣赏的对象。

如果按照上述冯、张两位的说法，那么，李商隐为了打动一个对他冷淡的高贵的令狐绹，就把自己比作在“蜡照半笼金翡翠，麝熏微度绣芙蓉”的闺房中等待刘郎到来的女子，我们且不说“妾妇之道”那类陈腐刻薄的话，单就作品的格调说，也是令人遗憾的。他在《谢书》中向令狐绹申谢时，竟有“自蒙半夜传衣后，不羡王祥得佩刀”语[1]，尤叹商隐一代才子，何苦猥琐至此。

纪昀对《无题》曾有评语云：“《无题》诸诗，大抵祖述美人香草之遗，以曲传不遇之感，故情真调苦，足以感人。特诗格不高，往往失之纤俗，衍为七律，尤易浮靡。且数见不鲜，转成窠臼。”[2]他还引用了沈德潜的“剪彩为花，绝少生韵”的话。

纪昀评古人诗，要求较严，但常有独到之见，上面这段评语，虽然张采田很不同意，其实还是公平的，也说得通情达理。又如纪氏对《瀛奎律髓》中方回（号虚谷）的好多评论，每有抬杠的话，但对方回把“昨

---

[1] “自蒙”句指唐高僧五祖弘忍于夜间以袈裟授六祖慧能事。“不羡”句指曹魏徐州刺史吕虔以佩刀赠别驾王祥事。实则这两个典故也用得不切。——作者注

[2] 见《李义山诗辨正》辑引。——作者注

夜星辰”那一首收在“风怀类”中，却认为很有眼力：“观此首末二句，实是妓席之作，不得以寓意曲解。义山风怀诗，注家皆以寓言君臣为说，殊多穿凿。虚谷收入此类，却是具眼。”我们也宁信其为“妓席之作”。再如一向传诵的“春蚕到死丝方尽，蜡炬成灰泪始干”一联，纪氏也评为“究非雅语”。这评语恐是好些人不能同意的，张采田就挖苦他说：“三、四两句如此典雅而谓之鄙，此真小儿强作解事语，纪氏之诗学可知矣。”可是我们如果把眼界开阔一些，或许会觉得纪评也有道理[1]，就在艳情诗中，李诗这两句也嫌俗而太尽。“身无彩凤”和“心有灵犀”一联其实也艳得腻，放在王次回（彦泓）的《疑雨集》中倒相称。

李商隐是一位有特色有影响的语言诗人，他笔下的许多形象，也确实给予我们以美感，过去还有人称为“唯美诗人”。他作品中一些局部的缺点，自然无损于他在艺术上的总成就。蚌病成珠，他的一些有魅力，有光泽的表现艺术，常常是那种病态社会中变态心理的反射，这也不仅仅李商隐一个人是这样。但从另一方面说，正常的性格，健全的心理，又是我们应当崇尚的。

[1] 纪昀对李诗批评虽有苛刻处，但从他的全部评语和张采田对他的反驳看，两家都有成见，然纪之欣赏力却高于张。他对陆游“小楼一夜听春雨，深巷明朝卖杏花”的名篇《临安春雨初霁》也觉得“格调殊卑，人以谐俗而诵之”。评语是否恰当，当然不能由纪氏一个人说了算数（我认为有点道理），但“谐俗”二字却颇有提醒作用，并由此使我联想到：一首诗、一部书的读者的质比读者的量要重要得多。这话原不新鲜，只是有时候便成为“不现实”。——作者注

## 《秦妇吟》进入了选本

谭派名剧《珠帘寨》绝响于京剧舞台已经多年了，绝响的原因，想必为了其中涉及程敬思向李克用讨救兵以镇压黄巢军这一点，所以这出戏俗名“沙陀国借兵”。前一段时期，路过戏剧学校门口，看到墙头上贴着上演《珠帘寨》的广告。这天虽是阴雨霏微，却感到春风又绿江南岸了。本来，一出旧戏的上演或辍演，无关京剧艺术的大局，对于上了年纪的人，像《珠帘寨》这种戏，在从前也看了好多次。但从另一角度看，可以从一出戏看到一种突破。这自然不是说所有的旧戏都应当上演，有些戏确也应当随时代而淘汰，但像《珠帘寨》那样的剧目，却不能因为只是侧面地对黄巢政权有些敌对情绪而辍演。

由此而使我想到韦庄的《秦妇吟》。

有些有关唐诗的论著，都肯定此诗富有史料意义，对官军趁混战机会虐害人民的一系列行为的描写，尤有认识价值，也批判了韦庄的阶级偏见，可是在选注本中，却无法选入。无论是京剧的《珠帘寨》和诗歌的《秦妇吟》，其实都没有明文禁止过，可是大家“自然而然”地看作了禁区。直到近几年来，随着党的双百方针的逐步深入，《秦妇吟》才始敢在选注本中露面。

韦庄生活在晚唐至五代初期，也是唐帝国日益腐朽没落时期。僖宗广明元年（880），黄巢军攻占了长安，韦庄困居京师，亲自看到了战争中一些惨烈景象，后至洛阳，乃作此诗。全诗长达一千六百六十余字，篇幅固为唐代叙事诗第一，内容也是以诗歌形式描写黄巢政权在长安活动的绝无仅有的作品。由于有些情节都是亲见亲闻，所以在史料的真实性上远胜于吴伟业的《圆圆曲》。

全诗以一个流亡至洛阳的秦妇为主线，追述她在围城三年中的悲惨经历。诗中布局极为严密，语言也流畅丰润，虽用倒叙手法，却首尾脉络贯通，层次分明。没有高度的艺术修养，没有对人民苦难的深切同情，很难写出这样作品。

当时洛阳等城市中的人民，无不迫切地等待官军到来。可是官军果真到来了，人民的期望破灭了，也落在更大的劫难中了。在叙述官军进驻洛下时，他先用两句话来点明："千间仓兮万斯箱，黄巢过后犹残半。"这是说，黄巢军退出后，还留下残余的财物，可是，"自从洛下屯师旅，日夜巡兵入村坞。匣中秋水拔青蛇，旗上高风吹白虎。入门下马若旋风，罄室倾囊如卷土。家财既尽骨肉离，今日垂年一身苦。一身苦兮何足嗟，山中更有千万家。朝飡[1]山上寻蓬子，夜宿山中卧荻花"。这是说，官军一到，老百姓只能以野草充饥，在野外露宿了。唐诗中也常有写"官不如贼"、"兵匪不分"的，但写得这样尖锐具体的却不多见。孙光宪《北梦琐言》六记《秦妇吟》中因有"内库烧为锦绣灰，天街踏尽公卿骨"一联，"尔后公卿亦多垂讶，庄乃讳之，时人号《秦妇吟》秀才。他日撰家戒，内不许垂《秦妇吟》障子，以此止谤，亦无及也"。陈寅恪先生以为这是因为当时唐之大将中，如王建、李师泰等，后来或成为韦庄北面师事的前蜀之主，或成为前蜀

[1] 飡（cān）：同"餐"，指食用。

开国元勋，恐此诗流传后，“适触新朝宫闱之隐情，所以讳莫如深”[1]。这说法恐不够全面，主要原因，还由于韦诗写官军的残暴过于露骨，尤其是“内库”两句，把唐政权在劫火中的遭遇写得太可怖狼狈，故而引起公卿讶责，也即所谓“谤”，只好不许人家传布。

由于韦庄是一个封建士大夫，他对黄巢政权当然充满敌对情绪，所以诗中也有许多讽刺辱骂的话。但另一方面，黄巢自身也是一千多年前的人，也受着历史给予他的局限，没有一个有组织的先进阶级指挥他的枪。他本是盐贩出身，部队中的成员又是鱼龙混杂，其中就有朱温那样的人，他后来便成为五代时的梁太祖。黄巢一进长安，立即登位为大齐皇帝，还用五行“土德生金”的迷信说法，改年号为金统。这一切在当时都是很自然的结果，他不做皇帝又怎么办呢？但也说明他身上背着因袭的封建重担，因而摆脱不掉流寇主义的悲剧色彩。联系到《秦妇吟》中描写的黄巢军一些行动，固然有其偏见的一面，却也并非全然出于捏造。如果说，诗中写官军虐害人民的内容是真实的，那么，他写黄巢军某些反常的行为也应当是可信的，不能认为全是虚构污蔑。我们既要破除对起义军的封建正统偏见，也不能有变相的造神观念。其次，《秦妇吟》中虽然没有直接的心理描写，可是黄巢军以胜利者的姿态进入长安后的心理状态，却不难在诗中获得信息。在当时的历史条件下，一部分士兵是不可能保持心理平衡的，一种下意识的报复性心理会促使他们做出反常的行动。

但最使我们感慨的，还是大批无辜的老百姓在双方激战中的惨重牺牲。《旧唐书·僖宗纪》记中和二年（882），唐将“王处存率军二万径入京城，贼伪遁去。京师百姓迎处存，欢呼叫噪。是日军士无部伍，

---

[1] 见《寒柳堂集·韦庄秦妇吟校笺》。——作者注

分占宅第，俘掠妓妾”。后来黄巢军重进城中，“黄巢怒百姓欢迎处存，凡壮丁皆杀之，坊市为之流血”。这里也许有夸大之处，但百姓曾被杀戮当是事实。人民起先欢迎官军，而官军则以“分占宅第，俘掠妓妾”来偿报他们；官军败退出城，却又遭到杀戮。《秦妇吟》是文学作品，与历史真实自然有些距离，但诗中描写东西两京人民，在黄巢军与官军混战中的惨痛遭遇，还是符合当时实际情况的。这些欢迎官军的老百姓，尽管也有对黄巢军是敌视的，杀就没有必要，也引起人民怨恨。由于韦庄在战争年代接触了不少残酷的现实，所以这首诗的中心意义还是在同情人民的劫难。他对黄巢军方面的一些敌视性的渲染，毋宁说，是我们估计之中的，对官军暴行的严峻揭露，却不能不说是他正直的一面。后来他在蜀为记室，有县令扰民，他为王建草牒，中有“正当凋瘵[1]之秋，好安凋瘵；勿使疮痍之后，复作疮痍”语（见《唐诗纪事》），颇为人传诵，也是从过去的历史创痛中得出的教训，借此引起新朝的鉴戒。

对韦庄《秦妇吟》的评价，大家尽可自由讨论，我的认识可能很错误，但就是这样属于学术上的错误认识，也只有在今天才敢说，才敢发表。“文革”前为了配合学习的需要，《中华活叶文选》曾经选注过《旧唐书·黄巢传》，可是传中记官军小校窦玫，“骁勇无敌，每夜率敢死之士百人，直入京师，放火燔诸门，斩级而还，贼人悚骇”以及黄巢军“俘人而食，日杀数千”这些情节，都被删去。后面一段，在当时还有删的必要，前面只是写黄军被官军杀败，大概因为长敌人志气，灭义军威风缘故。事实上，黄巢军既打过胜仗，也打过败仗，最后则以失败而告终。当时编辑入选的动机，尽管为了配合学习，但他们使用剪刀糨糊时那

[1] 凋瘵（zhài）：衰败。

种提心吊胆的心理状态，今天还可想象得之。编辑也明知道这样做不是好办法，却又觉得这样做“稳当”些。钱钟书先生的《宋诗选注》，1958 年版中选有左纬的《避贼书事》、《避寇书事》，并对左纬诗艺作了很高的评价，对“贼”与“寇”皆未注，实指北宋末漆园主方腊领导的军队，钱先生当然知道。但在 1979 年那一版中，左纬的诗就找不到了。我这次选注《宋诗三百首》，却把它入选了。

由《珠帘寨》的上演，又想到周信芳先生的《明末遗恨》。周先生健在时，也辍演好久了。其实，这出戏主要还是在表演明政权的腐败黑暗，大官勋戚如“国丈”之类不顾人民死活，只知享乐纵欲的丑恶行为，崇祯帝说了一句很有意思的话：“这就莫怪天下大乱了！”也便是哀叹明政权的不得人心，灭亡之不能幸免，可惜周先生连同他的绝技一齐消失了。

时代在不断发展，对古代作品的评论，不可能把某一时期的某些论断就确定为对它的最后界限。

# 孤山梅花

林逋以咏梅诗著名，方回《瀛奎律髓》卷二十录有八首，称为“孤山八梅”，都是七律，这里选录四首：

吟怀长恨负芳时，为见梅花辄入诗。雪后园林才半树，水边篱落忽横枝。人怜红艳多应俗，天与清香似有私。堪笑胡雏亦风味，解将声调角中吹。

众芳摇落独暄妍，占尽风情向小园。疏影横斜水清浅，暗香浮动月黄昏。霜禽欲下先偷眼，粉蝶如知合断魂。幸有微吟可相狎，不须檀板共金尊。

小园烟景正凄迷，阵阵寒香压麝脐。池水倒窥疏影动，屋檐斜入一枝低[1]。画工空向闲时看，诗客休征故事题。惭愧黄鹂与胡蝶，只知春色在桃蹊。

宿霭相粘冻雪残，一枝深映竹丛寒。不辞日日旁边立，长愿年年末上看。蕊讶粉绡裁太碎，蒂疑红蜡缀初乾。香篘独酌聊为寿，从此群芳兴亦阑。

---

[1] 宋吴开《优古堂诗话》：“唐张谓诗：‘樱桃解结垂檐子，杨柳能低入户枝。’乃悟林和靖‘屋檐斜入一枝低’之句所本。”——作者注

前三首中的颔联，前人评价不同，欧阳修喜欢“疏影”两句，黄庭坚则认为“雪后”两句较胜，王直方又以“池水”两句也可处伯仲之间。胡存却说：“余观此句，略无佳处，直方何为喜之，真所谓一解不如一解也。”（《苕溪渔隐丛话·前集》）

方回说：“盖山谷专论格，欧公专取意味精神耳。”但方回对黄、欧评语的诠释，实在也不大容易领略。勉强说，黄重格调，欧重神韵。格调讲究健硬，所以冯班说：“山谷专喜硬语。山谷论未精。”纪昀针对冯评说：“此论平允，然终当以山谷为然。”这并非模棱，意思是冯氏批评黄氏专喜硬语这一点是平允的，但黄氏以“雪后”胜于“疏影”一联的评断还是对的。查慎行也同意黄评：“再三玩味次联（指‘疏影’一联），终逊‘雪后’一联。”几句诗却引了那么多评语，也许会令人厌烦，但也见得宋人对诗文评的兴趣增强了，他们又都是很有眼力的人，这兴趣也为后人带来健康磊落的抬杠空气，查慎行的“再三玩味”四个字，尤说明他的认真态度。我们不妨掩卷沉思，林逋这几句诗，如果要你评断，你又选择哪两句呢？恐怕也要“再三玩味”了。比较起来，我倒觉得“雪后”一联好，好就好在上下两句的“才”字和“忽”字：诗人选择了某一过程中他所观察到的动态中的美，让读者从它里面想到更多的东西。其次，王直方爱赏的“池水”一联，也不无见地，纪昀就同意王说。“屋檐”一句，可与苏轼《和秦太虚梅花》的“竹外一枝斜更好”并观。

陈衍在《宋诗精华录》卷一中，以为“雪后”一联是写未盛开之梅，并以为是从齐己（唐诗僧）“前村”句而来，“疏影”一联则是写稍盛开之梅。齐己的《早梅》原诗中有这样两联：“前村深雪里，昨夜一枝开。风递幽香去，禽窥素艳来。”据说齐诗的“一枝”原作“数枝”，郑谷以为不切早梅，便改“数”为“一”，使齐己拜服，呼为一字师。

我们再从林诗的“霜禽”句和齐诗的“禽窥”句合看，林诗可能从齐诗得到契机。至于未盛开和稍盛开的区别，诗人在落笔时并不是有意识地写成这样，却是有意识地从两种角度上描写了梅花的姿态，结果却使无意识在有意识中发生了意外的效果。陈衍的看法虽不一定符合林诗的原意，但也反映出他本人的理解力和想象力。

方回又记王诜（晋卿）曾说“疏影”两句，“杏与桃李皆可用也”。苏轼说：“可则可，但恐杏桃李不敢承当耳。”方回批云：“予谓彼杏桃李者，影能疏乎？香能暗乎？繁秾之花，又与月黄昏、水清浅有何交涉？且横斜、浮动四字，牢不可移。”方说固很精辟，也愈见王说之陋，如果这两句也可适用于杏与桃李，文艺作品还需要表现什么特征呢？

但林逋梅花诗的缺点也很多，最显著的就是虽间有佳句，全诗却不匀称和谐，显得艺术上的畸形，而且常有落俗套处。清徐增《而庵诗话》说：“有佳句者，气多不全。炼句却是一病，然又不得不炼。有意无意，斯得之矣。”他这话并非对林诗而说，却同样适用。下面试举几个例：

第一首，前人就只承认“雪后”一联好。末两句不甚了解，或是硬凑汉横吹曲《梅花落》故事，因为该曲本是西域传来，既嫌拟于不伦，何况这首诗并非咏落梅。纪昀说：“起句草，三四实好，后四句不成诗。”很中要害。

第二首，一、二两句复衍，暄妍犹言明媚（暄是暖和意），用在水边月夜的梅花上便不贴切。鲍照的《采桑》诗以“是节最暄妍，佳服又新烁”咏采桑时节的景物就恰当；林诗以“占尽风情”喻园梅，亦似是而非。“霜禽”一联实很浮浅，王世贞《艺苑卮言》卷四曾讥为“直五尺童耳”。结句似雅而俗，且是赘语，在这样的场合，当然是不须檀板金尊。

第三首的第二句嫌过分，麝香浓于梅香，梅香如何能压倒它？这算不上艺术的夸张。末两句意在讽世，却嫌硬凑而浅薄。

林逋梅花诗较好的就是一二三三首，第四首实无足观，选它只是为了陪衬。查慎行说：“‘末上看’未详。五六堕入恶俗一派。”“末上看”其实倒易懂，“末”指树梢，全句意思是但愿年年能赏望梅林。但这两句实在写得很笨拙，而且寓意相同，纪昀说得更尖锐：“俗鄙之极，和靖何至于此。”林逋另一首咏梅的结尾，甚至还有“终共公言数来者，海棠端的免包羞”那样句子，我们如果和他《峡石寺》的“不会剃头无事者，几人能老此禅扃[1]”合看，真令人有“和靖何至于此”之叹。

结句平弱，局部和整体不相称，境界狭窄，笔法纤巧，这是林诗的主要缺点。身为高士，却又诗多浮文俗句，如《夏日即事》的“北窗人在羲皇上，时为渊明一起予”，《留题李休山居》的“公车便不能征出，搔首吾皇负圣明”，《园庐》的“懒为躬耕咏《梁甫》，吾生已是太平民”等，都使人“不堪卒读”。钱锺书先生的《宋诗选注》，林逋名下就未选他的梅花诗，只选了一首《孤山寺端上人房写望》，即很有卓识。诗云：“底处凭阑思眇然，孤山塔后阁西偏。阴沉画轴林间寺，零落棋枰葑上田[2]。秋景有时飞独鸟，夕阳无事起寒烟。迟留更爱吾庐近，只待重来看雪天。”“阴沉”一联，以其写景工致，颇为后人称道。葑田也叫架田，即在沼泽中以木作架，铺上泥土及水生植物，如同木筏，可撑以往来。宋元时多见于东南田区。清顾嗣立《寒厅诗话》记程嘉燧有句云：“古寺正如昏壁画，层湖都作水田衣”，

[1] 扃（jiōng）：门闩，上闩。

[2] 棋枰：棋盘。葑（fèng）：菰（gū）根，菰是一种植物。葑上田：又称架田，将木架放在水面上，木架内填满葑泥，使木架浮于水面上。

以为“本林而又工之”。林逋好诗中，还有一首七绝《秋江写望》，略有晚唐人风味：“卷茫沙嘴鹭鸶眠，片水无痕浸碧天。最爱芦花经雨后，一篷烟火饭鱼船。”

林逋诗所以著名，其诗本身固有成就，特别在早期的宋诗中，一半也因其人是一个隐士，二十年不入城市，不娶，无子，因而有所谓梅妻鹤子的“韵事”，后人钦佩其高逸，并以和靖先生称之。今天看来，实在近乎怪僻。在读完他的诗集后，还有两点感想，一是我们对古人及其作品，不要一坏百坏，一好百好。后者如对某些名家，由于他们一首诗中有一二警句，就把彩声从第一句喝到末句，即使是游词浑话，也一齐叫好。总之要打破偶像化，切忌矮人看戏，文学作品毕竟不同于一加一等于二那样简单。二是我们还是需要风花雪月的作品，然而必须要求从严，必须从欲穷千里目中来提高识力，净化趣味。例如以咏梅花诗来说，不妨看看杜甫的《和裴迪登蜀州东亭送逢早梅相忆见寄》：“东阁官梅动诗兴，还如何逊在扬州。此时对雪遥相忆，送客逢春可自由。幸不折来伤岁暮，若为看去乱春愁。江边一树垂垂发，朝夕催人自白头。”方回说：“老杜诗凡有梅字者皆可喜。”这又说得过头了，难怪纪昀要驳道：“诸诗亦各有工拙，此真胶柱之说。”纪说自是。但杜甫这一首却是直而实曲，朴而实秀，和林逋诗一对照，骨力情思便大有区别，故前人推此诗为咏梅诗压卷之作。

# 泉声三百里

王禹偁[1]一生，虽只活了四十八岁，但他在宋初西昆体风靡时期，却是一个开风气的诗人，林逋在《读王黄州诗集》中就有“纵横吾宋是黄州”之誉。

他于三十一岁时即出任苏州长洲知县，次年所作《中秋月》有句云：“莫辞终夕看，动是隔年期。”颇为世称颂。王诗的意思是，因为再要看到中秋的月亮，又得隔了一年，所以值得通宵赏玩。从末两句的“不禁天唱晓，轻别下天涯”看，这一夜他果然望到破晓。诗只是一种暗示，让人去体味人事之无常，命运之变化。胡仔《苕溪渔隐丛话后集》卷二十三说：“古人赋中秋诗，例皆咏月而已，少有着题者”，唯王诗与苏轼的“此生此夜不长好，明月明年何处看”可作代表：人生又有几次能够尽情地看到中秋的皓月呢？

王氏前后三遭贬谪：商州、滁州、黄州。贬商州（今陕西商县）在淳化二年（991）九月，职务是团练副使，也即责授官，原因是有个庐州尼姑道安诬陷徐铉与妻甥姜氏通奸，姜氏是道安嫂子，禹偁为徐铉雪诬，却被谪贬。

他是带着全家去的，七十五岁的老父加上衰弱的妻子。过了秦岭，

[1] 王禹偁（chēng）：北宋诗人、散文家、史学家。

投宿山店，半夜里听到老虎的怒吼之声，全家都吓了，他把商州比作牢狱都不如。他不禁愤而问道：“逐臣自可死，何必在远恶？”（《酬种放征君一百韵》）到了谪所，长官（团练使）不安排他住所，只得住在古寺中。“知道由自宽，有亲强为乐。”总算能和老父等在一起，还是觉得幸运的。

在河南的稠桑坡时，车子翻倒了，他写了一首七绝：“稠桑坡险忽摧车，悔戴儒冠出弊庐。已被文章相错误，谪官犹载一车书。”围绕在这种矛盾心情的一个真实核心是：尽管为了儒冠而误，还是要带上一车书去。没有书，那就连灵魂也无处逗留；有了书，哪怕是穷山恶水，还是可以安身立命，还是可以使万物皆备于我。从王氏的全部诗篇看，也以商州那一时期写得多而又好。

当他初次进入七盘十二绛[1]的商山时，只听到提壶鸟在向他迎叫。提壶因其鸣声如“提壶芦”而得名，古诗中也用为沽酒的代名，于是就写了一首《初入山闻提壶鸟》：“迁客由来长合醉，不烦幽鸟道提壶。商州未是无人境，一路山村有酒沽。”他对商山发生感情了，因为一路上可以听到提壶的鸣声，因而使他这个迁客像醉汉那样昏昏沉沉穿山而过。

除了禽声，还有泉声：“平生诗句多山水，谪宦谁知是胜游。南下阌乡[2]三百里，泉声相送到商州。”（《听泉》）阌乡今并入河南灵宝，在《阌乡旅夜》中，他还为“全家空洒泪，知是几时还”而感伤，可是当他听到不舍昼夜的泉声如此深情地送了他三百里，他觉得谪宦也是一种胜游了。他的《新秋即事》中说的“石挨苦竹旁抽笋，雨打戎

[1] 绛（zhēng）：曲折。

[2] 阌（wén）乡：地名，在今河南省灵宝市。

葵卧放花”，正象征着这种痛苦和快感、压制和解脱的真诚的结合。

在商州时，他对当地的风土习俗也很关心，五首《畬田[1]词》便是在商州时写的。“北山种了种南山，相助刀耕岂有偏？愿得人间皆似我，也应四海少荒田。”王禹偁少年时很艰苦，家里以磨麦制面为生，曾向亲友借贷，所以对民间疾苦也了解得较多。

王禹偁七律以警秀清隽见称，七律中，在商州作的《寒食》和《村行》都是名篇。《村行》云：

> 马穿山径菊初黄，信马悠悠野兴长。万壑有声含晚籁，数峰无语立斜阳。棠梨叶落胭脂色，荞麦花开白雪香。何事吟余忽惆怅？村桥原树似吾乡。

宇宙中到处充满声音。诗人先告诉我们：大地在响了。可是没有风，这声音便无法扩散开来，也让我们想起《庄子·齐物论》一段十分精彩的描写：“夫大块噫气，其名为风，是唯无作，作则万窍怒号”，这也就是“吹万不同”的天籁。然而尽管万籁有声，数峰却站在斜阳下沉默着。当诗人的听觉应接不暇的时候，却还要调动他的视觉向远处凝视，同样是官能上的运动感。接着，他又闻到荞麦花的香气，这个农家子弟就记起了故乡巨野（今属山东）的景物，自然而然地以乡情做了归宿。

王禹偁是一个性格倔强、自尊心很重的人。他曾经作过一首《春居杂兴》：“两株桃杏映篱斜，妆点商山副使家。何事春风容不得，和莺吹折数枝花。”他的儿子嘉祐看了末两句与杜甫“恰似春风相欺得，

[1] 畬（shē）田：烧荒垦种，火耕。

夜来吹折数枝花”（题为《绝句漫兴九首》）语颇相近，因请改换。禹偁欣然说：“吾诗精诣，遂能暗合子美邪？”他非但不改，还作诗自贺：“本与乐天为后进，岂期子美是前身。”诗确是袭用杜句的，但王诗加上“和莺”，意境就多了一个转折。陆游《老学庵笔记·续记》中批评说：“语虽极工，然大风折树而莺犹不去，于理未通，当更求之。”王诗并未说“大风折树”，而是说，本来只有很可怜的两株桃杏，数朵鲜花装点着副使之家，黄莺却偏要啄弄它，再经春风一吹，花朵就此折落；如果是大风，被吹折的何止是数朵花，而且诗意倒真的大为逊色了。“何事”犹言“何苦”，原诗本是比喻世情险恶，观第二首“亦同反复小人心”可知。

然而冷官的滋味毕竟无聊，在《睡十二韵》中，他竭力刻画酣睡的乐趣：“东窗一丈日，且作自由身。”在《五更睡》中又说：“如将闲比贵，此味敌公卿。”这些话又实又虚：他如果不睡大觉，只好离床而起，可是起来又能做些什么呢？这是实。可是他的睡大觉本非出于自愿，是无可奈何的消磨岁月。这是虚。

淳化四年四月，王禹偁因真宗合祭天地于圆丘，大赦天下的机缘，乃由商州量移解州，在《量移后自嘲》中说：“可怜踪迹转如蓬，随例量移近陕东。便似人家养鹦鹉，旧笼腾倒入新笼。”他在《春日登楼》中也说：“贰车（副职）官职是笼禽。”“量移”是谪官遇赦酌量移至近便处任职的意思，所以只是旧笼换新笼而已。

王禹偁到商州数日后，骑的马死了，曾为此作《弊帷诗》：“满阶红药曾嘶处，六里青山忽弊时。”弊帷本指埋马之具，这里指死马。红药原指中书省阶前所种红药树，王禹偁曾任知制诰，即中书舍人之职。这时要离开商州了，便在《出商州有感》中作诗悼之：

圆丘恩例得量移，笑领全家出翠微。

唯有来时的颃马，商山埋骨不同归。

王禹偁在商州谪居前后约两年，在这样境遇下，哪怕是一件破棉袄、一支残笔，也有着深厚的感情舍不得丢弃，何况是为他骑到中书省、又跟随他仆仆长途的一头马、一个生命。

诗人缓缓地离开商州，他看到全家无恙，脸含笑意，马的影子却在心头紧绕着。

# 司马光其人其诗

十年动乱时期，提到司马光，就像提到恶魔一样。近年来不同了，对司马光逐渐作了较公允的评价。学术繁荣总是以政治清明为前提的。

他与王安石都是宰相中的读书人，恰巧都是很固执的人。他批评王安石“自信太厚”，其实也适用于他自己；自信太厚也容易排他。他们之间的冲突，固有政见上的分歧，也有意气用事地方。所谓意气用事，也即心理上失去平衡，因而各用报复手段来对付，这也使我们感到，一个政治家心理上的平衡，对于治国平天下，关系又何等重要。

他与王安石的私人交情本来还好，他的诗集中就有《和王介甫明妃曲》、《和王介甫烘虱》。他们都死于元祐元年（1086），安石则早死五个月，司马光得悉后，在致吕诲叔（吕公著）信中，一面批评王安石政治上的过错，一面主张朝廷应“优加厚礼”，免得翻覆之徒（指吕惠卿等）乘机中伤安石，究不失为大臣风度。

这样说，并不否认司马光的保守一面。他对“祖宗家法”太拘泥了。太祖、太宗纵然英明，又怎能预计到子孙朝瞬息万变的局势？许顗《彦周诗话》记他游嵩山寺院时，见壁间有诗四句云：“一团茅草乱蓬蓬，蓦地烧天蓦地空。争似满炉煨榾柮（柴块），慢腾腾地热烘烘。”旁题有四字：“勿毁此诗。”寺僧告诉许顗说：“此四字司马相公亲书也。”就诗论诗，寓意原也不错，热量的放射总要经得起持久，不要顷刻之间就此消歇。但司马光所以特别欣赏此诗，还是和他保守思想有相通处。躁进固然要误事，稳健却也常成为因循的饰称。如果光从慢腾腾中去取热量，那么，人们也只能一辈子得到这么一点儿暖意。

同样不能否认的是他品德上的正直、严谨与诚实。思想保守和品德优良之间的矛盾，在古人中常常有之。读了他的家书《训俭示康》，使人感到古板，却又是可爱的古板。他生前有很高的威望，死后京师人罢市往吊，这也并非全出于对旧势力的附和。蔡上翔的《王荆公年谱考略》，多为王安石雪谤，对元祐党人虽颇为不满，对司马光本人却很尊敬，但由此而认为《涑水[1]纪闻》非出司马光之手、《与王介甫书》有元祐党人“增添改窜”处，却又不是实事求是的态度了。

他的诗，数量不少。他的《温公续诗话》，却是继欧阳修《六一诗话》之后宋人诗话中的第二部，其中如林逋之“疏影横斜水清浅，暗香浮动月黄昏”，魏野之“数声离岸橹，几点别州山”，韩琦之“花去晓丛蜂蝶乱，雨匀春圃桔槔闲”，耿仙芝之“浅水短芜调马地，淡云微雨养花天”等句，都是他最先表出，又如评杜甫“感时花溅泪，恨别鸟惊心”云：“山河在，明无余物矣；草木深，明无人矣。花鸟，平时可娱之物，见之而泣，闻之而悲，则时可知矣。”这都说明他很有理解能力和文学眼光。

贺裳《载酒园诗话》云：“荆公诗，人犹称之，温公绝无言及者。余喜其清醇，亦一时雅音。”但贺氏接下去举的却非司马光的好诗，下面试另举数首，如《早行》云：“寒犬吠柴门，荒鸡鸣远村。河声空自急，月影不曾浑。木末星犹白，榛中露已繁。客心独惆怅，四顾与谁言。”一、二两句，犬吠鸡鸣，近远交错，声是实写，第三句指

[1] 涑（sù）水：北宋文学家司马光，世称涑水先生。

此时河中尚无行舟，声是虚写。四句月影未浑，正见天尚未明，五句以月带星，以露繁点明时令。末句实是说四顾无人，仍归结到诗题。

早行诗以温庭筠《商山早行》的“鸡声茅店月，人迹板桥霜”为最精彩，但全诗也只是这两句好。南宋的刘克庄也有一首《早行》：“店妪明灯送，前村认未真。山头云似雪，陌上树如人。渐觉高星少，才分远烧新。何须看堠子，来往暗知津。”既写风土，又抒人情，亦早行诗中的名篇。

《道傍田家》云：“道傍田家翁妪俱垂白，败屋萧条无壮息。翁携镰索妪携箕，自向薄田收黍稷。静夜偷舂避债家，比明门外已如麻。筋疲力弊不入腹，未议县官租税足。”

因为怕被债家知道，这对老夫妻只得将白天收割来的粮食，在夜间偷偷舂捣，不料一到天亮，索债的人已经盈门。全诗的沉痛着力处在末句：田家虽饿着肚子，官府却取之于民，藏之于官。“未议”就是“不说”，又怎敢说？

《鸡》云：“羽短笼深不得飞，久留宁为稻粱肥？胶胶风雨鸣何益，满室高眠正掩扉。”古代报晓，多赖鸡鸣，尤其在风雨时节。雄鸡一声，曾唤起多少有心人发愤的壮志，如晋祖逖夜闻荒鸡，便说：“此非恶声也。”遂起身而舞。可是现在大家既然关起门来睡大觉，鸡又何苦多此一啼。

《春》云：“红桃素李竞年华，周遍长安万万家。何事青青庭下柏，东风吹尽亦无花。”此诗为正话反说，意思是柏虽无花，却能长青，桃李浓艳，为时有限。诗题单用一“春”字，却意味深长，和作者五言《春游》的“人物竞纷华，骊驹逐钿车。此时松与柏，不及道旁花”，实为一意两咏。

《归雁》云：“亦知南国稻粱肥？水满春江努力归。闻道楚人缯缴细，平沙短草尽藏机。”这首当是被新党排挤后之作，和《独步至洛滨》的“草软波清沙径微，手持筇竹着深衣。白鸥不信忘机久，见我犹穿岸柳飞”，《闲居》的“故人通贵绝相过，门外真堪置雀罗。我已幽慵僮更懒，雨来春草一番多”，都是这种牢骚情绪的发泄。《闲居》的末两句，又可和王安石《偶书》的“我亦暮年专一壑，偶闻车马便惊猜”相对照。

《居洛初夏作》云：“四月清和雨乍晴，南山当户转分明。更无柳絮因风起，唯有葵花向日倾。”陈衍《宋诗精华录》题作《客中初夏》，陈氏并云：“此诗元祐入相时之作。”但题目既说“客中”，又如何会是入相时作？他大概从第三句“更无柳絮因风起”推想必是新党失势之时，其实只是祈望之词，即含但愿之意。

最后举一首《梦稚子》：“穷泉纤骨已成尘，幽草闲花二十春。昔日相逢犹是梦，今宵梦里更非真。”于质朴中见沉痛。这稚子当是指他儿子。据邵伯温《邵氏闻见录》卷十八，说司马光没有儿子，以族人之子康（字公休）为子。伯温与司马康交谊甚厚，所言当可信。想是这一稚子死后，司马光就没有亲生的儿子，故以族子为嗣。

司马光之父司马池，亦能诗。司马光文集中的韩秉国，实即韩维，字持国，因“持”与“池”音近，古人避“嫌讳”，故改称秉国。司马池曾有《行色》云：“冷于陂[1]水淡于秋，远陌初穷到渡头。赖是（幸亏）丹青不能画，画成应遣一生愁。”颇为人传诵。梅尧臣曾说：作诗“必能状难写之景如在目前，含不尽之意见于言外，然后为至也”。张耒以为司马池此诗，也能达到这种境界。

---

[1] 陂（bēi）：池塘。

# 诗人王安石

宋人曾季狸在《艇斋诗话》中曾说："绝句之妙，唐则杜牧之，本朝则荆公，此二人而已。"在宋人中，王安石的七绝，确是数一数二，要说缺点，就是议论多些。我翻了翻《宋诗别裁集》，王安石名下，他的各体中，选得最多的是七绝，共十三首。钱锺书先生的《宋诗选注》，王诗共选十首，七绝却占六首。这些七绝，大都是他退居江宁时所作。前人论王诗，也以为晚作尤为深婉精绝。他那首《泊船瓜洲》的"春风又绿江南岸，明月何时照我还"名句，除了东南的江村水乡，还有什么地方绿得这样活呢？另外还有一首《书湖阴先生壁》："茅檐长扫净无苔，花木成畦手自栽。一水护田将绿绕，两山排闼[1]送青来。"

湖阴先生即杨德逢，与王安石为邻居。这位湖阴先生很落拓，他的家却是一开门就可以瞥见青翠的山峰，王安石用诗的语言说出来，使绿和青都有了鲜明的性格：绿好像小心地弯弯曲曲绕着田野而去，青却大胆地闯进门来。

这首七绝，下半首用对句，对得又绝工，却有些故事需要说一说。

叶梦得《石林诗话》卷中云："荆公诗用法甚严，尤精于对偶。尝云，用汉人语，止可以汉人语对，若参以异代语，便不相类；如'一

[1] 排闼（tà）：推门直入，这里形容山色直扑而来。闼，门。

水护田将绿去，两山排闼送青来’之类，皆汉人语也。此法唯公用之不觉拘窘卑凡。”这里所谓“汉人语”，是指“护田”与“排闼”两词。“护田”据李璧说是出于《汉书·西域传序》及颜师古注——统领保护营田之事也。“排闼”则出《史记·樊哙传》。叶梦得说是王安石自己说的，是否可靠颇可怀疑。从叶氏末两句话看，他也觉得倘非出于安石之手，那样“精严”用法，就会陷于“拘窘卑凡”。

约后于叶氏一百年的葛立方，在《韵语阳秋》卷二中，也谈到此诗，却不同意叶说，并说有人称赞王安石的“自喜田园安五柳，但嫌尸祝扰庚桑”为对[1]，安石笑道：“伊但知‘柳’对‘桑’为的对，然‘庚’亦是数。盖以十日数之也。”意思是“庚”在干支中是第七位的数字，故能对“五柳”之“五”。接下来葛氏又判断道：“余谓荆公未必有此意，使果如好事者之说，则作诗步骤，亦太拘窘矣。”葛氏解寇准袭用韦应物诗有强作解人处（参见本书《滁州西涧》篇），此说却颇为平允，可谓安石知己。安石高才，何至如此“精严”入骨，徒成自缚之茧。如同葛氏所说，天下或许自有一些“好事者”。我们只要看一看王安石诗中的对句，到底有几首不参以“异代语”？诗能够这样作吗？总之，“护田”怎么说也和《西域传序》水米无干，“排闼”则确用《史记》原文，倒果真用得推陈出新，也不能改为“排户”（“排户”也可硬找《晋书·光逸传》的出处），且此处音节上也以用入声字为胜。樊哙的排闼原是一种激动性的动作，诗人将它抽象出来，然后又回复到形象，于是这两座静止的山峰也开始行动起来。王若虚《滹南诗话》卷三云：“荆公有‘两山排闼送青来’之句，虽用‘排闼’字，读之不觉其诡

[1] 这首诗题为《次韵酬仲元》，《王文公集》卷五十四作“每若交游寻五柳，最嫌尸祝扰庚桑”。——作者注

异。山谷云‘青州从事斩关来’，又云‘残暑已促装’，此与‘排闼’等耳，便令人骇愕。”对“排闼”与“斩关”的评比很中肯，但“残暑”句其实没有什么可以骇愕，也因为王若虚对黄庭坚诗本身原来就有不满意地方。

绿是诗的信号。在大自然中，恐怕也以绿的比重占的最大。没有绿，就没有群山万壑，没有苍松翠柏，因而也没有诗。诗人的可贵劳绩，就在于凭借他的观察力和记忆力，将自己积累的美感经验，通过形象，获得表现，从而让大家得到审美上的满足。诗人把握的对象，虽然总是局部的、有限的，但一首发光的小诗，却使人像进入了大自然的整体中。

下面还可举出《送和甫至龙安微雨因寄吴氏女子》：“荒烟凉雨助人悲，泪染衣襟不自知。除却春风沙际绿，一如看汝过江时。”和甫是安石弟弟安礼之字，吴氏女子是嫁给吴家（吴安持）的安石长女。第三句象征时令上的差异，意思是说，除了东风沙际绿这一点不同外，心理上的感伤全然和送女儿时一样。就是这个“绿”字，使全诗的感情上分量立即占有支配性地位，而这种感情，也只有用在家人骨肉间才最贴切。

吴曾《能改斋漫录》卷八，说王安石上述一水、两山一联，“盖本五代沈彬诗‘地限一水巡城转，天约群山附郭来’；彬又本唐许浑‘山形朝阙去，河势抱关来’之句”。这是附会之谈。沈彬的诗《全唐诗》录有十九首，这两句却是断句。高步瀛在《唐宋诗举要》中说：“此亦句法偶同耳，未必有意效之也。”这种句法上意境上的近似之处，古人诗中常常有之，袁枚《随园诗话》卷五有云：“扬州转运使朱子颖，工画能诗，王梦楼（文治）为诵其佳句云：‘一水涨喧人语外，万山青到马蹄前。’”朱诗自非沿袭安石诗，恍惚间却令人有曲径通幽之感。

这里还可举出另一种例子，元人乃贤（即纳新）《悯忠阁》中有“青山排闼见，紫气隔城迷”句（见《元诗选·金台集》），前一句显然袭用王诗，但意义却含糊：是指游人排闼（也即开门）而见青山，还是青山排闼来相见呢？应当是指后者。这句诗如果不是从王诗来，原可存而不论，既用王诗，未免点金成铁：王诗妙处在“送青”，乃贤诗却直说“青山”，一与王诗比较，便落言筌。

王勃在《滕王阁序》中有一句“光照临川之笔”的话，他写时当是指王羲之曾任临川内史。到了宋代，临川出了晏殊、晏几道父子，又出了王安石，明代还出了汤显祖。暂且撇开王安石的“相业”不谈，单单作为诗人看，诗人王安石之笔，也将永远光照临川。

清蒋士铨《忠雅堂集》卷十三《题荆公集后》之三云：“千钧笔力气嶙峋，一代文章侍从臣。却怪当时枚卜错，从来相业恕庸人。”末两句尤感慨深切，意谓安石不当拜相，如果换了一个庸庸碌碌、无所建树的人来执政，人家倒反而宽容他。

## 激流中的苏轼

长洪斗（通“陡”）落生跳波，轻舟南下如投梭。水师绝叫凫雁起，乱石一线争磋磨。有如兔走鹰隼落，骏马下注千丈坡[1]。断弦离柱箭脱手，飞电过隙珠翻荷。四山眩转风掠耳，但见流沫生千涡。险中得乐虽一快，何异水伯夸秋河。我生乘化日夜逝，坐觉一念逾新罗。纷纷争夺醉梦里，岂信荆棘埋铜驼？觉来俯仰失千劫，回视此水殊委蛇。君看岸边苍石上，古来篙眼如蜂窠。但应此心无所住，造物虽驶如吾何？回船上马各归去，多言譊譊[2]师所呵。

（苏轼：《百步洪二首》（其一））

元丰元年（1078），王定国（王巩）与颜长道（颜复）同游泗水，南下百步洪。苏轼因有他事没有同去，过了一个月，他和僧人参寥泛舟百步洪下，一道急流投进了他的眼帘，他想起人生多变，他作诗了，便写下两首《百步洪》，上面选的是第一首。

当水波跳动，轻舟乘势而下时，船工惊叫了，水鸟惊走了，乱石在激流中争相摩擦，诗人置身在这样的险境中，他的含有哲理的想象力，

[1] “注坡”本是宋人军中用语，指军士从斜坡上急驰而下，这里即“长洪斗落”之意。——作者注

[2] 譊（náo）譊：喧嚷，争辩。

也随水波而起伏。

他在“有如”四句中连用七个比喻，使得诗的节奏非常紧促，形象连续活跃，虽一波数折，却又气脉流通，不见牵掣的痕迹，因而烘托了出奇制胜、惊心动魄的气氛。诗中比喻密接，“有如”句则一句两比，都体现了美感的变动性，在时间和空间的转移中，通过诗人敏捷的构思做出了审美上的迅速反应。我们可以想象他写诗时高度的兴奋状态、燃烧似的创作欲望，这欲望驱使他要把生活中难忘的一道水、一只船、一个声音留下来。

接下来的“险中得乐”两句，下句是用《庄子·秋水》中河伯见秋水的典故。方东树《昭昧詹言》卷十二说：“惜抱先生曰：此诗之妙，诗人无及之者也，唯有《庄子》耳。余谓此全从《华严》来。”这话说得很对。《庄子》和佛学，在人生观上也许给予苏轼以虚无的影响，但在创作上却又给予他以离奇变化的活力，特别是写到水、写到月，他的名文《赤壁赋》也是这样。

后半首转入议论，节奏也放慢了。“日夜逝”用《论语·子罕》“逝者如斯夫，不舍昼夜”语意，仍是紧扣水。“一念逾新罗”也说的是快。“古来”句以篙眼比喻古来留下的陈迹，就近取譬，十分自然。意思是，从岸边苍石的蜂窠似的篙眼上，你可以想象，从古到今，有多少船、多少人，曾经在这里浮游过。这首诗原是送给僧人参寥的，但到后半首才转入受诗的主人，最后则以“师所呵”作结，如纪昀在《苏文忠公诗集》卷十七所说：“后半全对参寥下语，诗须如此，用意方不浮泛。”对的。有的诗需要开门见山，有的诗却需要藏头露尾。

博喻是苏诗一个特色，前人评此诗，多着重于这一点，并推之为创格，赵翼在《瓯北诗话》卷五中便说：“形容水流迅驶，连用七喻，实古所未有。”但苏诗中有的比喻，就觉得艰涩或过火，如《云龙山观烧得云字》：“悲同秋照蟹，快若夏燎蚊。火牛入燕垒，燧象奔吴军。崩腾井陉口，万马皆朱。摇曳骊山阴，诸姨（指杨贵妃三个姊姊）烂红裙。”这是比喻山火，却感到累赘臃肿，近于文字游戏，读起来很吃力，也即前人所谓“事障”，末句尤嫌滑。

百步洪在今江苏铜山，即吕梁，也叫徐州洪。泗水所经，洪有峭石急流，达百余步，故名。苏轼于熙宁十年（1077）出知徐州，原因是与王安石政见不合，情绪上有些波折，次年乃作此诗，我们从诗里也可看得出。又过一年，就发生了乌台诗案，谪往黄州。他向淮泗的激流告别了，黄冈的赤壁却在等待他。在一叶中流里，想必又看到许许多多的篙眼。

诗中的参寥，一名道潜。他是宋代的诗僧，也是苏轼诗友。苏轼在杭州时，两人常相走动。他的七绝，如《经临平作》云：“风蒲猎猎弄轻柔，欲立蜻蜓不自由。五月临平山下路，藕花无数满汀洲。”苏轼一见，就叫人刻在石上。《东园》云：“曲渚回塘孰与期，杖藜终日自忘机。隔林仿佛闻机杼，知有人家在水西。”（一作“翠微”）颇为人传诵。这是他随苏轼在黄州时作的。陈岩肖《庚溪诗话》卷下，以为《东园》末两句与秦观（《秋日》）“菰蒲深处疑无地，忽有人家笑语声”，都源于晋僧帛道猷的“茅茨隐不见，鸡鸣知有人”。

绍圣间，苏轼又谪往岭南，参寥居西湖智果院，怀念交游已无当年之盛，曾作《湖上》诗，其中一首云：“城隈野水绿逶迤，袅袅轻舟掠岸过。欲采芸兰无觅处，野花汀草占春多。”结果以语含讥刺受到处分：罚他留发还俗、编管兖州。到徽宗时，又剃发为僧了。想不到出家人也有这等烦恼。

## 苏轼谪黄州

自笑平生为口忙，老来事业转荒唐[1]。
长江绕郭知鱼美，好竹连山觉笋香。
逐客不妨员外置，诗人例作水曹郎[2]。
只惭无补丝毫事，尚费官家压酒囊[3]。

（苏轼：《初到黄州》）

元丰二年（1079）二月，苏轼在《湖州谢表》中有这样几句话：陛下“知其愚不适时，难以追陪新进；察其老不生事，或能牧养小民”。一场轩然大波就此掀起。

御史台的何正臣，说他“愚弄朝廷，妄自尊大”，并借此诋毁新法。舒亶[4]等又罗织苏轼许多诗句，如《山村五绝》之三的“岂是闻韶解忘味，迩来三月食无盐”，之四的“赢得儿童语音好，一年强半在城中”，说前者是在讥谤盐法太苛，后者是讽刺百姓得了青苗钱，农村少年便

[1] 到黄州时年四十四岁。——作者注

[2] 此句指梁何逊、唐张籍等都曾任水部郎。——作者注

[3] 苏轼自注：“检校官例折支，多得退酒袋。”折支，指官俸的一部分用实物抵充。实物多是官府酿酒用剩的袋子。——作者注

[4] 舒亶（dǎn）：北宋词人。

到城市中来耗费的事件。《塔前古桧》的“根到九泉无曲处，世间唯有蛰龙知”，王珪[1]便说“有不臣之意”，意思是暗喻神宗不赏识苏轼，因而只能求之于地下的蛰龙，“非不臣而何？”这却连神宗也无法相信了。其他还有许多，不再列举，但从指控者引述的这许多诗篇来看，似苏诗当时已印成册子。

苏轼这些诗的内容，可以分为四类：一、确是针对新法的，例如谢表中的“难以追陪新进”，其中有对这些新进之士虚骄之气看不顺眼的地方，也有他个人的偏见。二、只是文士对时政的一般不满。三、横加罗织，故入人罪，如上引的“蛰龙”。四、如《秋日牡丹》：“一朵妖红翠欲流，春光回照雪霜羞。化工只欲呈新巧，不放闲花得少休。”指控者说他以化工比执政，以闲花比小民。苏轼自己则说原是在杭州僧寺中和陈襄而作。但像这样的诗，写在政潮波动时候，难免使人有“横看成岭侧成峰”之感，下意识中难保没有讽喻执政之意，也只能疑以存疑了。

接着，就由御史台派皇甫僎[2]往湖州拘捕。到了官署，两个狱卒便将他缚住，立即出城登舟。“顷刻之间，拉一太守如驱鸡犬。”（孔平仲《孔氏谈苑》）宋无太守，习惯上仍称知府，知州为太守，知州为一郡之长，古人或比之于诸侯，湖州又是大州，而朝廷却以鸡犬待之。

由于朝廷中有人必欲置苏轼于死地，所以入狱后狱卒问苏轼，属于五代的祖先中有无誓书铁券？意思是，若有铁券，尚可免于一死。这只是对死刑犯才这样问，非死罪的只问三代。

但因神宗本不想杀苏轼，太皇太后曹氏又在病危时叮嘱神宗要宽

[1] 到黄州时年四十四岁。——作者注

[2] 僎：古同“撰”，著书。

赦苏轼。张方平、范镇都是退职的大臣，并因诗案而被列入名单，却冒险上疏营救。这时王安石也已退职在金陵，他也说："岂有圣世而杀才士者乎？"王安石毕竟不愧为王安石。后来苏轼在《次荆公韵四绝》中曾有"劝我试求三亩宅，从公已觉十年迟"之句。

据周紫芝《诗谳》引《元城先生语录》，当时有人问刘安世，应当用什么最有效的理由去说动神宗，安世答道："但言本朝未尝杀士大夫，今乃开端，则是杀士大夫自陛下始，而后世子孙因而杀贤士大夫，必援陛下为例。神宗好名而畏义，疑可以止之。"所谓士大夫，其中就有不少的"读书种子"。不管神宗动机如何，却说明在这类关系到士大夫生死安危的重大案件上，如果君主措施得当，就可以避免枉滥，防止极端；苏轼因而也能保全余生，以责授检校尚书水部员外郎，充黄州团练副使，责授官则例不得签署公事。这就是著名的乌台诗案。因汉代御史府的柏树上，曾有乌鸦数千来栖息，后世也称御史台为乌台。

黄州辖黄冈（治所）、黄陂、麻城三县，当时户口不满一万。但地连云梦，城倚大江，从王禹偁"黄冈之地多竹"和"远吞山光，平挹[1]江濑"（《黄冈竹楼记》）这些描写上，犹可想见这地方的风土特色，不失为逐客安身之地。

"幸有清溪三百曲，不辞相送到黄州。"（《梅花二首》）到了黄州，苏轼确是谨慎多了。他在《答秦太虚书》中就说："但得罪以来，不复作文字，自持颇严。若复一作，则决坏藩墙，今后仍复衮衮多言矣。"可见他还是有牢骚的。由于闲散无聊，便去抄写《金刚经》，还常到城南安国寺焚香默坐，以求"自新之方"。在《安国寺浴》中他曾说："默归毋多谈，此理观要熟。"他在黄州城门的东坡，曾经亲自垦辟耕作。

---

[1] 挹（yì）：汲取。

他的东坡之号，即由此而来。他在《六年正月二十日复出东门》中说："五亩渐成终老计，九重新扫旧巢痕。"苏轼曾入值史馆，这时听说朝廷已将史馆撤废，第二句即指其事。即是说，他对前途已经绝望，只想终老于东坡了。

但他的所谓"不复作文字"，当是指易遭违忌之作，他的笔还是不曾停过，而且写出不少好诗，如《南堂》的"扫地焚香闭阁眠，簟纹如水帐如烟。客来梦觉知何处，挂起西窗浪接天"。《东坡》的"雨洗东坡月色清，市人行尽野人行。莫嫌荦确坡头路，自爱铿然曳杖声"。都很能表现境随笔成的苏诗本色，纪昀所谓"兴象自然"。又如《海棠》："东风袅袅泛崇光，香雾空濛月转廊。只恐夜深花睡去，故烧高烛照红妆。"这是以美人之入睡比喻花之萎缩。古人诗中常有夜阑持烛赏花之作，如白居易《惜牡丹花》的"明朝风起应吹尽，夜惜衰红把火看"，李商隐《花下醉》的"客散酒醒深夜后，更持红烛赏残花"。

元丰七年，他逢赦南归。次年五月，他经过扬州，作了《归宜兴留题竹西寺三首》，其三云："此生已觉都无事，今岁仍逢大有年。山寺归来闻好语，野花啼鸟亦欣然。"此诗和王维《既蒙宥罪……》中的"花迎喜气皆知笑，鸟识欢心亦解歌"是同一心情。但因为这一年三月，适值神宗逝世，到了哲宗元祐六年（1091），侍御史贾易便指控苏轼此诗"以奉先帝遗诏为'闻好语'"，是在"怨诽先帝"。这样的罗织，也真使人大吃一惊，苏轼何至于丧心病狂到这样地步。他在听到神宗逝世后，曾作挽词三首，其中"病马空嘶枥，枯萎已泫霜。余生卧江海，归梦泣嵩邙[1]"。这种悲痛的感情也是真实而深切的，因为他知道神宗很爱其才并有起用之意，神宗生前御札中即有"人

[1] 邙（máng）：山名，北邙山。在今河南省洛阳市北。

材实难，不忍终弃”语。据苏轼的《辩谤札子》说，写此诗的动机，实因在扬州见百姓父老十数人在笑语，“其间一人以两手加额云：‘见说好个少年官家。’（指刚即位的哲宗，时年十岁）其言虽鄙俗不典，然臣实喜百姓讴歌吾君之子，出于至诚”，又看到淮浙间年成很好，因作此诗。这话该是可信的，后来总算平安无事，主要又是靠了一位太皇太后高氏的力量。

贾易初任侍御史时，曾上书说：“天下大势可畏者五，一曰上下相蒙，而毁誉不得其真。……故以非为是，以黑为白，更相欺惑，以罔其上。”《宋史》本传说他“老生常谈”，但话还是说得对的，只是一经和他诬陷苏轼事相参照，同样令人有“可畏”之感。他由此也为士论所薄，出知宣州。

赵翼在《瓯北诗话》卷五中，却批评苏轼此诗写得太不考虑，其说倒不为无见：“此何时而作此诗耶？”又说：“然如咏桧而及地下之蛰龙，当遏密（指皇帝逝世）之后而有花鸟欣然之语，亦太不检矣。”王夫之《姜斋诗话》卷下说：“既示人以可疑之端，则虽无所诽诮，亦可加以罗织。”他们都是后于苏轼六七百年的人，从历史和现实中知道的“转喉触讳”的故事更多了，故而有此责备。

# 苏氏兄弟

眉山苏氏，一门三杰，可谓智慧之家[1]。汉末曹氏一门，虽也以文才著称，但曹丕、曹植之间，以帝位而猜忌相克，即远不及苏氏。在古代双方唱和诗中，数量多而又内容好的，在兄弟当推二苏，在朋友当推元白。

苏轼长于苏辙三岁，世以长公、少公称之，张耒《赠季德载》所谓“长翁波涛万顷陂，少翁巉秀千寻麓”。他们不仅名分上是兄弟，情谊上也使苏轼有来生重结亲缘之愿。科举上于同年登欧阳修主司的进士科，文学上是知音，政治上对王安石、司马光都有交谊，而对新旧两党执政时的错误皆敢于直言，《宋史·苏辙传》评语中就说“君子不党，于辙见之”。中间又同经风波，远谪海南。但两人性格不同，苏轼刚放外露，苏辙沉静内敛。职位上苏辙官至尚书右丞、门下侍郎出入禁中，显达过于其兄。因门下侍郎即汉之黄门侍郎，故后人也称苏黄门。苏辙终年七十四，比苏轼多活八年。文学上的成就，苏辙散文虽也列入唐宋八大家，诗歌便远不及苏轼。文学史论及宋诗，苏轼自应占突

[1] 苏轼母亲程氏，也有学问，曾读《后汉书·范滂传》而感喟。苏轼幼子苏过，人称“小坡”，自号斜川居士，《宋史》本传记有《斜川集》二十卷，今失传，后世曾以刘过《龙洲集》改题欺世，《四库总目提要》已予辨正，但清翁方纲等曾于《永乐大典》等书中抄辑苏过作品六卷。——作者注

出地位，苏辙就不一定够格。钱锺书先生的《宋诗选注》，选录的苏轼诗数量仅次于陆游，苏辙就没有一首。杨慎《升庵诗话》卷一，谈到苏辙《题李龙眠山庄图》四绝句后说："放翁谓子由诗胜子瞻，亦有见也。"未免偏颇。贺裳《载酒园诗话》说："栾城（指苏辙）身份、气概，总不如兄，然潇洒俊逸，于雄姿英发中，兼有醇醪饮人之致，虽亦远于唐音，实宋诗之可喜者也。吾昵之殆甚于老坡。"昵之就是偏爱。

苏辙诗，大致以韩愈为宗，而造句不及其奇崛，气势又不甚遒壮，但如方东树《昭昧詹言》所说："用意用笔老重，不事驰骋，非余人浮情粗气，苟为惊俗，而意不可寻了，语句或失之平浅者可比。此所以为坡弟，能立一队。"这却是平允中肯说法，也和苏辙个性符合。

苏氏兄弟是在父亲苏洵带领下由蜀赴汴京的。时间为嘉祐元年（1056），苏轼二十岁。嘉祐六年，苏轼和苏辙同时要出外任职，但因苏洵在京编书，需儿子侍奉，苏辙只得留京，遂于十一月间送苏轼至郑州西门外又折返汴京。苏辙到渑池[1]后，就写了一首《怀渑池寄子瞻兄》："相携话别郑原上，共道长途怕雪泥。归骑还寻大梁陌，行人已渡古崤[2]西。曾为县吏民知否，旧宿僧房壁共题。遥想独游佳味少，无言骓马但鸣嘶。"苏轼即写了一首和诗："人生到处知何似，应似飞鸿踏雪泥。泥上偶然留指爪，鸿飞那复计东西。老僧已死成新塔，坏壁无由见旧题。往日崎岖还记否，路长人困蹇[3]驴嘶。"两人当年应举时，曾留宿于渑池僧寺中，并题诗于老僧奉闲之壁，但这时奉闲已经死了。苏辙写诗时是冬天，诗中的雪泥原是写实，苏轼则化实为虚，从具体上升为抽象，借此感慨人生之离合无定，后来雪泥鸿爪便成为

[1] 渑（miǎn）池：地名，在今河南省。

[2] 古崤（xiáo）：崤山，山名，在今河南省陕县、渑池一带。

[3] 蹇（jiǎn）：行动困难、不顺利。

成语。七、八两句，指当年父子三人赴京途中，所骑之马死于二陵（即东西二崤，为陕豫间交通要道），遂骑驴至渑池。

这是苏氏兄弟唱和诗中名篇，纪昀评苏轼一首云："前四句单行入律，唐人旧格，而意境恣逸，则东坡本色。"试将两诗对照，感情同样深挚[1]，手法的流荡灵活则兄胜于弟，才气尤不相及。

苏辙童年时，曾从兄读书，长大后各自游宦四方，苏轼读了韦应物《示全真元常》诗有"宁知风雪夜，复此对床眠"句恻然有感，便相约早日引退，以求闲居之乐。苏轼在郑州寄苏辙诗中，即有"寒灯相对记畴昔，夜雨何时听萧瑟"语。熙宁十年（1077），他们相会于徐州，宿于逍遥堂，苏辙曾作二绝句，其一云："逍遥堂后千寻木，长送中宵风雨声。误喜对床寻旧约，不知漂泊在彭城。"三、四两句，意为此次虽得对床，实因漂泊而来，并非和旧约引退相符，故云"误喜"。苏轼和诗云："别期渐近不堪闻，风雨萧萧已断魂。犹胜相逢不相识，形容变尽语音存。"因为他们不相见已有七年，所以末两句这样说。后来便以夜雨对床作为兄弟或朋友聚会的典故，如南宋刘克庄《和仲弟（刘克逊）十首》即有"便是儿时对床雨，绝怜老大不同听"语。曾国藩《酬九弟（曾国荃）四首》中也云："何日联床对灯火，为君烂醉舞仙僛。"

不想隔了二年，就发生了乌台诗案，苏轼在狱中作了两首七律寄苏辙，其一云："圣主如天万物春，小臣愚暗自亡身。百年未满先偿债，十口无归更累人。是处青山可埋骨，他时夜雨独伤神（此就苏辙说）。与君今世为兄弟，又结来生未了因。"第四句指苏轼自己入狱后，其家眷由王适（苏辙女婿）兄弟安置在应天府（宋代也称南京，故治在

[1] 崔颢《黄鹤楼》七律的前四句，即单行入律之例。——作者注

今河南商丘南），并由苏辙照料。纪昀评此诗云：“讥刺太多，自是东坡大病。然但多排诋权幸之言，而无一毫怨谤君父之意，是其根本不坏处，所以能传于后世也。”即是说，苏轼对当时一些权贵虽然有讥刺，对神宗还是没有怨谤之意。可是王夫之却在《姜斋诗话》卷下中说：“观子瞻乌台诗案，其远谪穷荒，诚自取之矣；而抑不能昂首舒吭以一鸣，三木加身，则曰圣主如天万木春，可耻孰甚焉。”王氏以明遗老而坚守不帝清的坚强志节，宜其有此讥责，但在“天王圣明”的时代，臣子受到降谪，无论罪状是否属实，写起谢表来就先得说“蒙恩”，意思还是承皇上的宽厚。苏轼要作诗，而且要托狱卒送给其弟，也只能用这样的格套来做开场白。“滔滔者天下皆是也，而谁以易之？”原不独苏轼一人是这样。

由于苏辙是苏轼之弟，又常以诗唱和，因而也受牵累而谪监筠州（今江西高安）盐酒税，在一人做事十人当的时代，也是很常见的现象。这时苏辙正从张方平（安道）签书南京判官，临行时方平赠诗一首云：“可怜萍梗飘蓬客，自叹匏瓜老病身。从此空斋挂尘榻，不知重扫待何人。”第二句指自己因与新党不合而请求外任，含牢骚意，第三句用后汉豫章太守陈蕃平时不接宾客，只逢徐稚（孺子）到来特设一榻，稚去则悬榻的典故[1]。方平守蜀时，即对三苏很器重，于苏氏兄弟为前辈。胡仔《苕溪渔隐丛话前集》卷十七曾记苏轼语：“元丰三年，家弟子由谪官筠州，安道口占此诗为别，已而涕下。安道生平未尝出涕向人也。”苏辙和诗云：“少年便识成都尹，中岁仍为幕下宾。待我江西徐孺子，一生知己有斯人。”两诗都以质朴的言辞表达真实的感情。

---

[1] 《后汉书》又记陈蕃也为周璆设榻。——作者注

这以后，苏辙又由筠州迁雷州，由雷州迁循州龙川（今属广东），却连僧寺道院也不能进去（见《龙川略志引》）。苏洵死时，因苏辙曾任尚书右丞，所以可在父亲坟边建塔，到了二苏谪贬，“祸延先考”，塔也被拆除了。

徽宗崇宁时，苏辙已退居许州。这时元祐旧臣，多已凋零，许州地临颍水，故自号颍滨遗老。在退职前，他在《送文太师（文彦博）致仕还洛》诗中，已有“遍阅后生真有道，欲谈前事已无人”之感，在许州时，他最钦重的是“处乱而能全”的后汉管宁。平时生活，除写《颍滨遗老传》和吟诗外，便是终日默坐。他的《遗老斋绝句》之六云：“久无叩门声，剥啄问何故。田中有人至，昨夜盈尺雨。”老人的生活与心情，或可于此类作品中见之。

# 黄庭坚与洞庭湖

哲宗元祐初年，黄庭坚曾因司马光推荐，校定过《资治通鉴》，又参加过《神宗（哲宗之父）实录》的编修工作。过了八九年，新党的章惇、蔡卞等人抨击《实录》多诬词，因为黄庭坚在《实录》中写过“用铁龙爪治河有同儿戏”的话，第一个被审问的就是他。他在回答时却坚持说：“庭坚时官北都，曾亲见之，真儿戏耳。”所谓铁龙爪，最初由一个候补官员李公义献计，用铁数斤铸为爪形，缚在船尾沉到河中，又使船工疾驶急流，反复而过，以此疏浚河水。黄庭坚认为这办法如同儿戏，还记入《实录》中，结果被流放到黔州、戎州（皆在今四川境）达六年之久。李公义献计的动机虽然主观些，但原来还是为治河着想；黄庭坚也可能对新党有成见，但就此而遭到流放的处分，也是过分了。

徽宗即位，他被赦免，可以回到故乡分宁（今江西修水），途经湖南岳阳，登岳阳楼而望君山，便写下了两首《雨中登岳阳楼望君山》：

投荒万死鬓毛斑，生入瞿塘滟滪关。
未到江南先一笑，岳阳楼上对君山。
满川风雨独凭栏，绾结湘娥十二鬟。
可惜不当湖水面，银山堆里看青山。

君山一名洞庭山，它其实非山而为一座平岛，四望皆如一玉界尺横在水面，所以南宋郑震（即郑起）的《荆江口望见君山》就这样说：“荆江江口望漫漫，一白无边夕照寒。只是青云浮水上，教人错认作山看。”

这两首诗都是黄氏七绝中的代表作，陈衍《宋诗精华录》卷二评云：“山谷七言绝句皆学杜，少学龙标（指王昌龄）、供奉（指李白）者，有之，《岳阳楼》、《鄂州南楼》近之矣。”王士禛《带经堂诗话》卷九也以这两首为“宋人绝句可追踪唐贤者”之例，也使人想起李白的“两岸猿声啼不住，轻舟已过万重山”来。

第一句的“投荒万死鬓毛斑”，用柳宗元《别舍弟宗一》的“万死投荒十二年”句意。这时作者已经五十八岁，可能以为一谪之后，再也难以生还父母之邦的故乡。分宁宋代属江南西路，所以第三句这样说。两诗的重心，是描写摆脱灾难之后的喜悦的快感，快感中又含有伤感，而这种灾难的摆脱，毋宁说，是出于诗人的意外，因而具有偶然性的因素。在抒情作品中，一点小小的偶然性因素，常常会激发读者更大的想象力。诗人从满川风雨中的变幻景色，联想到变化不测的尘世万缘，使他对人的命运发生了兴趣。他从荒僻的黔州、戎州蒙赦回来，固然有绝处逢生之感，可是就当时交通条件来说，能够平安地通过瞿塘、滟滪那样的危险地带，也是很不容易。他从荆州入蜀时作的《竹枝词二首》，就连续用了两次“鬼门关外莫言远”那种富于紧张情绪的句子。所以诗中的“生入”云云，多少带有侥幸的意味。大自然本身并不存在情绪和意志，但瞿塘和滟滪的结构却赋予人以恐惧的情绪和冒险的意志力量。这两首诗所以能为历来读者所爱赏，也因为这种对不稳定的人的命运的描写，容易引起共鸣的缘故。

但这一次诗人只是在岳阳楼眺望洞庭湖，所以第二首的三、四两句，就是惋惜不能身临湖面，只在白浪中遥望君山的意思。不想命运还是要捉弄他。在写这两首诗的两年后，他又被人告发了，说他在流寓荆州时写的《承天院塔记》里有“幸灾谤国”的话，于是被除名流放到宜州（今广西宜山），又从鄂州出发，经过岳阳，这一回可真的渡过洞庭湖了：

> 乙丑越洞庭，丙寅渡青草。似为神所怜，雪上日杲杲。我虽贫至骨，犹胜杜陵老。忆昔上岳阳，一饭从人讨。行矣勿迟留，蕉林追獦獠[1]。
>
> （黄庭坚：《过洞庭青草湖》）

青草湖也名巴丘湖，南接湘水，北通洞庭，水涨时则与洞庭相接，故又称重湖，也即古云梦泽。诗中的乙丑和丙寅都指日期，即崇宁三年（1104）阴历二月二十一日和二十二日。两年前他是在风雨中眺望洞庭湖，这次是雪后渡过洞庭和青草两湖，也是他最后一次和洞庭的因缘了。

到了宜州，当地的居民、僧人、房主都先后邀他去住过，都为此被地方官责罚。据陆游《老学庵笔记》卷三说，黄庭坚到宜州后，只有一座僧寺可以安身，不料因为寺名叫崇宁万寿寺，“法所不许”，最后就住在上雨旁风的戍楼上。到崇宁四年九月底，他就死在那里。上次他回乡时，总算和家人见了面，到临死时，却只有一个蜀人范寥在身边。这位范寥和黄氏本不相识，他在闽中时，听说黄氏谪居宜州，便远道赶往，从此就同住一起，照护黄氏。（见《宜州家乘序》）范寥字信中，没有名气，所以徐俯从“信中”两字看，还以为是一个僧人。

---

[1] 獦獠（gé liáo）：指南方少数民族人，泛指南方人。

黄庭坚在《赠送张叔和》诗中说："百战百胜，不如一忍；万言万当，不如一默。"可是最后还是为了写一篇寺院的记文而获谴，虽然这只是一种借口。

据王明清《挥麈录·后录》卷七说，黄庭坚谪宜州，途中船泊零陵。这时王明清的外祖曾纡[1]也因党祸谪零陵，两人晤见后极为高兴，后又同游浯溪，庭坚乃赋诗作七古名篇《书磨崖碑后》，想把曾纡等姓名写在诗左，曾纡赶快劝阻说："公诗文一出，即日传播。某（曾纡自称）方为流人，岂可出郊，公又远徙。蔡元长（蔡京）当轴，岂可不过为之防邪？"庭坚只得依从他，诗中说的"亦有文士相追随"就是指曾纡。可见他们当时在蔡京等人压力下的处境，吓得曾纡连名字也不让黄氏在诗中提到。岳珂《桯史》卷十一，又记黄庭坚在黔州时，有人送他一幅屏图，图上画着一双舞蝶被蛛网绕住，一群蚂蚁往来其间，庭坚便题六言诗于上云："胡蝶双飞得意，偶然毕命网罗。群蚁争收坠翼，策勋归去南柯。"意思是说，双蝶的偶然灾难，却成为群蚁的授功运气，可是群蚁其实也是南柯一梦。后来黄庭坚谪宜州，这幅图被人拿至汴京卖给相国寺的店肆，蔡京的门客得到后，便给蔡京看，蔡京自然大怒，准备对庭坚加重处分，后因庭坚的讣告至而罢休。就诗而论，确不失为讽刺诗中的杰作，但蔡京看后不放过他，也是意料中的事（一说黄诗是咏二苏获罪事）。

黄庭坚除诗词外，还擅长书法，有苏黄米蔡之称。但自徽宗崇宁、大观以后，他的片文只字，都遭严禁，到南宋初，连高宗写的字都想仿效其笔法。事见周必大《平园续稿》卷十一，周氏又感慨地说："盖一弛一张，人事也；或抑或举，有天道焉。"他的所谓人事天道，似

[1] 曾纡（yū）：北宋散文家、诗人。

也可作为命运解，虽然黄庭坚这时已去世了。

黄庭坚在政治上其实没有什么大成就，诗的社会内容也并不深刻。他是崇拜杜甫的，在反映现实上远不能和杜甫相比。在语言艺术上，他确实下过一番功夫，但蚌病成珠，缺点也很显著，苏轼就说过：“鲁直诗文如蝤蛑[1]江瑶柱，格韵高绝，盘飧[2]尽废，然不可多食，多食则发风动气。”（《东坡题跋》卷二）也是第一个批评他诗文的人。可是死后却被尊为江西诗派之祖，而且声势浩大，影响深远，一直到清代。仁智之见，距离很大。在宋代诗人中，人们的评价如此分歧，黄庭坚是最突出的一个。他身前的结局这样惨，身后的享名这样高，并给后来的文坛以热烈论争，这种种，都是他生前料想不到的。

---

[1] 蝤蛑（yóu móu）：一种梭子蟹。

[2] 飧（sūn）：泛指熟食，饭食。

# 李愬画像

唐宪宗元和十二年（817）十月十五日，淮西叛将吴元济被官军擒获，解送京师。淮西之被割据，前后达五十余年，三姓四将，所以这是唐中叶政治生活上一件大事情。次年，韩愈奉诏撰《平淮西碑》，因文中对宰相裴度的功绩渲染稍多，引起大将李愬的不平，李妻又为宪宗姑母唐安公主女儿，便入宫陈愬碑辞不实，乃将韩碑磨去，重命翰林学士段文昌撰文勒石。可是这又引起后人的不平，北宋江端友《韩碑》就说："千载断碑人脍炙，不知世有段文昌。"[1] 南宋刘过《投诚斋》也说："毕竟昌黎仍旧好，何曾人说段文昌。"清代沈德潜在《唐诗别裁集》评李商隐韩碑也说："段文昌改作亦自明顺，然较之韩碑，不啻虫吟草间矣。宋代陈珦磨去段文，仍立韩碑，大是快事。"都是对段文昌重写碑文表示不满。

但撇开韩段二文的是非，就李愬在平淮西之役的功绩来说，确也值得大书特书。不但先入蔡州的是他，在运用招降纳叛的策略上，也取得了绝大的效果。北宋时诗僧惠洪曾经写过一首七古《题李愬画像》[2]，就是突出李愬在这一事件上的智谋、魄力和苦心：

[1] 宋陈岩肖《庚溪诗话》卷下，记苏轼曾为道观作碑，后党禁兴，遂毁其碑，命翰林学士蔡京另撰。江端友这首《韩碑》，当是就此事有所讽喻。——作者注

[2] 惠洪是一个诗僧，一名德洪，字觉范。他的真姓氏为彭。他的诗，《宋诗钞》称为宋僧之冠，实是一个穿袈裟的诗人。——作者注

淮阴北面师广武，其气岂止吞项羽？君得李祐不肯诛，便知元济在掌股。羊公德化行悍夫，卧鼓不战良骄吴。公方沉鸷诸将底，又笑元济无头颅。雪中行师等儿戏，夜取蔡州藏袖里。远人信宿犹未知，大类西平击朱泚[1]。锦袍玉带仍父风，拄颐长剑大梁公[2]。君看韃橐[3]见丞相，此意与天相始终。

下面先将诗意作些扼要的疏解。

广武君李左车本是秦末陈余的谋士，曾向陈余献策，用奇兵截杀韩信。陈余不听，后来兵败被杀，李左车也被擒，韩信却亲解其缚，向他请教，李便向韩详陈攻取燕齐诸城之策。此诗用这一典故，以宾引主，引出李愬之不杀李祐。因为李祐本来也是吴元济下低级军官，后被擒，李愬便推诚相待，和他一同吃饭睡觉，往往密语通宵，吴营中的一些机密，因而了如指掌。接下来又用西晋大将羊祜伐吴时，向吴人开诚示信，不为偷袭之计的故事。当时吴主孙皓，自恃江防之固，纵情游乐，不听臣下劝告，反相信卜课术士的妄言，终于为晋所灭。

可是李愬的厚待李祐，却引起他部下的责难，因为李祐被擒前，和官军厮杀得很激烈，所以有的人还说李祐不可靠，是来做吴元济内应的。李愬不得已，只好将李祐加上刑具解送京师，一面上奏请朝廷

[1] 朱泚（cǐ）：唐代任卢龙节度使，后叛变。

[2] 大梁公：李愬和其弟李德先后都封凉国公。但杜牧《题永崇西平王宅太尉愬院六韵》有云：“家呼小太尉，国号大梁公。”则唐人也作大梁公，未必是“凉”的误文。唐教坊曲《凉州令》也有写作《梁州令》的。又，白居易《同李十一醉忆元九》：“忽忆故人天际去，计程今日到梁州。”作“梁州”是对的，但有几个本子却作“凉州”，可见梁、凉二字，在某些古人诗中也因音同而交错用之。——作者注

[3] 韃橐（jiān tuó）：盛弓箭的器具。

宽释。宪宗也还英明，便将李祐特赦，仍旧赐给李愬。诗中的“公方”句，即指李愬已胸有成竹而部下却私下疑议，“底”字在这里是疑问词“为什么”的意思。“雪中”三句，指李愬于雪夜领兵迫近蔡州城时，附近有鹅鸭池，李愬便令士兵驱击鹅鸭飞鸣，以掩护行军之声。吴元济也自以为防地牢固，毫不在意。到了黎明，李愬部队已到达吴元济外宅，吴的部下进内告诉，吴正在睡大觉，反笑着说：“俘囚为盗耳，晓当尽戮之。”后来又告诉他城已被攻陷，他却说：“此必洄曲子弟（吴元济的精兵）就吾求寒衣也。”这和上述孙皓的昏庸虚骄恰相前后映衬，可谓天夺其魄。“大类”两句，指李愬之父平西王李晟击叛将朱泚事。“君看”两句，指吴元济就擒后，李愬对吴部下一个不杀，并且复其官职，使他们无所疑惧而归顺朝廷，然后屯兵于球场，具鞬櫜（鞬櫜为盛弓箭之器，引申为收藏，表示局势安定）等候裴度于马首。裴度想逊避，李愬说：“此方不识上下等威之分久矣，请公因以示之。”裴度乃以宰相礼受谒，众皆耸观。这句既写将相之间的亲密融洽，相互尊重，又见得李愬对上下级关系，对军中的纪律、威信都十分重视，绝不掉以轻心。有将如此，有相如此，自然攻无不胜。

李氏一门，父子兄弟皆为名将。淮西之役，李愬又能开诚布公，攻心为上，故能出其不意，制强敌以死命。诗中虽只举李祐一人，实际还有其他降将丁士良、吴秀琳、李忠义等，都在这一战役中立过功。又如在处理部下因不杀李祐而有责难事件上，也是坦率而谨慎，能将部下情绪、朝廷威信和自己苦心面面顾到。他之所以保全李祐，动机只在更有效地平定叛乱，及早结束战争，消除分裂。为了国家的长治久安而招降纳叛，正见得他有政治上的远见。昨天的敌人如果真肯向今天的敌人反戈一击，为什么不能以子之矛攻子之盾呢？

《后汉书·独行传》记东郡太守有过，更始（刘玄）的使臣要杀他，文士索卢放便以“使功不如使过”代他请命。章怀太子李贤注云：“若秦穆赦孟明而用之霸西戎。”唐高祖因李靖（即李卫公）在行军时逗留，将斩之，都督许绍爱李靖才，请求赦免。后来李靖与开州蛮交战大胜，高祖也对诸大臣说：“朕闻使功不如使过，李靖果展其效。”又手敕李靖曰：“既往不咎，旧事吾久忘之矣。”当然，这只是强调“使过”之重要，不能反过来理解为就不要“使功”了。功与过比，过本身毕竟是一种消极力量，关键就在于像李愬那样使它能化为积极因素。

陈衍《宋诗精华录》卷四评惠洪此诗云：“抵段文昌一篇碑文，不啻过之。”这话也说得对，但并非说韩碑真该磨去。

刘禹锡《平蔡州三首》之二云：“汝南晨鸡喔喔鸣，城头鼓角音和平。路傍老人忆旧事，相与感激皆涕零。老人收泣前致辞，官军入城人不知。忽惊元和十二载，重见天宝承平时。”

《全唐诗外编》录有李愬《梅花吟》云：“平生策骑过东来，适遇梅花灼烁开。耐岁耐寒存苦节，故于冷境发枯荄。”因惠洪诗而附带及之。

# 朱淑真的悲欢

宋诗数量虽多于唐诗，但妇女能诗而成就较大的，只有李清照和朱淑真。朱熹《朱子语类》卷一百四十说："本朝妇人能文，只有李易安与魏夫人。"[1]魏夫人为曾布（曾巩弟）之妻，其诗传世的很少，且甚平庸。李清照诗也只寥寥数首，数量质量都不及其词，就诗而论，写得最多的是朱淑真。

可是有关朱淑真生平的史料却不多，有的不可靠。她究竟是北宋人还是南宋人，就两说相歧。主张北宋说的，是因为她的五首七绝的题目中有这样的话：《会魏夫人席上命小鬟妙舞，曲终求诗于予，以飞雪满群山为韵作五绝》。如果这位魏夫人即曾布之妻，则曾布显赫时在神宗和徽宗朝，她自是北宋时人。可是从朱淑真全部诗看，她的大部分生活是在杭州度过的，而这时的杭州已是南宋的都城，如《夜留依绿亭》云："水鸟栖烟夜不喧，风传宫漏到湖边。"这是说，皇宫中的更声随风传播到湖边。《元夜三首》的"归来禁漏逾三四"和"辇

[1] 有人说，朱淑真是朱熹侄女。这当然不确。但朱熹卒于1200年，魏仲恭作序时是1182年，旅邸中已有人在诵朱词。论理朱熹应当是知道朱淑真的，何况又都姓朱，却只举李清照和魏夫人而不及淑真，不知是疏漏还是故意不提。——作者注

路轻舆响翠軿[1]”，这禁漏和辇路只能理解为南宋都城的禁漏和辇路。明田汝成《西湖游览志余》卷十六说：“与淑真同时，有魏夫人者，亦能诗，尝置酒以邀淑真，命小鬟队舞，因索诗。”这显然是明人因袭朱诗题意而复述，却由此而给我们以启示：朱诗题目中的魏夫人不是曾布之妻，可能这位夫人的丈夫姓魏，就像朱淑真另两首诗题里的吴夫人、谢夫人一样。其次，淑真《断肠集》前有魏仲恭（端礼）一序，其中说：“比往武陵，见旅邸中好事者往往传诵朱淑真词。”魏序作于南宋孝宗淳熙九年壬寅（1182），察其语气，似淑真是距离魏仲恭时代不很远的人。总之，魏夫人还可以解为另一个不详的闺妇，“风传宫漏到湖边”这一句却无法解为北宋的汴京。

限于资料，她的生平，能够有把握说的大致是这样：她生得很瘦削，会喝酒，能弹琴，家境很富裕，有楼台园林，有侍女。她从小受到父母娇养，故而有些任性，甚至放纵，却又“多愁善感”，因而感情上有脆弱的一面。她的好些诗作于年轻时代，所以显得不很成熟，也说明她少年时受到家庭的熏陶，在当时属于上层妇女。她死后，父母却将她的诗烧毁了。据魏序说：“今所传者，百不一存。”为什么要烧毁她的诗？也许还是出于好意。因为在封建礼教压制下，有些诗，出于一个女子之手，也确实不宜于流传。可是终于还留下不少，数量占宋代女诗人第一位。也不知道怎样侥幸地留下来的？特别是《元夜》那样的诗。

她在婚姻上不称心，丈夫姓名不可考。魏序说：“早岁不幸父母失审，不能择伉俪，乃嫁为市井民家妻，一生抑郁不得志，故诗中多有忧愁怨恨之语”，就此“抱恨而终”。但我们从她的诗集看，却看

[1] 軿（píng）：马车。

不出有虐待她的地方。她有一首《春日书怀》，是写她随丈夫出外任官时的旅情："从宦东西不自由，亲帏千里泪长流。已无鸿雁传家信，更被杜鹃追客愁。日暖鸟歌空美景，花光柳影漫盈眸。高楼惆怅凭阑久，心逐白云（指思亲）南向浮。"光就这首诗看，实在难以断言两人有什么不融洽的地方，所谓"从宦东西不自由"，对于一个往外就任的男子，也会有这种情绪的。魏序说她丈夫是市井之民，但他却又会去做官，无论官大官小，也总是一个士人。再说当时是讲究门当户对的，她父母也不会选择一个门第悬殊的婿家。此外，她又写过两首《贺人移学东轩》、《送人赴试礼部》七律，况周颐《蕙风词话》卷四说："案二诗似赠外（指丈夫）之作。"这猜测是对的。前首中有"谢班难继予惭甚，颜孟堪希子勉旃[1]"语，这分明是就夫妇两人而言，"子"也不可能解为另一个男子（这一句其实是很庸陋的），也真像夫唱妇随了。后一首写她丈夫于上次考试时未中，这次便竭力宽慰他。从诗里看，朱夫似已非青年人。不过，既是写给丈夫的，却偏说"送人"，也很奇怪。又如《恨春》的"春光正好多风雨，恩爱方深奈别离"，对象也是丈夫，可见起先还是很恩爱的。但她的《愁怀》中，有"鸥鹭鸳鸯作一池，须知羽翼不相宜。东君是与花为主，一任多生连理枝"语，况周颐说是"大似讽夫纳姬之作"，下又云："近有才妇讽夫纳姬诗云：'荷叶与荷花，红绿两相配。鸳鸯自有群，鸥鹭莫入队。'正与此诗暗合。《游览志余》改后二句作'东君不与花为主，何似休生连理枝'。以为淑真厌薄其夫之佐证，何乐为此？其心地殆不可知。"此诗是否为讽夫纳姬，原很难说，但说淑真并未厌薄其夫，则非事实，而且不仅仅厌薄而已。

[1] 勉旃（zhān）：努力，含劝勉之意。旃，助词，相当于"之"或"之焉"。

宋诗中有一首很著名的“月上柳梢头，人约黄昏后”的《生查子》，有的选本将它的作者算在朱淑真头上，因而被看作“桑濮之行”、“白璧微瑕”。这首词其实是欧阳修写的。为什么有这样错置呢？大概因为她写过三首《元夜》诗：

阑月笼春霁色澄，深沉帘幕管弦清。争豪竞侈连仙馆，坠翠遗珠满帝城。一片笑声连鼓吹，六街灯火丽升平。归来禁漏逾三四，窗上梅花瘦影横。

压尘小雨润生寒，云影澄鲜月正圆。十里绮罗春富贵，千门灯火夜婵娟。香街宝马嘶琼辔，辇路轻舆响翠軿。高挂危帘凝望处，分明星斗下晴天。

火烛银花触目红，揭天鼓吹闹春风。新欢入手愁忙里，旧事惊心忆梦中。但愿暂成人缱绻，不妨常任月朦胧。赏灯那得工夫醉，未必明年此会同。

这三首是朱诗中较为工整之作，除了这三首，再也找不到充满这种轻快欢乐情调的作品。地点在帝城杭州，连“辇路”上也有轻舆经过。香街宝马，火烛银花，又是小雨过后，星斗满地，也反映了南宋小朝廷苟安于残山剩水间追求狂欢的畸形的社会现象[1]。从“归来禁漏逾三四”看，回去时已经夜深了。第三首的下半首，说明他们之间的会晤只是暂时性的，又使她想起过去在梦境中的可怕幻影，因而她也料到明年未必再能够在一起相会，和《生查子》里的“不见去年人，

[1] 田汝成《西湖游览志余》的“偏安佚豫”卷中就记载了南渡后杭州的奢侈景状。——作者注

泪湿春衫袖”两句恰相吻合，也就更容易引起附会。后来大概便不再重见，在那样的时代，也是可以想象到的。她诗集中的怀人诗，有的对象还是她丈夫，有的可能是那个“新欢”[1]，如《恨春五首》的“碧云信断唯劳梦，红叶成诗想到秋”，《暮春有感》的“故人何处草空碧，撩乱寸心天一涯”。不过现在已很难分辨。前人对她的身世还是很同情，但对这三首《元夜》诗却避而不谈。

她是古代的知识妇女，遭受封建婚姻的折磨，希望得到一个理想的情人来补偿，在当时自然很难满足她的愿望。最后便死在母家。她从那个地方呱呱坠地，又从那个地方郁郁而没。

就她的诗本身而论，在宋诗中恐怕连第二流都挨不到。钱钟书先生在《宋诗选注》序中说：“像朱淑真《断肠诗集》里的作品，实在浮浅得很，只是鱼玄机的风格，又添了些寒窘和迂腐。”这批评是中肯的。浅薄确是朱诗一个显著缺点。她也写过一首《苦热闻田夫语有感》的悯农诗、几首咏史诗，却粗糙生硬，缺乏诗味，感情上真挚的还是

---

[1] 她和那个情人在杭州相会时，年龄不会太大，更可证明她是南宋人，不可能由曾布时代再转到南渡后的都城。——作者注

附记：本书校样校阅后，有两点想法：（一）这个魏夫人如果确为曾布之妻，田汝成不会不明白指出；以淑真诗中魏夫人为曾妻的，是从近人况周颐开始，却别无更充足的理由，只是从“魏夫人”三字上去凑合。况氏有些论断有可取之处，有些很牵强，如他为了确定魏夫人为曾妻，就说《池北偶谈》所记《璇玑图记》中的“绍定”为“绍圣”之误。此《记》真伪不可知，前人已指出，“定”与“圣”也不形近。这篇《记》多半是伪作，反过来恰恰证明，作这篇伪记的人所以写上“绍定”，可见他也以淑真是南宋时人。又如说淑真原诗“东君不与花为主”，田汝成却将“不与”改“是与”，也是臆测。“是与”根本就不词。（二）《中国古典文学论丛》第二辑有冀勤先生《试谈朱淑真和她生活的年代》一文，用力甚勤，但有些论点尚可商量，如过于信任周说，对“六街”、“四海”等的理解。

那些抒写个人感伤情绪、身边生活的作品，可是过于集中了，就觉得粗而滥，大同小异，有的近乎无病呻吟，“自作多情”。将感情拧在一两根弦上，弹出来的音调必然显得单调沉闷。例如那些咏四季景物的诗，总是翻来覆去地在一些感伤性的而又落俗套的辞藻上绕笔头。谢无量先生在《中国妇女文学史》中说：“今观其诗，虽时有翩翩之致，而少深思，由其怨怀多触，遣语容易也。”这话也是对的。李清照的诗数量上比朱淑真少得多，语言艺术上却远胜于她。但朱淑真在中国文学史上虽然占不到什么地位，在中国妇女文学史上却应该有她重要的一个位置。

# 胡铨上疏

南宋丞相赵鼎、参知政事李光、枢密院编修胡铨，都因遭秦桧忌恨而被谪放，当时有“三大贤”之称。胡铨因奏疏中有请斩秦桧语，名声尤大，成为南渡初一大案件。临行时与友好唱和之诗，也颇为人传诵。

胡铨字邦衡，号澹庵，庐陵（今江西吉安）人。绍兴八年（1138），南宋遣王伦出使金国请和[1]，企图以此迎归留金的韦太后和钦宗，接回徽宗灵柩。胡铨以金人不可信任，宋室不可屈服，上疏请斩王伦，又以参知政事孙近附和秦桧，疏中便直说“臣窃谓秦桧、孙近亦可斩也”，并称南宋政府为“小朝廷”。因此，先被谪监广州盐仓，后又被除名，编管（在指定地方居住，行动不得自由）新州。在新州时，曾作《好事近》词，中有“欲驾巾车归去，恨豺狼当辙”语，遂被新州知州张棣告发，又移谪吉阳军（今广东崖县）。张棣故意拣一个刻毒的使臣游崇押送，

[1] 《宋史》和《金史》中都说王伦任侠无行。王的结局，《宋史》说因拒受金人官职而被杀，临死时还冠带南向，再拜恸哭。《金史》说他已受命又辞谢，金熙宗便说他是反复之人而杀之。两史都说他虽冤死亦自取，但《宋史》评价较高。王明清《挥麈后录》卷八则说他“既拘于虏，虏人欲用为留守，不从而杀之。褒恤甚厚”。末句指宋朝诏赠通议大夫，赐其家金帛，亦以愍节谥王伦。——作者注

并在胡铨颈上封一个“小项筒”，令胡铨及其家属徒步前往。

他在旅途中，曾作《贬朱崖，行临高道中买愁村，古未有对，马上口占》一绝：“北往长思闻喜县，南来怕入买愁村。区区万里天涯路[1]，野草荒烟正断魂。”买愁村在广东临高县东南那盆岭下。闻喜县秦名左邑，汉武帝经过时闻得兵破南粤，便改闻喜。胡氏以闻喜对买愁，或许含有祝望之意。元韦居安《梅磵[2]诗话》卷上，引苏轼“山忆喜欢劳远梦，地名惶恐泣孤臣”（《八月初七日初入赣过惶恐滩》）句，杨万里过瘦牛岭“平生岂愿乘肥马，临老须教过瘦牛”句，以为“二公效坡体，对俱的”。但惶恐滩一说原名为黄公滩。韦氏又录胡铨《次罗长卿韵怀亲》诗，首二句为“天乎自是非我孝，世间岂有人无亲”语，并说：“味诗起句，亦含讽意，不但赋词也。”评断也很中肯。

胡铨谪贬时，王庭珪曾作《送胡邦衡赴新州贬所》二首，其第一首云：“囊封初上九重关，是日清都虎豹闲。百辟（犹言百官）动容观奏牍，几人回首愧朝班。名高北斗星辰上，身堕南州瘴海间。不待他年公议出，汉廷行召贾生还。”首句“囊封”，方回《瀛奎律髓》卷四十三作“一封”，所以查慎行说“起句犯昌黎”，即指用韩愈“一朝封奏九重天”语意。纪昀评云：“微伤蹇直，而其词自壮。”王诗的特点，也正是明白晓畅，语多警拔，如此诗中的“百辟”两句，和第二首的“痴儿不了公家事，男子要为天下奇”。胡铨也有和诗，其第二首云：“士气波流势莫支，逢时言行欲俱危。不因湖外三年谪，安得江南一段奇？非我独清缘世浊，此心谁识只天知。万牛回首须公起，大厦将颠要力持。”颔联与《雷州和朱彧秀才时欲渡海》中的“争似澹庵凭兴往，银山千叠酒微酣”，

[1] 区区：犹言“仆仆”。参见本书《区区与戋戋》篇。——作者注

[2] 磵：古同“涧”，山间的水沟。

都表现出逐臣的旷达情怀，也即苏轼《六月二十日夜渡海》中的“九死南荒吾不恨，兹游奇绝冠平生”之意。

王庭珪，字民瞻，原籍安福，安福属庐陵郡，与胡铨也算同乡。由于他作诗为胡铨送行，因而也被人告发，流放辰州卢溪。当时年已七十。他在诗中也称流夜郎，这夜郎指在湖南沅州界中，与唐代要流放李白的夜郎（在贵州境）非一地。《四库总目提要》说他“流岭南”，当是承上文“胡铨谪岭南时”语而误。

据岳珂《桯史》卷十二所记，王庭珪在卢溪时，地方官一直把他当囚犯看待。有一天，忽然在公堂设宴邀他，他感到奇怪，起先不敢赴宴，邀请的人却接踵而至，只得前往。到了次日，才知道秦桧已死，原来地方官先已得到了消息，庭珪也因此得以“自便”（可以自由行动）。临别时，便在壁上作了一首《辰州僻远，乙亥十二月闻秦太师病，忽蒙恩自便，始知其死，作诗悲之》的七律：“辰州更在武陵西，每望长安信息希。二十年兴缙绅[1]祸，一朝终失相公威。外人初说哥奴病，远道俄闻逐客归。当日弄权谁敢指，如今忆得姓依希。”诗中的武陵，含义双关，一实一虚，虚是用陶渊明《桃花源记》故事，意思是说辰州比桃源更远，自“不知有汉”；桃源人的祖先本为避秦而居其地，又和秦桧之姓切合。长安借指南宋都城临安。秦桧两度出任宰相，前后十九年，故诗中举成数说二十年。哥奴为唐奸相李林甫小字，此处隐喻秦桧。他在《胡邦衡移衡州》中也说：“笑说开元丞相宅，凄凉偃月上标堂。”李林甫有堂似偃月形，号月堂，常在堂中密设害人的阴谋，这里也借喻秦桧。他在赠别陈君授诗中又说：“乞儿犹恋权门火，应谓死灰能复燃。”可见他对秦门死灰还是很担心。

[1] 缙绅：官员。

因声援胡铨而受株连的，还有宜兴进士吴师古为刻胡铨奏疏而流袁州，朝士陈刚中以胡铨谪广州作函相贺而谪知崖州安远，并死于谪所。胡铨本人，则于孝宗即位后复官，最后以资政殿学士致仕。罗大经《鹤林玉露》甲编卷六，记金人闻胡铨上书乞斩秦桧，君臣失色曰："南朝有人。"孝宗乾道初，金人使臣至宋，犹问胡铨今安在？故张浚说："秦太师专柄二十年，只成就得一胡邦衡。"虽是挖苦，却也不无道理。

# 沈园斜阳

陆游是一位长寿的诗人。享年八五[1]，身经五朝，写诗九千一百三十八首，即他自己所谓“六十年间万首诗”。欧小牧先生在《陆游年谱》中作过很精到的统计，陆游诗写得多的年份都是在八十岁至八十五岁这五年间。八十三岁作了四百七十八首，八十四岁最多了，作了五百九十九首。逝世这一年的八十五岁，也作了四百七十二首。这些诗里的怀旧思故之作，又都是神志清明、气脉流畅。八十二岁时，他曾作了一首《城南》：“城南亭榭锁闲坊，孤鹤归来只自伤。尘渍苔浸数行墨，尔来谁为拂颓墙？”八十四岁时，又作了《春游》之四：“沈家园里花如锦，半是当年识放翁。也信美人终作土[2]，不堪幽梦太匆匆。”这时离开他和唐琬的分手已经六十多年了，离开两人沈园之会也有五十余年。又隔两年，就写了一首著名的绝笔《示儿》诗。这也是诗人毕生两件最大的心事，两种难偿的遗憾，即使快到生命的尽头时，仍然念念不忘于地下的唐琬，念念不忘于沦敌的中原。即是说，凡是诗人认为应当忠实的，他就忠实始终，至死不变。“尚余一恨无人会，不见蝉声满寺时。”这是他七十七岁时作的《禹寺》末两句，沈园即

[1] 陆游的年龄《宋史》本传作八十五岁，不误。——作者注

[2] 他在《沈园》之二中有“此身行作稽山土，犹吊遗踪一泫然”句。时年七十五岁，自己也感到不久就要埋葬在稽山的泥土中了。——作者注

在禹迹寺之南。是的，这种隐恨确是无人理会，而且连当年的蝉声也听不见了。

陆、唐成婚，当在陆游二十岁时，时在秋季，陆游还采了菊花作枕囊[1]。唐琬为什么不能见容于婆母，各家记载不很具体，刘克庄《后村诗话》续集卷二，说是两人本来很恩爱，陆游的父母对儿子学业督教甚严，“二亲恐其惰于学也，数谴妇，放翁不敢逆尊者意，与妇诀”。如果确是这样，真是所谓“媳钗俏兮儿书废”了。陆游的父亲陆宰，曾任吏部尚书、侍讲学士，《宋史·艺文志》录有他《春秋后传补遗》一卷，可见是一个有学问的人，他和陆母唐氏年轻时感情想必也很融洽[2]，不见得因此而“惰于学”。想起来，主要还是由于两种力量的对立。南宋是最重礼教的时代，陆家是“书香门第”，陆游祖父（陆佃）、父亲都是经学家。唐琬离开陆家后，又嫁给另一个男子赵士程，不仅如此，沈园相见，还以酒食款待陆游。这在当时的一般妇女是不大做得到的。一方面表现了她的深情；一方面也说明她是个开朗果敢的女子，和守旧的陆母相处在一起，必然会发生矛盾。我们不想把南宋时的唐琬作过高的评价，但她不像一般妇女那样驯服于家教门风的制约也是事实。从某一种意义上说，也可说多少有一点“新思想”。新婚夫妇的闺房之乐，影响陆游的勤学也是可能的，对于陆母那样代表旧一代的婆婆，少年夫妻越是恩爱，就越是看不顺眼。这种矛盾，不独

---

[1] 陆游有《余年二十岁时尝作菊枕诗，颇传于人。今秋偶复采菊缝枕囊，凄然有感》诗：“采得黄花作枕囊，曲屏深幌幽香。唤回四十年间梦，灯暗无人说断肠。”从这首诗中也可想见他们新婚时的恩爱。——作者注

[2] 陆游母亲也姓唐，江陵人，但唐琬并非她的侄女，《后村诗话》说“与陆氏有中外”（表亲关系），只是臆测。唐琬之琬，是否为她名字，也不能确定，但现在大多作为名字，姑从之。——作者注

陆家婆媳是这样。陆游是个大诗人，他痛恨权奸，重视操守，勤读经史，从小就怀着书生报国的宏愿，不幸，同时又是一个深受封建纲常教育的儒生，结果只好去做他不愿做的事情。生活里确实有许多无可奈何的命运上的折磨，往往成为终身的沉重负荷。《钗头凤》词中的“错错错”和“莫莫莫”六个字，就充分体现了这种矛盾的痛苦的心情，实际也是对唐琬的永恒内疚。陈衍《宋诗精华录》评《沈园》说：“无此绝等伤心之事，亦无此绝等伤心之诗。就百年论，谁愿有此事，就千秋论，不可无此诗。”这话说得很深刻。这两首《沈园》诗确实应当流传千古，却是以“绝等伤心”代价换来的。

陆游迫于母亲的压力和唐琬分离了，但后来一听到水禽的姑恶之声，便引起特殊的敏感，写了好几首诗，如五十九岁时作的《夏夜舟中闻水鸟声甚哀，若曰姑恶，感而作诗》，可能受一点《孔雀东南飞》的影响。诗里写的那个媳妇，十分贤惠勤劳，正有唐琬的影子在，末云：“古道傍陂泽，微雨鬼火昏。君听姑恶声，毋乃谴妇魂？”尤为沉痛，李元春《历朝诗要》说得好：“末四语结题，写妇之贤，方见姑恶，是对面法。婉，深，警。可以勉妇，可以戒姑。”七十五岁时又作《夜闻姑恶》，中有云：“湖桥南北烟雨昏，两岸人家早闭门。不知姑恶何所恨，时时一声能断魂。”到了八十二岁，又以同题写了一首七绝：“学道当于万事轻，可怜力浅未忘情。孤愁忽起不可奈，风雨溪头姑恶声。”姑恶以鸣声似“姑恶”而得名。苏轼《五禽言》咏姑恶自注云：“姑恶，水鸟也。俗云妇以姑虐死，故其声云。”可见北宋已有此传说，想不到会成为南宋诗人一写再写的辛酸题材。

据乾隆时清凉道人（徐承烈）的《听雨轩笔记》卷三所记，他往禹迹寺时，只看到寺门之东有桥，俗名罗汉桥，桥额横勒“春波”二字，“惟遍寻沈园，则已杳不可得，盖已历六百余年，沧桑变幻久矣”。

前几年旅游绍兴，经熟人介绍，总算见到了沈园，园不大，也颇见荒凉（现在听说已整修过），其实只是故址，已非原貌。如蒋士铨的《沈氏园吊放翁》所说，“无多亭榭频更主，半死梧桐尚感秋”。这时斜阳溶溶地洒遍园地，却已听不到城上的哀鸣的画角，也见不到那惊鸿照影的一泓春波。对的，“沈园非复旧池台”了。但恍惚之间，还可以瞥见一个白发苍苍的老诗人，举着迟缓的脚步，踏着落叶踯躅在小桥左右。斜阳不语，老人默然地向宫墙边起飞的柳絮凝望着。

“江上荒城猿鸟悲，隔江便是屈原祠。一千五百年间事，只有滩声似旧时。”这是陆游于淳熙五年（1178）途过归州时所作的《楚城》诗，姑且借来作为拙文的结束。

# 西风门巷

姜夔的诗数量不多，古近体共一百七十余首，七绝约占一半，也以七绝为最精致，格局虽小，却不以纤巧取胜，有几首写秋景的就像一幅幅水墨小品，如《雁图》的“年年数尽秋风字，想见江南摇落时”，《湖上寓居杂咏》的“平生最识江湖味，听得秋声忆故乡”，也可说是秋之知音。

他还有《送范仲讷往合肥三首》之二：

我家曾住赤阑桥，邻里相逢路不遥。
君若到时秋已半，西风门巷柳萧萧。

姜夔在《摸鱼儿》词的序中说：“辛亥秋期，予寓合肥。”辛亥为光宗绍熙二年（1191），姜夔四十六岁，故此诗为辛亥后作，也正是秋天，却还不到秋之半。这首诗如果放在晚唐人诗集中，似也毫无愧色。他另在《淡黄柳》词序中有云：“客居合肥南城赤阑桥之西，巷陌凄凉，与江左异，唯柳色夹道，依依可怜。”也可与这首诗参看。

姜夔的原籍是江西鄱阳，所以词序说合肥是客居，诗里却写得像家乡似的，观第三首的“未老刘郎定重到，烦君说与故人知”，词文的“强携酒小乔宅”，可见此中有人。他的本事虽不曾直接说出来，但人们仍然可以理会到，这座桥，这道小巷，这几棵杨柳，必是开启诗人内心的一管钥匙，只消稍稍开启，就会触动。一个观念，一串感情，就像一颗种子。诗里的“萧萧”是象声，词里的“依依”是摹形，在古人诗词里原很惯见，这里却含有诗人很复杂的感情活动。尽管纸面上的文字没法再变成现实，诗人还是要把难忘的音响重新唤回笔下，因为这几棵杨柳恰恰栽在西风门巷。

诗一开头就告诉友人，我曾经住过赤阑桥。其中就有许许多多要说的话。末两句集中了含蓄的效果。如同姜氏《诗说》所说：“不尽之中固已深尽之矣。”好诗的感情必是真实的、自然的，但又要善于控制感情。

姜诗中的地理背景是长江以北的合肥，但这样的风物，在长江东南也到处可以看到，只要一踏进江浙的江村水乡，赤阑桥也许没有了，杨柳萧萧的西风门巷依然似曾相识。循着西风门巷信步走去，就会随时看见斜坡形的屋檐下，露出一道褪色的面向街巷的木门，要是门开着，你还可以窥见里面有一座小小的院落，院落里站着一两株大树，几只麻雀绕着秋荫在打旋子，它们也是一代一代地生活在这幅天幕下面。再伸过头去，后面的小屋上已经在冒炊烟了……

你感到平凡单调，大同小异？然而多少诗人画家，从那里爆发了美感，写成无数有光泽的作品；多少风流人物，又是在这样寻常巷陌中堕地和撒手。

每一个民族都有自己的传统的心理素质，历史老人为我们积累了自己的生活习惯和生活情趣。马致远的“小桥流水人家”的名作，有的西洋人也许会欣赏，但感情上毕竟和我们不一样，也应当不一样。在这些西风门巷里，就凝结着我们民族千百年来文化生活的总和性的成果。

每个人既是时代的主人，又是时代的过客。随着当前城乡城市的开展，这些巷陌和屋宇也将因“老化”而陆续淘汰。我们无所惋惜。一切事物的出现既是为下一代而存在，理所当然地为下一代所淘汰。但在新旧交替过程中，常常会挑动我们的“历史感情”。时空的变化，哪怕是最正常、最自然的变化，也会使人的某种感情和其他的复杂的感情纠结在一起，而且有着矛盾。

一切新的都是在旧的基础上产生、发展的。无不能产生有。即使是从未有人生息过的荒地，那荒地还是随着地球一同到来，然后成为我们的国土。

姜夔这首小诗，本来只是抒写个人生活上的琐事，但由于它又具有较高的审美价值，一旦和读者见面时，我们就会超越他原来的创作动机，从另一个角度上去接受它、欣赏它。

时间在脉脉地流去，趁着这些西风门巷还健在，你不妨常常到它门前去流连，你也许毫无所得，也许会引起深沉的思索。

## 汪元量诗中的谢太后

抗战前，在良友版的郁达夫先生《闲书》中，读到《钱塘汪水云的诗词》一文。这是我第一次知道汪水云（元量）的名字。不久，又从书坊中买到《湖山类稿》，浏览之后，觉得汪氏的诗，确不愧为诗史。汪氏自己的《答林石田》中也说："南朝千古伤心事，每阅陈编泪满襟。我更伤心成野史，人看野史更伤心。"诗中所写的临安沦陷前后以及三宫北徙的许多情节，都是在正史中所无法见到的，只是有些事迹的具体内容，读了仍感到不甚了了。去年齐鲁出版社又影印已故王献唐先生的《双行精舍校汪水云集》，后面附录了许多资料，对汪元量作品及其生平研究很有参考价值，也是目前为止的较完善的一种本子。（继王本之后又有孔凡礼先生的《增订湖山类稿》）

汪氏的代表作《湖州歌》、《越州歌》、《醉歌》皆用七言绝句，实是宫词的变体。感情真率，文字流畅通俗，则又是沿着范成大、杨万里、刘克庄的路子，虽非有意识地仿效，在南宋人的感怀时政的七绝中，似可归为这一类型。

宋太祖进围南唐的金陵时，曾经说过"卧榻之侧，岂可许他人鼾睡"的名言，可是终赵宋一代，却一直处于边患的威胁之中。靖康之变以后，就连东南水乡，也已有他人的鼾声。《水浒传》引首说宋太祖"一杆棍棒等身齐，打四百座军州都姓赵"，到汪元量写《湖州歌》时，却是“夕阳一片寒鸦外，目断东西四百州”了。金人也换为更强悍的蒙古贵族。当元丞相伯颜进驻杭县皋亭山时，南宋即具表向他乞降。《湖州歌》云：“三宫北面议方定，遣使皋亭慰伯颜。”《醉歌》云：“昨日太皇请茶饭，满朝朱紫尽降臣。”三宫指幼主赵㬎[1]（即瀛国公）、赵㬎生母太后全氏、祖母太皇太后谢道清。请茶饭也即上文慰伯颜之意。这时幼主只有六岁，全氏为谢氏媳妇（实为侄媳），所以和战大权决于谢氏。所谓三宫，其实只指她一人。

汪元量是一个布衣，原为谢太后旧臣，因擅长琴艺出入宫廷，国亡后又同往燕京，但他在诗中，对谢太后却常含微词：

> 淮襄州郡尽归降，鞞鼓[2]喧天入古杭。国母已无心听政，书生空有泪成行。
>
> 六宫宫女泪涟涟，事主谁知不尽年。太后传宣许降国，伯颜丞相到帘前。
>
> 乱点连声杀六更[3]，荧荧庭燎待天明。侍臣已写归降表，臣妾签名谢道清。

末了一首，写得最尖锐最沉痛也最为人传诵。当时庭燎（国有大事，乃燃庭燎）通宵，赶具降表，孤儿寡妇，六宫仓皇的情状也可概见。降表遣监察御史杨应奎连同传国玺交与伯颜，表由幼主出面，中

[1] 赵㬎（xiǎn）：南宋第七位皇帝宋恭宗。

[2] 鞞（pí）鼓：古代军中所用的乐鼓。

[3] 此句用陈师道《早起》中“残点连声杀五更”句意。六更，宋代宫中更漏比民间短，五更抵民间四更。宫中五更毕，梆鼓交作，始开宫门，俗称六更。——作者注

有“谨奉太皇太后命，削去帝号”等语。这是正规的做法。汪诗说“臣妾签名谢道清”，在《宋史·谢太后传》及《瀛国公纪》中皆未明言，也可补正史之不足。五代石晋李太后也曾向契丹上降表，开首即称“晋室皇太后新妇李氏言”云云，和谢太后之签名臣妾可谓先后一辙。李表全文载于《新五代史》，谢表则未见。在蒙古未侵宋时，南宋曾以叔侄之国事金而得苟安一段时期，这时却由一个六十余岁的太皇太后自称臣妾具表乞降。《四库全书总目提要》评《湖山类稿》中“乱点连声”这一首云：“以本朝太后直斥其名，殊为非体。《春秋》责备贤者，于元量不能无讥。”未免拘于正统之见。后面这两句话，倒是可以用在谢太后身上。陈衍《宋诗精华录》卷四针对《提要》此语而辩论云：“有议水云诗不应称太后名姓者，不知签名降表，当日实事，无可讳者，斥言之正以见哀痛之极也。”这是说得很中肯的。南宋遗臣中对谢太后之主降本多责难，如谢枋得就在《叠山集·上丞相留忠斋书》中直说：“太母轻信一二执政之谋，挈祖宗三百年土地人民尽献之皇帝，无一字与封疆之臣议可否，君臣之义亦大削矣。”

谢太后等三宫到了大都，元主常开筵召赴她们，还赐以食物和丝绸，免去谢家的田赋，汪诗有云：

> 第二筵开入九重，君王把酒劝三宫。驼峰割罢行酥酪，又进椒盘割嫩葱。
>
> 客中忽忽又重阳，满酌葡萄当菊觞。谢后已叨新圣旨，谢家田土免输粮。

钱谦益读了这几首诗后，曾在《初学集·书汪水云集后》中说：“合而观之，紫盖入洛，青衣行酒，岂足痛哉。”这一点，潘耒在《遂初堂集·书汪水云集后》中因“不忍三朝国母，重遭污蔑”，乃加以辨正：首先从年龄上说，谢太后至大都时年已六十七岁，“宁有刘曜羊后之嫌？”“所云谢家田土免输粮者，当是以谢后举国纳降之故，代恤其宗耳，岂有他哉？”又从汪诗《宋宫人分嫁北匠》中“君王不重色，安肯留金闺”语观之，也可知元世祖之为人。袁枚《随园诗话》卷四也有相同说法（当是根据潘文），并以为钱谦益据汪诗“遂以为谢后有失节之事”是穿凿附会。潘、袁二文，如单独就谢太后无失节事而力辩，原也言之成理，像汪氏诗中记谢太后等入元宫宴会，都有元世祖皇后莅席，如云：“大元皇后同茶饭，宴罢归来月满天。”但他们对钱谦益原意，恐怕也有误解。钱氏当然知道谢太后这时已是六十余岁老妇，他只是责备她不应在国亡后赴新朝之宴，受新朝的赏赐。再则“青衣行酒”原为晋怀帝为前赵刘聪辱弄事，与后妃无涉，羊后则是惠帝（怀帝兄）羊皇后受宠于刘曜事，钱文中并没有说到羊后，是潘氏信笔凑附上去的。要之，钱氏之意，实是责谢太后早应殉国，更不应入元宫腼然赴宴，等于惠帝青衣行酒之辱。从这一意义上说，还是对的。汪氏的《太皇谢太后挽章》中有“事去千年速，愁来一死迟”语[1]，意也惋惜其死得过迟。清褚人获《坚瓠集》云：“宋孟鲠《折花怨诗》：‘匆匆杯酒又天涯，晴日墙东叫卖花。可惜同生不同死，漫随春色去谁家。’盖讥谢太后年已七十，不能死难，被掳北去也。”钱文也即此意。

德祐之降，谢太后固应受到谴责，可是她同时又是封建社会中的妇女，由于钱文说得含混，遂引起潘、袁的误解，好像她不仅是政治上的失节，还蒙受贞操上失节之嫌。清人蒋士铨传奇《冬青树·辞宫》

[1] 这两句用李益《同崔邠登鹳雀楼》颈联“事去千年犹恨速，愁来一日即为长”句意。——作者注

一折，写元军催迫谢太后等急赴燕京，其中有这样一段话：“告娘娘不用心悲苦，俺这里昭阳院，点着蟠龙花烛，伊行伴君王一样为夫妇，何须要偷买《长门赋》。新皇后，应当做。”也因为谢氏是妇女之故，就多了一重分外的挖苦，上述孟鲠诗的“卖花”、“春色”云云，也因是妇女而有此类饰语，实则为旧文人的恶习。

汪诗又有《宋宫人分嫁北匠》一首，写宋宫宫女被掳至燕京后，分配给北方匠人故事。谢太后因是国母之尊，归降后尚受到元主的优厚礼遇，这些宫女平时望皇帝宠幸而不可得，国亡后却被新朝分配给“老斫轮”，其实仍逃不脱奴隶命运，元主却由此而被看作“不重色”的明君。国亡家破，本人间最悲惨的遭遇，对于古代妇女来说，她们的苦痛和耻辱就要比男子更深重，无论上层下层，只是程度上不同而已。

# 吴中四才子唐寅

俞平伯先生曾经推断，《红楼梦》中黛玉的葬花词，系从唐寅《花下酌酒歌》和《一年歌》蜕化而来[1]。我们从《红楼梦》第二十六回中薛蟠将“唐寅”误认“庚黄”一事看来，曹雪芹对唐寅的诗画一定是很喜爱的。唐寅另有杂曲《叹世词》，也使人想起《红楼梦》中的《好了歌》[2]。虽然不一定受唐曲的影响，两者的基调却很相近。

唐寅以画著名，兼长书法与诗。但他却出身于普通商人家庭，他在与文徵明书中说：“计仆少年，居身屠酤[3]，鼓刀涤皿。”似乎他家开设的是酒菜馆，他自己也曾参加店中的杂役。他生活于明朝中叶“鱼米之乡”的苏州，除了风土物产的明媚丰富之外，人文方面，还有沈周、周臣、文徵明、祝允明、仇英、徐祯卿、张灵等一批文士。有的是他师长，有的是他好友。这一时期的苏州，也可说是艺术上的黄金

---

[1] 《郑振铎古典文学论文集·葬花词》一文推断，唐寅这两首诗的诗意，当也受唐刘希夷《代悲白头翁》的影响。——作者注

[2] 在古典小说中，《水浒传》中的诗远胜于《红楼梦》中的诗。《红楼梦》中有好多首诗使人感到庸俗，《水浒传》中的诗却俗得质朴自然，如宋江在浔阳楼题的“他时若遂凌云志，敢笑黄巢不丈夫”的反诗，就颇有草泽英雄本色。——作者注

[3] 屠酤（gū）：宰牲和卖酒。

时代。他以商人子弟而在艺术上有此卓越的成就，除了本人的天分和勤学，这些师友的指导切磋，也是一个因素。在绘画上，他与沈、文、仇合称“明四家”；在文学上，又与祝、文、徐称为“吴中四才子”。四人中，徐祯卿年纪最轻，只活到三十二岁，他又是前七子之一。就诗而论，以他成就最大，享名最盛。“文章江左家家玉，烟月扬州树树花”，即是他早年之作。所谓唐祝文周（文彬）四才子，周实无其人，有人以为就是指徐祯卿（字昌国）。唐有《赠昌国》诗，中有“十年掩骭[1]青衫敝，八口啼饥白稻荒”语，徐有《赠唐居士》诗，中有“贫剩氍毹[2]犹让鹿（原注：‘伯虎时畜一鹿’），病抛鱼肉久甘蔬”语，皆可见他们当时的处境。

约在唐寅二十五岁时，父亲广德逝世，接着，母亲、原配、儿子相继丧亡。到了二十九岁，中乡试第一，人称唐解元。次年，入京会试，因受同行的徐经向主考官家僮行贿案而牵累，谪往浙江为吏，他不甘受辱，就此还乡。正德九年（1514），又应宁王朱宸濠之聘至南昌，后因察觉宸濠有反意，便佯狂酗酒，宸濠只得将他遣归苏州。后来弹词《十美图》，便虚构唐寅为宸濠绘九美图的故事；这一故事来源则又本于清人黄周星《张灵崔莹合传》（见《香艳丛书》第七集）。除《十美图》外，又有“三笑”的传说。“三笑”中的所谓华太师，即无锡人华察，官至侍读学士。但华察中进士为嘉靖五年（1526），已在唐寅逝世三年后。钱谦益《列朝诗集小传》，记华察罢官居乡时，虽“田园第宅，甲于江左”，但治家很俭朴，“食不三豆，室无侍媵[3]”。“三笑”的故事原很荒诞，影响却很大，史学家如孟森，还在《心史丛刊》

[1] 骭（gàn）：肋骨。

[2] 氍毹（qú shū）：毛织的地毯。

[3] 媵（yìng）：姬妾婢女。

第三集中做过考证。秋香实有其人，原为成化时一个妓女，祝允明曾为她写过扇面，却被附会到华家的婢女。但由于“十美”和“三笑”的流传，唐伯虎的名气却也深入民间了。

可是唐寅生平，确也恃才傲物，颓放任性，自命为“江南第一风流才子”。传说他曾与张灵、祝允明在雨雪中作乞儿鼓节，唱《莲花落》，得钱便沽酒于野寺中痛饮。这种行径，自然也受到人们的轻视。文徵明曾经规劝过他，他几乎要和文氏绝交，但后来又写信释嫌。他写的那些杂曲，绝大部分是“艳情”之作，有的是为妓女而写，甚至有《咏美人浴》那样作品。《叹世词》的末首就有“对景且开怀，有酒须招妓，既为人须索要为到底”。当时的社会风气又容许“才子”们这样做，把一个有才能的人的心理诱向变态方面发泄，艺术往往成为内心空虚的一种补偿，特别是经受功名上的挫折之后。他的原配徐氏死后，又把一个“妒妇”逐去，想来也因为看不惯他这种放荡行为缘故，在夫权社会中，便被看作“妒妇”了。

他的诗，自不及其画，在明诗中无多大地位，他自己对诗的工拙也不甚在意。二十首《和石田先生落花诗》，其实多半是辞藻上的卖弄。这类诗一作二十首，也容易流于滥，而且是和诗。但另外也有些清新自然的小诗，如《题画》诗：

独木桥边倚树根，古藤阴里啸王孙。白云红树知多少，鸡犬人家自一村。

杨柳阴浓夏日迟，村边高馆漫平池。邻翁挈合乘清早，来决输赢昨日棋。

雪满梁园飞鸟希，暖煨榾柮闭柴扉。瓦盆熟得松花酒，刚是溪丁拾蟹归。

这些画现在看不到了，看了诗，或尚有慰情胜无之感。

另一首云：

青藜拄杖寻诗处，多在平桥绿树中。红叶没鞋人不到，野棠花落一溪风。

第三句的“没鞋”，原作“没胫”，据俞弁《逸老堂诗话》卷上说，他访唐寅于桃花庵别业，看到唐在绘山水小品，并题一绝于其上，俞云：“诗固佳，但恐‘胫’字押平声未稳。”唐说：“几误矣”，遂改为“没鞋”。因“胫”是仄声（作“胫胫”解之“胫”为平声），这里须用平声，这也因为受到平仄的限制，若从诗意上说，“胫”字却胜于“鞋”字。汪珂玉《珊瑚网》卷十六，记唐寅有题丹阳景图寄孙思和，其中二首云：一、“青山白发老痴顽，笔砚生涯苦食艰。湖上水田人不要，谁来买我画中山？”二、“荒村风雨杂鸣鸡，镣[1]釜朝厨愧老妻。谋写一枝新竹卖，市中笋价贱如泥。”镣釜为刮釜之意，也见他当时生活之艰困。七律游览诗如《游金山》的“人间道路江南北，地上风波世古今”，《焦山》的“天从西北开天堑，地到东南缺地维”，《齐云岩纵目》的“霜林着色皆成画，雁字排空半草书”。皆于信手中见工致，末一首正是画家本色。李诩《戒庵老人漫笔》卷五，记唐寅有《寿王少傅守溪》诗：“绿蓑烟雨江南客，白发文章阁下臣。同在太平天子世，一双空手掌丝纶。”李氏评云：“其肆慢不恭如此。”王守溪指王鳌，吴县人，官至文渊阁大学士。丝纶指天子诏书，掌丝纶犹言为皇帝传布德音，少傅则为

[1] 镣（láo）：用勺刮锅发出的声音，这里指炒菜用的勺子。

三公之副，在当时自然只有他们才能“掌丝纶”，唐寅只是一个举人，所以李诩要说他“肆慢不恭”，但这首诗却也很能表现唐寅的性格。

嘉靖二年（1523）十二月，这位声满东南的艺术家，终于在桃花坞的桃花庵（唐寅的别业）中逝世了。年五十四，桃花坞从此也因他而享名。他生前常在诗文中叹穷诉苦，并在与文徵明书中，为自己的“下流杂处，众恶所归”的遭遇而苦痛，主要还是生活上有些放荡。他的《言志》诗说：“不炼金丹不坐禅，不为商贾不耕田。闲来写就青山卖，不使人间造孽钱”，就他一生经历看，也还是真实的。他的绝笔诗云：“一日兼他两日狂，已过三万六千场。他年新识如相问，只当漂泊在异乡。”还是不脱玩世不恭的故态。

祝允明曾有诗挽他，中云：“生老病余吾尚在，去来今际子先知。”这时允明也已六十四岁，三年后（1526），他自己也死了。艺术上的杰出成就，离不开天才，看看他留下的那些精美的画幅，那么，从尊敬的意义上，称为才子也还恰当的。

清查为仁《莲坡诗话》，曾录洪升吊唐寅诗二绝：（一）“吴兴僻性解怜才，踏雪唐家墓上来。豚栅鸡栖无觅处，独寻残碣洗荒苔。”原注：“宋中丞从沈客子所请也。”（二）“颇学吴趋年少狂，逃禅垂老悔词场。不知他日西陵路，谁吊春风柳七郎？”宋中丞指宋荦，任江苏巡抚时，曾筑才子亭于桃花庵旁。沈客子指沈季友。平湖人，也有“才子”之称。柳七郎用柳永死后妓女吊念典。

## 严嵩能作诗

严嵩的《钤山堂集》，除嘉靖本外，还有乾隆本和嘉庆本，现在就连清刻本也很难得了。听说中华书局正在请专家整理《钤山堂集》，在“白光一道”泛滥书市的时候，出版社能够考虑到这一类书，不能不佩服他们的胆识。黄裳先生告诉我，中华书局还准备出版阮大铖的《咏怀堂集》，这自然不是说，他们的人品有什么可取之处，而是说，从宏观的古籍整理规划设想，这一类书不妨酌量出几种，以供研究者参考。然而也只有今天的学术空气下才能办得到，十年内乱时期，出版社的编辑要向资料室借钱谦益的文章，还要经过所谓“宣传队”的批准呢。

明代是重皇权的时代，也是官僚政权最烂熟的时代。单从嘉靖一朝说，大臣之间如夏言、严嵩、徐阶、高拱的明争暗斗、此升彼降的矛盾也表现得特别尖锐。世宗为人，信方士，求神仙，又刚愎自用，察察为明；严嵩为人，碌碌无能，却能善写青词，对世宗又事事驯顺。谷应泰《明史纪事本末》卷五十四中，有一段很精辟的分析，说是“嵩之曲谨，有如飞鸟依人”，所以逢到言官的劾奏严嵩，“微特讦嵩，且似污帝。帝怒不解，嵩宠日固矣。……猜忌之主，喜用柔媚之臣，理有固然，无足怪者”。这是说，臣下越恨严嵩，世宗越宠严嵩。这倒并非全出自后人的贬抑，严嵩自己就在《钤山堂集》卷二十二的《思勉堂记》中，记嘉靖十八年（1539），世宗于郭勋等五“勋辅”退去后，将严嵩（此时任礼部尚书，位在郭勋等下）留下，并对他说："卿勉尽忠诚，人言勿以介意，只要尽职。"因为事先已有人劾奏严嵩，世宗不听，这时又当面慰喻，这件事在严嵩自然大为得意，故而在《别号志》中重复记述，表示感戴。

严嵩十六岁丧父，赖祖父扶养成人，他的诗文中，也屡屡说到早年清苦而多病，常受亲属欺侮，母子二人，忍气吞声。他的诗，今存七百八十首，大部分为酬赠予游赏之作，《四库全书总目提要》说："其诗在流辈之中，乃独为迥出。"朱彝尊《静志居诗话》卷十，将严诗与夏言（江西贵溪人）诗相比，就说："贵溪游览赠酬之作不及分宜。"钱谦益《列朝诗集·丁集》云："其诗名《钤山集》者，清丽婉弱，不乏风人之致，直庐应制之作，篇章庸猥，都无可称。"这评语也还恰当。可是杨慎在《钤山堂集序》中说："昔人云诗必穷而后工。又云诗非能穷人，待穷而后工耳。其说至为无稽。"此序作于嘉靖二十五年，正严嵩以少傅兼太子太师时候。穷与工本来不是必然关系，虽然它确有一定道理。杨慎如果在与严嵩的玉带蟒袍无关、独立地提出这种和旧说相反的论点，那也不失为一家之言，现在这样说，能够欣赏这种论点的，恐怕只有严太师父子了。何况从严诗成就看，也是早年之作写得像样；如果杨序作于此时，他也许会赞同穷而后工之说的。

下面姑酌选几首严嵩早期的诗：

**［观雨作］**东峰雨色逘[1]前溪，野树江船望欲迷。卷幔忽惊山雾入，近村长听水禽啼。清怜松菊长茅屋，深爱湍流满稻畦。故人门巷隔车辙，多病青尊不可携。

---

[1] 逘：同"绕"。

**[喜友人至]** 下马柴门日已曛[1]，灯前悲喜话同群。空江岁晚无来客，远道情深独见君。瓦瓮细倾山郭酒，藜床闲卧石堂云。莫言古调只自爱，且诵新篇慰我闻。

**[夏日江亭赠客]** 江喧过雨时，绿树摇南飔[2]。归客乘流下，扁舟向我辞。台临春江迥，山绕旅行迟。无限靡芜草，因君寄所思。

**[野泊]** 野外萧条灯火希，空江孤棹暂相依。年荒触目俱堪骇，隔岸燎原驱虎归。

**[晚次宝应湖阻雨忆舍弟]** 广陵舟里连衾枕，宝应湖边隔雨风。人世百年谁骨肉，天涯此路复西东。中宵忆尔心俱折，逆旅无人信莫通。身迹半生成底事，只余泥雪叹飞鸿。

**[经湘南寺]** 半岭遥闻深径钟，石堂梦薜护青松。草堂邀客供僧茗，此是云中第几峰？

**[登岳]** 仙家鸟道迥莫到，石壁猿声清忽闻。幽泉树杪飞残滴，瑶草岩中吐异芬。

顾起纶《国雅品》，举严诗《灵谷》与《登岳》，以为“真境与秀句竞胜，杂之《极玄》，亦足矜赏。其集大多数钱、刘语”。这评语高了一些，但就上举诸诗看，把他列入明代的“国雅”也还可以，可是《钤山堂集》中还有大量的《赐玲珑雕花玉带》、《赐金织蟒服》、《赐五味汤寝宫垂花帘下饮之》、《恭和圣制中秋思母歌》等，如《侍上金海放灯》云：“红灯焰焰水，此夕真从天汉游。鸾箫凤管鸣仙吹，锦缆龙旗引御舟。”可真是“雅的这么俗”了。据唐顺之在序中说，

---

[1] 曛（xūn）：日暮，昏暗。

[2] 飔（sī）：凉风。

这部《钤山堂集》是严世蕃交给胡梅林（宗宪）刻的；刻成之后，也许献一部给世宗看看，世宗感兴趣的，想必也是这类诗以及“魂莹澄真识，心齐清道容”的《步虚词》，但因此也使我们看到诗人的严嵩和佞臣的严嵩。他在故乡时，曾有《赠相命颜生》一绝：“扫榻云林白昼眠，行藏于我固悠然。元无蔡泽轻肥念，不向唐生更问年。”[1]这首诗颇为人称道。当时这种心情，未必全是虚伪，他在诗集的自序中曾说晚年之作，“抑皆触口纵笔，率尔应酬，不能求工，亦不暇于求工也。由前则多山林之致，由后则皆朝省之事。时既不同，词体各异”。似乎也认识到晚作不是好诗，像他诗中说的“在山心事出山违”。他的晚作中，绝少有对当时的朝政和人事的议论，又见得他的阴鸷圆滑。朱彝尊说得好：“分宜能知暮年诗格之坏，而不知立身之败裂有万倍于诗者。”李慈铭题《严介溪文集》云：“观其自撰先茔诸碑，历叙孤寒之迹，时已为少师，世蕃亦为太常少卿，请假修墓，而词气抑然，自称不肖无以副先德，亦似非丧心昧良者，使不及败而早死，复无奸子，亦足安其丘垄。”（见中华版《越缦堂读书记》）所谓“不肖无以副先德”云云，原是一句混话，李氏看得太老实了。严嵩后期所作所为，不能说“似非丧心昧良者”，夏言、杨继盛、沈炼、曾铣、王忬这些人就是被严嵩屈杀的。李氏之意，如果是说严嵩并不是一开始就“丧心昧良”，那倒非常对，天下本来没有天生的权奸大恶，善与恶都要通过一个过程的。姚士粦《见只编》卷下，记严嵩的分宜老家被抄时，宗弘暹曾监视严家，见严嵩手持小书数帙而出，监视的人阻挡他，严嵩说：“此经验方书，欲藉以送老耳。”监视者问：“方书有刀疮药否？”嵩答“有”。

[1] 蔡泽是战国时的游说之士，曾向看相人唐举问自己的前程和年寿。轻肥即轻裘肥马的省文。——作者注

监视者又问："能治得杨继盛、沈炼颈疮否。"他默然了。可见他杀杨、沈之不得人心，却不知这段时期，他是否还有诗兴？王世贞为王忬之子，他于严嵩失败后，曾作乐府《袁江流钤山冈当庐江小吏行》[1]，历述严嵩自发迹、弄权至覆败的经过，其中云："宁忤县官生，不忤相公死。相公犹自可，司空立杀尔。"县官指皇帝，相公指严嵩，司空指严世蕃。世蕃曾任工部左侍郎，古代司空掌管工程，故以此借喻。诗中又有"孔雀虽有毒，不能掩文章"语，意思是严嵩为人虽很毒辣，诗文却很有文采。朱彝尊称为平情之论。王世贞又在《艺苑卮言》卷八，记从前有个在酒馆为佣的小民，唱《渭城曲》唱得很好，后来有人给他一笔钱去做卖酒生意，就不会再唱《渭城曲》了[2]。接着说："近一江右贵人，强仕之始，诗颇清淡，既涉贵显，虽篇什日繁，而恶道岔出。人怪其故，予曰：此不能歌《渭城》也。"即以此借喻严诗前后异致、贫富易趣的原因。王士禛《戏仿元遗山论诗绝句》中有论严嵩诗云："十载钤山冰雪情，青词百媚可怜生。彦回不作中书死，更遣匆匆唱《渭城》。"士禛自注："分宜早年诗有王维之风，贵后皆应制腐恶之作耳。"彦回为褚渊之字，渊初在刘宋任中书郎，后入齐为司徒，从弟褚炤叹道："使彦回作中书郎而死，不当是一名士？"（见《南史·褚炤传》）也是说严诗后期不如早期，对前引杨慎之说，倒是颇为冷隽的回答。

铃山堂像冰山似的崩溃后[3]，严氏父子也成为戏剧中的大花脸。

---

[1] 钤(qián)山在江西分宜的袁江南岸，也名钤冈。因夹于新泽和长寿两山之间，故名钤山。严嵩曾在钤山读书十年。——作者注

[2] 此事原出唐韦绚所录《刘宾客嘉话录》，唱歌的为卖饼人，后来得万钱而辍歌，曾对人说："本流既大，心计转粗，不暇唱《渭城》矣。"——作者注

[3] 前人曾辑《天水冰山录》，专记严嵩失败后，被官府抄没的家产珍宝等名目。——作者注

越剧的《盘夫》，京剧的《打严嵩》和《一捧雪》，就都以严门故事为题材。京剧方面，上海的观众看得多的还是周信芳先生主演的。《打严嵩》的情节很简单，但动作和对白，都表现了麒派艺术的特色。他的全部《一捧雪》，我看时已经在他晚年了。后来又看到《海瑞上疏》。这出戏，和严嵩无关，不幸，戏里恰巧有个嘉靖皇帝，又是新编的。曾几何时，在京剧院门前看到周先生时，却留着很长的胡须和头发，穿着蓝布棉大衣，人被反绑着，押上大车驶向闹市，从此再也看不到他的戏他的人了。

近年来，《一捧雪》中的《审头刺汤》曾经上演过，《打严嵩》还不曾重见于舞台，因而更加令人怀念。

# 金圣叹绝命词

周亮工《尺牍新钞》卷五，收有金圣叹致其族兄金昌（字长文）一信，中云：“诗非异物，只是人人心头舌尖所万不获已，必欲说出之一句说话耳。儒者则又以生平烂读之万卷，因而与之裁之成章，润之成文者也。”这话原说得很对，一首好诗来到人间，就要像树叶掉在地上那样自然。但他在评论一些具体作品时，却颇多迂词臆说。如以佛学解说诗文，这也没有什么不可以，但解《江南采莲曲》“是赞叹第七不动住菩萨，惜千年以来，人只作乐府诵法也”，这就不知所云了。解《古诗》“明月何皎皎，照我罗床帏”云：“以喻君子出处之际郑重不苟有如此，数笔竟将一龙一蛇大作用写尽，莫谓风雅中无经济也。”把原来的抒情价值完全淹没在头巾气中，可见聪明人的头脑里往往美玉与砂砾并存。又如解“迢迢牵牛星，皎皎河汉女。纤纤擢[1]素手，札札弄机杼”云：“妙在叠用双字，俱从织女眼中意中描出。意中自信为皎皎，眼中却见为迢迢。其实一水相望，何尝迢迢也。”此诗开头两句，写诗人自己仰观双星，接下来却是他的想象，其中有动作、有声音、有表情，深叹天上人间就有那么多

[1] 擢（zhuó）：引、抽，这里是伸出的意思。

不如意的事情，如果解为织女自谚[1]之词，则第三句也即织女在自炫“素手”了，还有什么意思呢？这些例子，在《唱经堂才子书汇稿》中并非个别。

金圣叹只是个秀才，生平却最痛恶秀才，这所谓秀才，实是冬烘[2]的同义语，可是自己就颇多冬烘之见。徐而庵（徐增，圣叹同乡）在《才子必读书》序文中说圣叹曾想刻《制义才子书》，廖燕的《金圣叹先生传》中也提到圣叹的评刻制义事。他的解杜诗，也常以起承转合的八股义法来比附。他生在明末清初八股流行时代，如入鲍鱼之肆，浸染一点八股的习气也是难免的。他在正统派眼中是一个“异端”，文学见解自有大胆精到的地方，文字也很飘逸，那篇《水浒传》序文，也确实不是一般的秀才写得出的，可以作晚明小品读。《水浒传》因他而扩大影响，他也因《水浒传》而名满天下。

他的诗，《唱经堂才子书汇稿》中有《沉吟楼借杜诗》二十六首。“借”是模拟的意思，模拟之作，只能作为消遣，偶一为之，如果正襟而作，容易流于“婢学夫人[3]”，和他自己说的“人人心头舌尖”的话恰好相反，我们也难以在这些诗篇中了解他的真实思想。教忠堂本的沈德潜《清诗别裁集》录有七律《愁》一首，也是拟杜的。他是顺治末年被正法的一个“逆犯”，乾隆年间的沈德潜能选金诗，也很不容易，商务国学基本丛书本的那个底本却删去了。1979 年上海古籍出版社出版的影印清钞本《沉吟楼诗选》，虽也是经过刘献廷等的选录，大体上反映了金圣叹的生平概况，但使我们失望的是，《诗选》中没有

[1] 谚（shòu）：同“嗖（shòu）”，口头传授。

[2] 冬烘：迂腐、浅陋。

[3] 婢学夫人：婢女学做夫人，形容刻意模仿而不像，后常用来讥笑书画作品模仿不真，笔法局促。

一首诗涉及《水浒传》《西厢记》和小说戏曲，不知道是否为原选者故意删去的。

金圣叹在明亡时为三十六岁，《诗选》中也有一些记述乱离之作，然多是易代之际的一般感慨，或许如邓之诚所说："凡所禁忌者似已删去。"（《清诗纪事初编》）但《题徐松之诗二首》中的"客虽乘白马，臣且牧羝羊[1]。……副车皆不中，三户又沦亡"，这已表现了对新朝的对立情绪。又如《甲申秋兴之二》的"虾蛆先死大鱼继，惟有螃蟹日彭亨。先生破斋买蟹吃，怪他着甲能横行"数语，写于甲申之变以后，也是有感而发，可能是讽刺清统治下的一些新贵。

在金圣叹被杀前一年，他曾作《春感八首》，并有序云："顺治庚子正月，邵子兰雪（邵点，余姚人，后迁居吴县）从都门归，口述皇上见某批'才子书'，谕词臣'此是古文高手，莫以时文眼看他'等语。家兄长文具为某道，某感而泪下，因北向叩首敬赋。"这很使人奇怪，清世祖怎么忽然会赏识圣叹的"才子书"？邵兰雪的话是否可靠？而且是经过金昌告诉圣叹的。再看看他的"北向叩首敬赋"的诗，如"忽承帝里来知己，传道臣名达圣人""何人窗下无佳作，几个曾经御笔评""水云深处钓鱼去，谁识磻溪[2]王佐才"以及"干禄旧曾闻圣训，进身早已畏天威"等语，实在可以说是恶札，即使放在应制诗中，也只能看作下品之下品。这和他在《访周粟仲不遇》中的"我为怕官成远蹈，君因厌客觅深居"云云对照来看，觉得诗文真能做到如心头舌尖非说不可那样真实，确是大不容易。

上述邵兰雪的话虽然很可怀疑，但金圣叹从金昌那里听到后的受

[1] 羝（dī）羊：公羊。

[2] 磻（pán）溪：指姜太公吕尚，其曾在磻溪垂钓。

宠若惊的激动，却是不假的，这也不难解释：清人入关以后，由于战乱而带来的凄惨黑暗的社会现象，曾经使他感慨愤激。他是汉人，又是儒生，所谓夷夏之辨也是有的，但经过十余年统治之后，政局渐趋稳定，圣叹又是不甘寂寞，好露锋芒的人，金昌在转告时，对圣叹一定还加上些吹嘘的话，便使他情不自禁地“感而泪下”了。

想不到在《春感》写成的次年七月，也即距清世祖之死才半年，他却写下了一首五律《狱中见茉莉花》和三首七绝《绝命词》：

名花尔无玷，亦入此中来。误被童蒙拾，真辜雨露开。托根虽小草，造物自全材。幼读南容传，苍茫老更哀。

南容即南宫适，他曾反复诵读《诗经·抑》“白圭之玷，尚可磨也；斯言之玷，不可为也”的诗句，金圣叹借此比喻自己竟老受污辱。这一年他五十三岁。

**绝命词**

鼠肝虫臂久萧疏，只惜胸前几本书。
虽喜唐诗略分解，庄骚马杜待何如？

这一首是写给金昌的，他曾为金圣叹的《第二才子书离骚经》作跋。“鼠肝虫臂”语出《庄子·大宗师》，原为随缘而化之意，这里是说自己的生命本极微小不足道，随时可以化去，只惜还有几部书未曾完成，我们也觉得是遗憾。

## 与儿子雍

（原注：吾儿雍，不惟世间真正读书种子，亦是世间学道人也）

与汝为亲妙在疏，如形随影只于书。

今朝疏到无疏地，无着天亲果宴如？

这一首于旷达中倍觉沉痛，意谓他们父子之间的微妙处就在于疏远，如《庄子·山木》所谓“君子之交淡若水”，今朝既成永诀，从此便到疏无可疏的地步。末句的无着、天亲是南北朝时印度佛教徒中兄弟两人，即是大乘瑜伽宗的建立者，初习小乘，后改归大乘。“宴如”犹言宴然，即佛教涅槃之意，意思是自己曾学大乘，这一回能否果真脱离一切烦恼，得到大解脱？

## 临别口号遍谢弥天大人谬知我者

东西南北海天疏，万里来寻圣叹书。

圣叹只留书种在，累君青眼看何如？

题目中的“弥天大人”，当是指普天下赏识他的有德行的长者，或是用《孟子·离娄下》“大人者不失其赤子之心者也”语意，故末句以儿子金雍（字释弓）相托，要求另眼看待，也便是托孤了，虽然金雍还是因父亲之故流放宁古塔[1]。圣叹以鼠肝虫臂之身，临殁念念不忘的一是未完成之书；二是看作真正读书种子的儿子。鸟之将死，

[1] 陈登原《国史旧闻》第三册引1930年《新闻报》：“今宁安东北二十余里，有金家窝棚，有金姓，凡数家，皆圣叹之后人也。”宁安即宁古塔城新城。但俞鸿筹于《沉吟楼诗选》的读后记中说刘献廷（继庄）《广阳杂记》中“有与释弓问答《南华会解》之语，似释弓后曾归吴，方有此事”。——作者注

其鸣也哀，何况是人？五三之年，毕生心事，几尽于此《绝命词》中。综观《诗选》全书，也以这四首诗最好，他说的心头舌尖必欲说出的话，却用生命做了最惨重的实践。此外，贯华堂本《水浒传》第五十回[1]，白秀英登场时有一绝云："新鸟啾啾旧鸟归，老羊羸瘦小羊肥。人生衣食真难事，不及鸳鸯处处飞。"此诗为百二十回本所无，倘为圣叹添作，倒也是他的好诗。

《全唐诗》录有五代人江为临刑时的《绝命诗》："街鼓侵人急，西倾日欲斜。黄泉无客店，今夜宿谁家？"[2] 后来却一误为明初人孙蕡的临刑口占（见陈田《明诗纪事》甲签卷九引邓球《泳化类编》），再误为金圣叹的绝笔了[3]。

[1] 贯华堂并不是金圣叹室名，是韩住室名。韩字嗣昌，他是最初刻七十回本《水浒传》的人，即金圣叹《诗选》中提到的"贯华先生"。中华版《室名别号索引》误作金圣叹室名。——作者注

[2] 江为此诗，又和李白《哭宣城善酿纪叟》的"夜台无李白，沽酒与何人"相类。——作者注

[3] 《水浒传》第八回，写薛霸举火棍打林冲时，下有两句诗云："万里黄泉无旅店，三魂今夜落谁家。"当也是袭用江为诗，或因此而与金圣叹发生关系。——作者注

# 胡中藻诗案

前故宫博物院文献馆编辑的九册《清代文字狱档》，出版于 1936 年，现在已经很难得到的了。前年发还给我的被抄图书中，却有此书，实在是很可感谢的。在第一册中收有胡中藻《坚磨生诗钞》一案。因为九册中各档收录的案件，大多数只是笼统地加些“悖逆”、“不法”、“狂吠”之类词眼儿，很少转引罪犯的原有诗文，读者无法知道他们“悖逆”的具体情节究竟怎样，胡案转引的原诗却较多，故也可作为诗话的资料。至于胡著《坚磨生诗钞》原书，案发后即被销毁，所以在《清代禁毁书目》和孙殿起《清代禁书知见录》中都未见记载。

胡案发生于乾隆二十年（1755），主犯胡中藻的生平不详，只知道他是江西新建人（商务《中国人名大辞典》误作广西人），进士出身，曾入翰林，后于乾隆十三年出任广西学政。他是清室亲贵军机大臣满人鄂尔泰门生，鄂与另一军机大臣汉人张廷玉有嫌隙，朝臣中便各依门户互相攻击。鄂死后，张廷玉也请求退休，可是两人门下还在倾轧，深为高宗痛恶，便借胡案以杀一儆百。主办这一案件的有江西巡抚胡宝瑔等。

胡中藻的“坚磨”一词原出《论语·阳货》孔子的话：“不曰坚乎，磨而不淄，不曰白乎，涅而不淄。”意思是，坚硬的东西虽经磨折仍不会薄损，洁白的东西虽经染弄仍不会变黑。胡中藻却以坚磨生自号，

“是诚何心？”即是说，单从他诗集题名来看，就是一大罪状。

再看他写的诗句，有“一世无日月”和“又降一世夏秋冬”的话，也是“悖逆”之证。因为清朝“定鼎以来”，太平景象远远超过汉唐宋明，胡诗却说是“又降一世”：“尚有人心者乎？”又如“一把心肠论浊清”，将“浊”字加于清朝国号之上：“是何肺腑？”但胡诗原意，无非因为“清”字是韵脚，“浊”是仄声，只好颠倒一下，这在古代诗词中原很习见。不过，他如果谨慎一些，这样的句法确实应当避免。又如“斯文欲避蛮”和“与一世争在丑夷”等句，胆子实在太大了。蛮夷、夷狄等词，清人最为敏感，他又生活在转喉触讳、文网森严的时代，怎么会不惹忌呢？顾炎武《日知录》卷六的“素夷狄行乎夷狄”篇即有目无文，能存目还算是宽容的。

另一方面，清人为了消除汉人的夷夏之别，又常以《孟子》中说的舜是东夷之人、文王是西夷之人拉来作配，强为解释，在批驳上引胡诗的“上谕”中就说：“满洲俗称汉人曰蛮子，汉人亦俗称满洲曰达子，此不过如乡籍而言，即孟子所谓东夷西夷是也。”但尽管这样，对汉人诗文中的夷狄等字，还是深有戒心的。

不但蛮夷犯忌，就是“南北”两字，也不能随便用，如胡诗中有“南斗送我南，北斗送我北。南北斗中间，不能一黍阔”，“再泛潇湘朝北海，细看来历是如何”，“掇[1]云揭北斗，怒窍生南风”，“上谕”中就责问道：“两两以南北分提，重言反复，意何所指？”胡诗其实只是泛写景物，并无深意，但由于南明在清初曾和清廷相对立，南方又是人文集中地区，所以对南方一直不放心，如乾隆五十三年的“上谕”中，就指出“江苏、江西、浙江分省较大，素称人文之薮，民间书籍繁多”，

[1] 掇（zhi）：密集。

因而必须“悉心查察”，胡中藻恰好又是江西人。

最有趣的，胡诗中还有这样的句子：“老佛如今无病病，朝门闻说不开开。”[1]“上谕”先说“尤为奇诞”，这倒也对。接着又责问道：“朕每日听政，召见臣工，何乃有朝门不开之语？”胡诗的原意，当是颂扬高宗身心安健，垂拱而治，结果却求宠得祸。又如“天所照临皆日月，地无道里计西东。诸公五岳诸侯渎，一百年来俯首同”。原是说普天之下，无不俯首臣服，和王维的“万国衣冠尽冕旒”是同一用意，上谕却说是“盖谓岳渎蒙羞，俯首无奈而已。谤讪显然”。又如颂捐免中有“那是偏灾今降雨，况如平日佛燃灯”，上句指恩泽如同甘霖，下句的“佛燃灯”，用燃灯佛“生时一切身边如灯”的典故，也即圣明遍及之意。“上谕”又以为是在讥刺：“朕一闻灾歉，立加赈恤，何乃谓如佛灯之难觏耶？”

胡中藻以翰林而提督学政，俗称大宗师，原为钦命之官，而所写之诗却如此怪僻鄙俗，也是对当时所谓开科取士的实际效果的尖锐讽刺，八股的流毒则是重要因素之一。

在哀悼高宗孝贤皇后之丧中，又有这样的诗：“其夫我父属，妻皆母道之。女君君一体，焉得漠然为？”第一句实已含“君父”之意，第二句是说孝贤皇后可以“母仪天下”，三、四两句是说皇后与皇帝原为一体，所以对她之死不能漠然对待。“上谕”却说道：“夫君父人之通称，君应冠于父上。曰父君尚不可，而不过谓其父之类而已，可乎？帝后也而直斥曰其夫，曰妻。丧心病狂，一至于此，是岂覆载所可容者乎？”胡诗原意在颂扬皇后的德行是很明显的，但这样的诗句用以哀悼皇后之丧，在皇权时代，也确实太无体统，特别是“其夫”、“其

[1] 慈禧太后有“老佛爷”之称。从胡诗看，则以“老佛”称皇帝、太后，乾隆时已有之。——作者注

妻”云云，就是用在一些大臣夫人身上，也是不像话的。这在封建社会里，原是起码常识，而却出于一个文学侍从之臣的翰林之手，实在使人吃惊。他在任学政时，还出过“鸟兽不可与同群”、“狗彘食人食”以及“牝鸡无晨”之类的怪题目，“上谕”中说：“若谓出题欲避熟，经书不乏闲冷题目，乃必检此等语句，意何所指？”如果只就这些诗题而论，这责备也是对的。

从“上谕”中所引的胡中藻诸诗来看，说他奇诞险怪也是事实，有些诗确也含有怨恨之意，如“世事于今怕捉风”等，那是出于门户之见而攻击张廷玉，但他对清廷实并无悖逆的意图，即使有“违碍”处，也罪不至死。昭梿《啸亭杂录》卷一《不喜朋党》条云：“胡阁学中藻为西林（鄂尔泰之姓）得意士，性多狂悖，以张党为寇仇，语多讥刺。上正其罪诛之，盖深恶党援，非以语言文字责也。”两家积怨，一命断送。这末了两句，才说明了此案的真相。

# 余腾蛟诗案

继胡中藻之后的还有余腾蛟诗词一案。时间为乾隆二十六年（1761），地点在江西武宁，武宁与新建同属南昌府。主办这一案件的起先也是巡抚胡宝瑔。案件的情节却富有故事性。

武宁人余腾蛟曾任刑部主事，因扣同官苏灏俸银抵债，致使苏灏自杀，余也革职还乡。后因迎高宗于清江浦，又照原衔加一级，赏给顶戴。他的族人余豹明与余廷桢因争田而发生纠纷，另一个族人余文璧依仗举人身份，袒护余豹明，余腾蛟则依仗进士身份，且曾任职官，袒护余廷桢。后因余豹明理屈，经亲族调处，田归余廷桢。豹明和文璧心知是腾蛟在暗中出力，故而甚为怨恨。后来文璧患病，使密告豹明，腾蛟平日所作诗句很是险怪，并由自己曲为注解，唆使豹明去告发。未及实行，文璧死去。可是豹明隐恨未消，蓄意要将腾蛟陷害致死，终于到南昌向官府出首控告。余诗共五首，这里酌举三首。

**《字云巢与盛仲子夜歌》**：“南山兴云北山苦，雨中路，回徨不知所处。”余文璧用注文指控说：“太平盛世，荡荡平平，谁为逼仄，作此无处安身之语？”

**《枫桥诗》**：“村烟绕青枫，寒流下赤鲤。为问虬髯翁，年年钓绿水。”注文说：“虬翁隋之剑侠，乘隋乱，志意欲有为，见唐太宗而止。腾蛟引此为句，意实何指？”

《舟中感怀诗》：“寂寞向古人，谁是同心者？范蠡与张良，空行若天马。天地一江河，终古自倾泻。……”注文说：“古人多矣，必引张良、范蠡为同心，何也？岂以张良复韩、范蠡复越乎？且天地唯愿平成，而腾蛟谓自倾泻，是何肺肠？”

如果余文璧揭举的确是事实，仅此三条，余腾蛟自然死路一条。可是当胡宝瑔密讯余豹明时，不料却这样答供：“但小的只读得熟，不会讲，也只有五首诗，此外也不知有无。小的是乡愚，也不晓得如何叫作悖逆，总求严审余腾蛟就明白了。”

于是便将余腾蛟监禁省城，胡宝瑔又亲带南昌知府李缙赶到武宁乡间余腾蛟家里搜查，抄得已刻诗稿一本、杂稿一本，“狂肆鄙琐，多不可辨，二诸诗中，纵恣怪诞之句，亦甚隐僻”。胡宝瑔先说“狂肆鄙琐”，接下来又说“多不可辨”，这话本身其实就是“不可辨”。随即审问余腾蛟，腾蛟供认说，这五首诗都是咏怀古迹，第一首的“字云巢”是他亲家盛仲子的书屋名，这首诗是与盛仲子雨夜闲话仿古乐府而作。武宁在万山之中，南山北山是信手写来，就像杜甫的“舍南舍北皆春水”一样，并无所指。第四首“虬髯”二字，原是对有紫髯的人通用字面，如杜甫诗中便有“虬髯”二字，说的是李琎，“如何说得讥讪？”第五首是想到天地如江河一般，顷刻不停，“就是范、张二人出世，佐成王霸，亦只须臾事耳”。

其次，搜查到的刻本诗集中诸诗，也别无他意，如“天上之人骇且逃”，是记那一年大风陡起，将牧童飘去至半天坠下，空中盘旋，所以有骇且逃之句。第八首“空山夜静”四句，因在长墅时，听人说黑槽内有老狐狸领小狐狸于星月之下，“头顶天灵盖拜月”。因只耳闻未曾目睹，故托梦境以拟形状。第九首“乘云天上”四句，是写偶于秋深夜坐，仰见天空云薄，忽作幻想，以为若有仙人行走，当闻步履之声。

余腾蛟是个进士，进士是明清科第中最高一级（中央级），而学问和识见却如此。余文璧是举人（省级），举人也称孝廉，而行为却同讼棍[1]。出首告发的余豹明自称是个“乡愚”，是个“小的”，连什么叫作悖逆也不知道。这场文字狱就是由这样三个角色凑成的。

审讯结果，胡宝瑔一面承认余豹明“所摘之句，尚无显然讥讪之迹”，一面结合余腾蛟在乡间的专横行为，又说刻本中“所作之诗，语含讥讪，狂悖不经……亟宜申明国宪，速行殊殛”，也就是符合了死的余文璧、活的余豹明的愿望。如果说，他们两人要置余腾蛟于死地，还有一个发泄私仇的动机可说，那么，胡宝瑔身为一省大臣，掌握生杀大权，为了邀功（见后），就用什么“语含讥讪，狂悖不经”和“罪大恶极”那类混话，就此草菅人命，更难原谅了。

幸而高宗还英明，他在“上谕”中说，余腾蛟诸诗虽“蹈袭旧人恶调，语句踳驳（芜杂之意。这两句也批评得很中肯），不得谓之诽谤悖逆”，并指出胡宝瑔或许由于有前次胡中藻之案，以为既经有人告发，不得不严行处治，且入告少迟，就要为别人先得居奇。但胡案与余案不同，“若摭拾诗句，吹毛求疵，置之重辟，不独无以服其心，即凡为诗者势必不敢措一语矣”。尽管高宗在惩办胡中藻一案时过了分，可是他在审核余案的这几句批语上，可谓“大哉王言”。又因这时胡宝瑔已调任至河南，由常钧继任江西巡抚，所以还要将此谕传示胡宝瑔。

最后，由高宗批准常钧拟具的处分条例结案：余腾蛟的诗句确无

---

[1] 讼棍：指旧时唆使别人打官司，自己从中取利的人。

丝毫怨诽之意，但他在地方上种种依势横行，好斗生事，武断乡曲的行为却不能宽恕，应发往西南烟瘴少轻地方交与官府管束。余豹明告发余腾蛟的诗词，如属事实，余腾蛟就应斩首，现在经过审问，指不出余腾蛟悖逆实迹，而是挟仇陷害，希图致死腾蛟。诗虽是已故的余文璧注解，出首的却是余豹明，所以“应照诬告人死罪未决律”（诬告别人可以构成死罪的罪名而未遂的刑律惩处）：打板子一百，充军到三千里远地方，再加服劳役两年的刑罚。

# 机声灯影的蒋家楼

中国历史上出过几个贤母，孟母是有名的一个，《三字经》中就表彰了她。母教往往起着学校教育不能起的作用，又为中国妇女生活史留下光辉的一页。由于中国古代妇女自身有学问的人不多，通常所谓母教，多是限于品德方面，至于学问方面，能够一身而任贤母和严师的就很难得。以清代乾隆时来说，文学家蒋士铨的母亲钟令嘉，史学家洪亮吉的母亲蒋氏是其中著名的两个。如果在现在，她们不但在母亲节应该佩红花，就是教师节也应当有她们的座位。

蒋氏母子的故事，已由士铨本人写了一篇散文《鸣机夜课图记》，洪氏母子的故事，亮吉本人在他《机声灯影集》及其他诗文中多有记述，如《附塾篇》的"母勤三岁绩，儿受一年经。影小扶帘入，声长隔院听"，《岁歉篇》的"母病逋师俸，儿长着父衣。瘦怜亲串识，贫觉馆僮讥"。《南楼忆旧诗》的"灯下《国风》还课读，始知阿母胜严师"。洪氏不以诗著名，但诗篇中写到他母子早年艰苦生活的，却都是笔锋饱含感情的好诗，因为这正是他生命中最难忘却的。

乾隆四十五年（1780），他的好友黄仲则，在北京写了一首七古《题洪稚存机声灯影图》：

君家云溪南，我家云溪北。唤渡时过从，两小便相识。白杨头望何妥居，辛夷树访迂辛宅[1]。君言弱岁遭孤露，却伴孀亲外家住。尘封蛛网三间楼，阿母凄凉课儿处。读勤母颜喜，读倦母心悲。不惜寒机杼千匝，易得夜灯膏一瓶。灯灭尚可挑，机断不可续。楼风刮灯灯一粟，书声机声互相逐。屋角时闻邻妪愁[2]，烟中每撼林鸟宿。老渔隔溪住十年，君家旧事渠能言。打鱼夜夜五更起，蒋家楼上灯犹燃[3]。即今此景空追溯，《蓼莪[4]》已废《白华》补。写声写影工则能，难貌孤儿此心苦。如君独行世无匹，谓我知君一言乞。君名已达荐贤书，母传应归赤心笔。我惭腕弱何能任，忽复思泪沾盈衿。画中咫尺逼亲舍，南望白云千里深[5]。未能一笑酬苦节，空此春晖寸草心。剪烛题诗意无已，急付横图卷秋水。

黄氏写此诗时，洪氏三十六岁，他的母亲逝世已经五年。她逝世时，洪氏还在戚墅堰途中，当他从别人口里听到噩耗后，立即昏迷，就在八字桥边掉下水去，后来经人救起，人家还以为因避债而跳河，也足见其穷。到了家里，七天里面只喝了一点儿米粥。这样的老母，有一点儿人性，有一点儿教养的人，怎能不如此悲痛？

---

[1] 何妥，隋代学者，曾住常州白杨头，人称“白杨何妥”。迂辛，指同乡赵怀玉，字味辛，洪亮吉表弟，当时常州有“孙（星衍）洪黄赵”之称。他为人迂谨，同时也用白居易《代书一百韵寄微之》的“闷劝迂辛酒”典。——作者注

[2] 当时有邻妪听到晚上洪亮吉的读书声感到厌烦。——作者注

[3] 陈衍《石遗诗话续编》卷二，对前人仿《机声灯影图》而作的“节母课读”诗篇，感到依样画葫芦，但对黄诗“老渔隔溪住十年”数句，却觉得“取径独别”。——作者注

[4] 蓼莪（lù é）：《诗 • 小雅》篇名。

[5] 这里的白云有双关意，一指白云溪，一用唐狄仁杰望白云孤飞而思“吾亲所居，近此云下”典。——作者注

黄、洪都是常州同乡，分住白云溪南北，又是“交空四海唯余我，魂到重泉更付书”（洪挽黄诗语）的生死之交。黄仲则四岁丧父，洪亮吉六岁丧父，家境都很清寒，身世上自然容易同怜共鸣，所以诗中显然有黄氏自己的影子。黄氏在《闻稚存丁母忧》中也说：“为抚孤雏力已殚，与君两小识心酸”，正是诗人自己想倾吐的感情，是用他自己泪水写成的。

在两百年前的旧中国，妇女一成为寡妇，孩子一成为孤儿，灾难就接踵而来。然而灾难又能激发人的志气和毅力，所以我们读完全诗后，首先得到的印象是：在这些形象中，存在着一种人的力量，人在逆境中又如何使自己硬朗起来。当渔翁在五更天起床捕鱼时，蒋家楼上的灯火却还亮着。

从情调看，诗是有些暗淡的，也不可能不令人感伤，但同时自然地引起对不幸者的同情。洪氏母子遭受这种不幸，在古人只好归因于命运，用今天的话说，却是出于“不可抗”的原因，而同情不幸，怜悯苦难，正是我国古代文学作品中一个特色。

洪父死后，贫无所依，只好寄居在洪亮吉的外祖母家的南楼。当时外祖父已死，蒋家也很穷，外婆龚氏很疼爱他，所以他后来在诗文中常常怀念她[1]，洪母便以纺织来补贴生活。洪亮吉白天在家塾读书，到了晚上，洪母就要儿子所读的书重背一遍，逢到错误，便一面哭着一面纠正。吕培《洪北江先生年谱》中曾举“如济河惟兖州，兖读作

---

[1] 怀外家诗，近人于右任先生《归省杨府村房氏外家》五首也写得很亲切朴质，如之一云：“朝阳依旧郭门前，似我儿时上学天。难慰白头诸舅母，几番垂泪话凶年。”之二云：“无母无家两岁儿，十年留养报无期。伤心诸舅坟前泪，风雨牛车送我时。”之三云：“记得场南折杏花，西郊枣熟射林鸦。天荒地变孤儿老，雪涕归来省外家。”于氏幼时由大伯母房氏抚养，这个外家还不是他的嫡亲外家。杨府村在陕西泾阳。——作者注

衮之类”为例。“济河惟兖州”语出《尚书·禹贡》，可见洪母也确有学养。所谓“望子成龙”，对于寡妇来说，这愿望尤其迫切，它对孩子们的影响，不仅仅限于学问上，还贯彻在身心的发展上。诗人要写的，主要还是洪母德行上所起的作用。

洪亮吉果然没有辜负他母亲的期望，除了为官敢于直陈时弊，并为此遣戍伊犁外，在学术上，传世的十六卷《洪北江诗文集》就足以说明他的成就。这固然并非全出于洪母的力量，但洪母确也尽了她培养人才的责任。“不惜寒机杼千匝，易得夜灯膏一瓻。”一个对祖国学术文化有卓著贡献的知识分子，正在机声灯影的摇曳中逐渐成长，她的心花正和灯花在夜风中一齐闪光。“充实之谓美。”从这一意义上说，我们感到美。

洪亮吉也写过一首《法祭酒（法式善）雪窗课读图》，其中有云：“堂中一寸书，门外三尺雪。孤儿读未完，慈母心若结。朝行课读书，暮行课读书。孤儿业甫成，慈母年先徂。衰亲无百龄，积雪不逾月。所以人子心，常思事亲日。感君与我孤露同，六岁七岁称孤童。贫家无师读不得，卒业皆在纱窗中。……吁嗟乎！今年之雪非去年，今日之雪非从前。安得衰亲常存雪不化，儿宁读书终老茅檐下。”诗里也有自己身世在。这时距洪母之卒已经二十年，亮吉也五十一岁了。积雪是不可能不融化的，衰亲也不可能长存，然而风雪中的小草终于在春天的阳光下成长了，有根了，大自然还是充满生机的。

“始知阿母胜严师。”黄、洪的两首诗，值得今天的母亲们读一读，两百年前苦难的母亲是怎样培养子女的，这才真正谈得到爱护。她们的一切都没法和今天并比，她们的认识中却包含高深的东西。更值得今天的青年们读一读，两百年前的孩子们，又是怎样在困境中苦读的，尽管雪深三尺，母亲心头的热望和温情，终于使他们减少了倦意和寒意。一个新型的母严子勤、母慈子孝的家庭，在我们国家里，应当更容易建立。

## 黄仲则之死

黄仲则写了《题洪稚存机声灯影图》的次年（1781），曾一度往西安拜访陕西巡抚毕沅，毕沅很赏识他的才情。后又回北京，困居于法源寺中，等候吏部铨选（量材授官）。因为他已出钱捐了一个从九品的县丞，却尚未得到实缺。他本来患肺病，这时益发衰弱，自己预感到不会活得太久，却还想能支撑下去，可是债家上门来了，只得扶病重赴西安（1783）。一路上逾太行，出雁门，这对于病人自然是极大的折耗。到了运城[1]，病情加剧，便淹留在山西盐运使沈业富官署中（沈业富任太平知府时，黄仲则曾客居于他官署中）。他临死时，先写一封信给他母亲屠氏。他是一个四岁丧父的孤儿，对寡母自然有特殊的感情。他在二十三岁时作的《别老母》中曾说："搴帏拜母河梁去，白发愁看泪眼枯。惨惨柴门风雪夜，此时有子不如无。"在《别内》中又说："今夜别君无一语，但看堂上有衰颜。"在第一次往西安途中作的《晓发芹泉驿》中也有"谁与高堂寄消息，此身已度井陉来"之句。以书生病弱之身，犹能度此险塞，所以很想能及时告诉老母。

[1] 运城旧时为解州治所，所以有的文章说卒于解州，安邑的治所在运城东北，所以洪亮吉挽诗中写作安邑。——作者注

老母之外，他想到的就是洪亮吉。因此，他给母亲的信写好后，两眼已闭，可是过一会儿又苏醒过来，忍死须臾，便再写一信给在西安的洪亮吉，还想以后事相托。亮吉闻耗，立即于五月间借马疾驰，日走四驿，饥饿时就吃干粮。赶到运城，黄仲则已经等不到他了，盐运使已将遗体移殡于一座古寺中。亮吉一进门，只见遗篇断章，狼藉几案。仲则的衣裘也因医药费而卖去，只剩下名片和破帽。黄仲则很想和洪亮吉执手诀别，洪亮吉也希望能够见到他于一息尚存时，正如亮吉在《萧寺哭临图》中说的："鬼伯催人兮倏不及待，一书缠绵兮尚附棺盖"，他也只好慨叹命运了。事后，便将仲则的灵柩护送到常州。

据毕沅《吴会英才集小序》中说："人传其《过平遥》绝句云：'疑是晋卿灵未泯，九原风雨逐人来。'[1]词虽警绝，信为诗谶。"诗倒真是好的，但确有不祥之意。

黄仲则出生在"鱼米之乡"的常州，这样一个文弱的江南书生，想不到死在千里之外的塞上，死时还是个未实授的小吏。孙星衍挽《黄仲则少府》故云："方城一尉犹难得[2]，可有科名到九泉？"这在诗人也许并不稀罕，只是结局未免太凄惨了，不但没有一个亲人在旁边，连想见一见相交二十年的故人也难以如愿。但也终于有了洪亮吉，使后人还能略知黄氏生命史中最后一点儿消息。事后，洪亮吉还写了好几篇悼念亡友的诗文，也是他文集中最能表现他情性和风义的，如《自西安至安邑临黄二景仁丧》四首云：

[1] 九原（山）春秋时属晋国，晋赵文子与叔向游于九原，曾说："死者若可作也，吾谁与归？"——作者注

[2] 《旧唐书》载杨收怒贬温庭筠为方城尉。这里借喻黄仲则欲屈居卑职尚不可得。——作者注

生何憔悴死何愁，早觉年来与命仇。病已支床还出塞，家从典屋半居舟。魂归好入王官谷，名在空悬太白楼。一事语君传欲定，卅年心血有人收。

王官谷在山西永济中条山中，运城在中条之北。太白楼指黄仲则二十四岁时，在采石矶的太白楼写了一首《笥河先生[1]偕宴太白楼醉中作歌》七古被人称为“白袷[2]少年”事[3]。笥河先生指朱筠，当时任安徽学政。末两句指毕沅将刻仲则诗集事，洪亮吉在《与毕侍郎笺》中因而对毕沅倍加赞扬。

归骨中条我未安，为怜亲在欲凭棺。须营江畔坟三尺，好种篱前竹百竿。空有头衔书尺旐[4]，愁余名纸伴高冠。才人奇气难销歇，六月松风刮殡寒。

黄仲则病中曾有安葬中条山之愿，在《太白墓》诗中也有“死当埋我兹山麓”语，他又喜爱竹，《都门秋思》的“寒甚更无修竹倚，愁多思买白杨栽”两句，即为人传诵。

早年猿鹤与齐名，月旦人先赴九京。共哭寝门思往日，独临遗殡怆生平。贞孤论尽朱公叔，存没交余范巨卿。却愧素车来未晚，树头飘雨旐将行。

---

[1] 笥（sì）河先生：清朝进士朱筠，号笥河。

[2] 袷（jiá）：夹衣。

[3] 郁达夫的小说《采石矶》，即以这故事为题材。——作者注

[4] 旐（zhào）：旗幡。

朱筠对黄、洪有猿鹤之目。后来朱筠在北京逝世，黄、洪在西安，闻讣后曾哭奠于僧寺中[1]。朱公叔即后汉学者朱穆，其《崇厚论》中有“贞士孤而不恤，贤者厄而不存”语。这里指朱筠。范巨卿，即后汉范式，他与张劭（字元伯）为挚友。劭死，范式未及送葬而丧仪却已举行。将葬，柩不肯进，张母以为张劭英灵在等候范式，便停柩片刻，只见素车白马号哭而来。张母望之曰：“是必范巨卿也。”范式至，叩丧曰：“行矣元伯，死生路异，永从此辞。”这一故事，常被人用作对亡友能尽道义的典范，当时人也以此比洪亮吉之对黄仲则。亮吉《运城与沈运使业富话旧》中也有“元伯纵亡留母在，白头朝夕感深恩”语。黄培芳《香石诗话》中曾记张药房（锦芳）与黄仲则友善，并有吊黄诗：“‘吟魂招傍大江行，呜咽涛声杂雨声。千里素车期范式，百年《诗品》付钟嵘。’范式谓洪稚存也。”

> 倜傥生平孰可如，遗缄欲发屡踟蹰。交空四海唯余我，魂到重泉更付书。庾亮报书疑可达，台卿服友感难除。伤心昨岁青门道，执手危言未尽纾。

黄仲则性格孤傲，落落寡合，只有洪亮吉最了解他。仲则的《杂感》中有“十有九人堪白眼”句，这种处世态度，在任何社会里，其实并不可取。天下当然有一些只能用白眼来对付的人，但毕竟是少数。为人在世，还是多用用青眼好。郑板桥《淮安舟中寄舍弟墨》云：“以人为可爱，而我亦可爱矣；以人为可恶，而我亦可恶矣。”善哉善哉。

---

[1] 袁枚《随园诗话》卷十，记朱筠有《登湖楼》一律，其中颔颈两联云：“帆如不动暮天没，岸竟欲斜秋水流。何寺一声孤磬远，长空万点乱鸦愁。”——作者注

庾亮为晋之名将，曾都督江荆，镇武昌，此句未详所指。可能指毕沅，因他曾任湖广总督，但这已是黄仲则死后三年事。台卿指后汉赵岐，友指“死友”（至死不变的朋友）之友。青门道借指西安城门。黄仲则对自己身体不很重视，洪亮吉在西安分别时，又苦口规劝他，他虽点头还是没有做到。

除了挽诗，洪亮吉还做过一副挽联，也很著名：“噩耗到三更，老母寡妻唯我托。炎天走万里，素车白马送君归。”左辅（也是常州人）也挽一联云：“潦倒三十年，生尔何为，合与沙张同朽质。凄清五千首[1]，斯人不死，长留天地作秋声。”

黄仲则只活到三十五岁，他在两当轩故居的实际生活日子，不过十年光景。二十七岁北上后，就和两当轩永别了。现在常州市人民政府已将两当轩列为文物保护单位。两百年来，两当轩的面貌当然有了今昔的变化，但一星如月，薄云卷空的景物，还是仍留水乡，那么，愿诗人安眠地下，长护故土。

---

[1] 五千首，不知何所据。黄仲则一生共写诗词两千首，留传下来为一千余首。——作者注

# 九州生气

龚自珍的时代是一个山雨欲来的时代。正是这样的时代，产生了龚自珍这样的人才。不但在清代文学史上占有重要地位，在学术史、思想史上，人们也会想起他。钱穆先生的《中国近三百年学术史》中就说，嘉、道以还，士大夫稍稍发舒为政论的，龚氏“则为开风气之一人”。就诗而论，他也是清代富于语言魅力、回肠荡气的一个诗人。从先秦经子到佛经，无不熔铸融化，得心应手，并使他的个性毕现于创作实践上。他在《病梅馆记》中曾说过“直则无姿”的话，这话的原意并非从正面说的，只是借梅的病态比喻人才的被摧折，倒可借来作为他诗歌特色的象征。

《己亥杂诗》写于道光十九年己亥（1839）龚氏辞官南归的旅途中。他的只身出都时间为阴历四月，至十二月把家眷接到昆山羽琌山馆。历时九个月，“往返九千里”。每作一诗，便写在旅店的账簿纸上，并丢在一个破簏中，最后居然“得纸团三百十五枚”，即三百十五首。次年庚子，有一位“新安女士程金凤”，为《己亥杂诗》写了一篇跋文，其中说：“至于变化从心，倏忽万匠，光景在目，欲捉已逝。无所不有，所过如扫。”这话当然含有誉扬意味，却很能说明龚氏写《己亥杂诗》时的心理状态。

龚氏辞官的确切原因不知道，笼统地说，可能由于为某些权贵忌恨，因而不得不匆促出京。他在《己亥杂诗》第二首中说：“百年心事归平淡，删尽蛾眉惜誓文。”也是无可奈何的话，他的心其实并不平淡。第五首中就说：“浩荡离愁白日斜，吟鞭东指即天涯。落红不是无情物，化作春泥更护花。”第三首中也有“终是落花心绪好，平生默感玉皇恩”的话。都以落花自比，这落花比盛开时更给大地以活力。诗人在表现自己时，总是选择和他自己心境相接近的事物。

在抵淮浦时，曾有诗云：“只筹一缆十夫多，细算千艘渡此河。我亦曾糜太仓粟，夜闻邪许泪滂沱。”他从一艘运粮船需要十个人拉纤上，想到一千艘船渡江至北京时又需要多少人的劳力。第三句的太仓粟不仅指京城大仓库中储藏的粮食，实隐用《史记·平准书》“太仓之粟，陈陈相因，充溢露积于外，至不可食”的典故。意思是运用这么多劳力运到京城，却任凭它在大仓里霉烂掉。因作者曾任京官，所以这么说。末句用泪滂沱，几乎是号哭了。也许为了凑韵缘故，却夸张得过了分。听到纤夫夜中的吆喝之声，可以使诗人内心感到惭愧，何至于泪滂沱呢？和韦应物的“邑有流亡愧俸钱”比较，韦诗便显得自然质朴而有分寸。此诗之前的第三首，也有“夜思师友泪滂沱”句，这用在亲友上，也勉强可以，用在纤夫的邪许之声上，就觉得感情上不真实。由于旅途中天天要写一两首诗，有时候只好凑合而成了。

在《己亥杂诗》中，有一首颇为传诵的名篇：“九州生气恃风雷，万马齐瘖[1]究可哀。我劝天公重抖擞，不拘一格降人材。”据作者自注说：这首诗是过镇江时，“见赛玉皇及风神、雷神者，祷祠万数。道士乞撰青词”。因作此诗。青词也名绿章，是道士祭神时的祷词。龚氏是相信风神等神灵的，他在《西域置行省议》中，考虑到戈壁一带，水少风大，故建议处处设立风神祠、泉神祠，岁时致祭，以期水出风息。

[1] 瘖：同“喑”，缄默，不说话。

这首诗却由风雷的震动宇宙的强大力量，引起一种积极的联想，迫切希望能给他以理想上的满足，同时表现了诗人审美上的崇高感。在己亥之前的十四年，诗人在《咏史》中曾说：“牢盆狎客操全算，团扇才人踞上游。”虽说的金粉东南的扬州一带，却也可以概括南北的通都大邑。在《己亥杂诗》之二十四中，他又说：“谁肯栽培木一章，黄泥亭子白茅堂。新蒲新柳三年大，便与儿孙作屋梁。”全诗讽喻清廷培养人才如儿戏：由于不肯栽培大树乔木，所以到处是经不住风吹雨打的泥亭茅堂；看见只长到三年的新蒲新柳，便急于要为后代做屋梁，即不从百年大计的远景上来打算。此诗自注说：“道旁风景如此。”实也是由此及彼的联想，却显得自然贴切。正是由于龚氏平时有这种种感慨，因此，一看到道士请他写青词时，忍不住向天公乞愿。

就在龚氏写此诗的己亥那年，曾纪泽和洪钧出世了。两人都是中国早期的外交人才，后来都出使到英、法、俄、德等国。曾氏尤有“时务”头脑，却又很重视国格和国情。在龚氏诞生的第二年（1793），英国曾遣使马戛尼来华，要求派人居中国管理贸易，并到宁波、天津等地互市，都为闭关自守的清朝政府拒绝，清廷还要英使向这位“十全老人”乾隆帝行跪拜礼。可是就在这一个世纪里面，中国的历史发生了石破天惊的变化，一方面受尽“洋人”的欺侮，一方面促使一些有识之士，睁开眼来看看大洋彼岸的世界，并且承认在所谓声光化电方面，中国确实有不及西洋地方。

《己亥杂诗》的最后一首是：“吟罢江山气不灵，万千种话一灯青。忽然搁笔无言说，重礼天台七卷经。”七卷经即《妙法莲华经》，此句则含逃禅之意，实际还是表现他的矛盾苦闷，近于“剃发除烦恼，留须表丈夫”那种尴尬情绪。

己亥的第三年为道光辛丑（1841）。这一年正月，英军侵占了香港。

三月间，龚氏父亲丽正逝世了。同年八月十二日，龚自珍也以暴疾卒于丹阳县署（当时他兼主丹阳书院讲席）。他生于七月，死于八月。他在《己亥六月重过扬州记》中曾说他很喜欢初秋，“予之身世，虽乞籴（沦为乞丐），自信不遽死，其尚犹丁初秋也欤？”（“尚犹”二字实可省去一字）想不到时隔两载，年仅五十，快到中秋时，他就离开了人间。

龚自珍确是清代文坛上一个奇才。抱负宏远，意气风发。但也正如钱穆所说：“大抵定庵性格，热中傲物，偏宕奇诞，又兼之以轻狂。”从他的生平和作品看，这些评语也还中肯。他自己在《漫感》中也说：“一箫一剑平生意，负尽狂名十五年。”这种性格，当然有其社会根源和历史背景，却不能作为优点来肯定。他的恃才傲物，以狂自负，和黄景仁有相似处，虽然黄氏的学术成就和政治认识都不如龚氏。

龚氏的诗，长处已为大家所承认，缺点也显著。有的诗，不仅艰涩难懂，为了求奇，却流于怪僻，缺少诗味，如“朝借一经覆以簦，暮还一经龛已灯”，“登乙科则亡姓氏，官七品则亡姓氏”，“公子有德宜署诸，有德公子毋忘诸”，“麟趾袅[1]蹄式可寻，何须番舶献其琛”等。这些例子，在《己亥杂诗》中不是个别的。宋人议论入诗，已为后人责难，他却比那种“议论化”还不堪。还有几首运用佛典的诗，实在和佛经一样难读。作诗需要奇气，奇气不能泛滥成为怪僻。龚氏对诗文的眼界是很高的，这些诗如果出于别人之手，恐怕要被他大骂了。梁启超在《清代学术概论》中，在指出龚氏对晚清思想之解放的功绩后，又说：“初读《定庵文集》，若受电然，稍进乃厌浅薄。”这话是就龚自珍论著说的，若以此评龚氏一部分诗歌，尤有同感。

[1] 袅（niǎo）：古代的一种骏马，名为要袅。

# 青蒲饮泣

戊戌六君子被杀二十年后，张元济（1867—1959）先生曾将他们的诗文辑成六册，题名《戊戌六君子遗集》，于1917年由商务印书馆出版。张先生本人也参加过新政，曾上书请废除跪拜。这在当时确实要冒点儿险，乾隆时连英国使臣来中国也一定要他下跪。后来张先生被革去刑部主事，准备随时被拘捕，他的辑录遗作，也是后死者之责。1952年冬至日，他已八十五岁，曾有《追述戊戌政变杂咏》，末首云："无官赢得一身轻，犹望孤儿作范滂。老去范滂今尚在，不闻阿母作儿声。"张母风义，于此可见。

六君子中，在狱中题诗的有三人，一为谭嗣同，其"望门投止思张俭"一绝万口传诵，一为杨深秀的七律，首末为"久拼生死一毛轻，臣罪偏由积毁成"及"缧绁到头真不怨，未知谁复请长缨"。一为林旭的《狱中绝句示复生》：

青蒲饮泣知何补，慷慨难酬国士恩。
欲为君歌千里草，本初健者莫轻言。

林旭字暾谷，康有为的门徒。诗集名《晚翠轩集》。首句的青蒲原指宫室中铺席之地，后来便借喻近臣忧虑皇帝的急难，他在《戊戌元日江亭即事》中也有“主忧避殿当元日”语。三、四两句，出《后汉书·袁绍传》：袁绍（字本初）为废立汉献帝事和董卓争吵，曾愤然对董卓说：“天下健者，岂唯董公！”说罢便横刀长揖直出。言下之意，他自己也是一个不好对付的“健者”。这里则以袁绍指袁世凯，千里草本指董卓，影射武卫后军统领董福祥。当时荣禄任直隶总督，统率董福祥的甘（肃）军，聂士成的武毅军，袁世凯的新建陆军。陈夔龙《梦蕉亭杂记》卷二记小站袁军“仅七千人，勇丁身量，一律四尺以上，整肃精壮，专练德国操。马队五营，各按方辨色，较之淮练各营，壁垒一新”。这也是谭嗣同要想依仗袁世凯的原因之一。当时世凯正值四十岁的盛年，倒真说得上是一个“健者”。林旭事前曾劝阻他而属意于董福祥，所以诗里这样说，燕谷老人《续孽海花》第五十回说戴胜佛（谭嗣同字复生）是“两眼误奸雄”，并写林敦古（林暾谷）的话道：“我是不赞成方安堂（指袁世凯，世凯字慰亭）的，他的眼珠儿太流动，点儿悬挚的神气，恐怕不能与他共谋大事。我看那个董回子（董福祥是回族，所以他带的是甘军）很有点儿草莽英雄的精神（董起说话时没有一先曾在甘肃聚众起事），这种人答应了一句话，不会反复的。”当是依据林诗而敷衍，实则董也是荣禄提拔的人。胡思敬《戊戌履霜录》也云：“旭言世凯巧诈多智谋，恐事成难制，请召董福祥。嗣同不可。”林旭是六君子中最年轻一个，死难时仅二十四岁，比谭嗣同还小十岁，虽也被叶昌炽讥为“少年浮躁”（《缘督庐日记钞》卷七），可是在识别袁世凯上远胜于谭嗣同。

荣禄的三支军队，都扎在京城附近，也是旧党处心积虑地在布置着，正像梁启超在《戊戌政变记》第二篇中说的：“西后与荣禄等既布此天罗地网，视皇上已同釜底游魂。”以新旧两党实力而论，自极为悬殊，谭嗣同却不讲究主客观条件，不选择对象，企图通过冒险的围劫手段，并寄托在袁世凯这个“健者”身上，岂非与虎谋皮？袁世凯这样的角色，怎么会掷孤注于毫无实力的新党上面？他本来不是新党，因而更会想到，即使变法成功，荣华富贵也临不到他。黄遵宪《感事》之七也说：“师未多鱼遂漏言，如何此事竟推袁。”[1]

陈衍与林旭是亲戚，又是同乡（侯官），他在《石遗室诗话》卷七，有一段关于林旭此诗的评述：“当时疾暾谷者谓暾谷实与谋，袒暾谷者谓此诗他人所为，嫁名于暾谷。余谓此无庸为暾谷讳也。无论是时余居莲花寺，暾谷无日不来。‘千里草’二语，实有论议而主张之者；但以诗论，首二句先从事败说起，后二句乃追溯未败之前吾谋如是，不待咎其不用、而不用之咎在其中。如此倒戟而出之法，非平日揣摩后山绝句深有得者，岂能为此？舍暾谷无他人也。”林旭崇尚陈师道诗，他在《露筋祠》中有云：“诗成不得夸神韵，只好从人笑钝根。”下注云：“渔洋斥后山为钝根。”所以陈衍在后半段这样说，也因陈氏自己推崇宋诗之故。

当时六君子对维新态度并不一致，林旭属于“中派”。六君子被杀后，也有人讥责他们，《诗话》中所谓“实与谋”之“谋”即含有贬义，所以有“余谓此无庸为暾谷讳也”的话。林旭又曾作《直夜》诗：“凤城六月微凉夜，省宿无眠思欲殚。月转觚棱成曙色，风摇烛影作清寒。依违难述平生好，寂寞差欣咎眚宽。身锁千门心万里，清辉为照倚阑干。”这是入值军机处时之作。第三句盼望政局好转，五、六两句希望不至于受到责罚，所以他被斩时还问监斩官自己犯了什么罪。七、八两句

[1] 上句用《左传》僖公二年“齐寺人貂始漏师于多鱼”典。多鱼，地名。下句用《世说新语•文学》：桓宣武（桓温）命袁彦伯（袁宏）作《北征赋》，王珣曰：“当今不得不以此事推袁”典。——作者注

是思念他夫人沈鹊应[1]，当是用杜甫《月夜》“清辉玉臂寒”语意。

康、梁等人之于慈禧，除政治上的对峙外，还有因慈禧的出身、身份而引起的轻视心理，并把她的垂帘看作武则天的临朝，如黄遵宪《感事》的“九鼎齐鸣惊雉雊[2]”，便是用段成式《酉阳杂俎》卷一的“则天初诞之夕，雌雉皆雊”的典故。康有为《戊戌八月国变记事》中就说：“更无敬业卒，空讨武瞾文。”他在与英国传教士李提摩太书中，更直说：“伪太后在同治则为生母，在今上则为先帝之遗妾耳，岂可以一淫昏之宫妾而废圣明之天子哉？”《戊戌政变记》第二篇也记长麟有类似的话，并说“凡入嗣者无以妾母为母之礼”，只有慈安太后才是德宗嫡母。慈禧专权以后，有这种“先帝之遗妾”看法的必不只一二人，当时肃顺等对抗慈禧未尝不含这一因素，他们又是清之宗室，更会看不起她。这固然出于封建伦理观念，却又是封建统治集团所强调。慈禧呢，以她的机警阴鸷自也知道这一点，因而一碰到和她对立的人，就会本能地引起敏感。这种心理上的压制、积累，加上她性格上的坚强狠辣，便会由自卑而发展为反常的自尊，权欲观念随着年龄而膨胀（戊戌年为六十二岁），以致产生虐他性的报复心理，据说她曾经说过“谁叫我不痛快一下子，我就叫他不痛快一辈子”那样毛骨悚然的话。她守寡时才二十六岁，穆宗虽然童昏不成器，毕竟是她亲生的。母以子贵，

---

[1] 沈鹊应为沈瑜庆（涛园）之女，沈葆桢孙女，有《崦楼遗稿》。沈葆桢为林则徐女婿，林旭为则徐族孙。孀居时曾作《读晚翠轩诗》，第二首云：“西风拂槛雨推窗，别泪离愁溢满腔。深夜诵君诗一卷，教人无语对寒。”她的死，一说为抑郁而死，但康有为《六哀诗》悼林旭篇有云：“娟嫮沈公孙，令德俪才婿。竟作坠楼人，长咽秦淮水。”《康有为诗文选》注云：“竟作”句指沈鹊应于闻耗后“也服毒而死”。——作者注

[2] 雊（gòu）：雉鸡叫。

在这点上她比慈安有可以自豪之处。不想穆宗年轻夭折，再也没有一个子女了。德宗既非她亲生，又不听她的话，愈加感到孤独。她明白，在她活着一天，任何改良性的新政，对她的权力必然有害无利，何况新党又要效法“洋人”，成立议院、学会之类。她对“祖制”何尝放在心里，例如垂帘听政，大清的列祖列宗何尝施行，但别人要改变一下现状，她就要说违反“祖制”。戊戌的第三年庚子，她又想利用“刀枪不入”的义和团来废除德宗，扶立所谓大阿哥。徐用仪等五人反对她利用义和团，她就一下子将五大臣杀掉。三年之间，她就杀了十一个有名望的士大夫。作为最高的封建统治者，她的行为没有丝毫可以原谅的地方；作为封建社会与外界几乎隔绝的年老寡妇看，她的心理却有可以分析的地方。

有人说，光绪一朝，母子不和，夫妇不和（指德宗与隆裕后），婆媳不和（指慈禧与珍妃）。固然，当时政局的混乱腐败，并非纯然由于宫闱内部的矛盾，但也说明这时的朝政，里里外外呈现分裂危机，从而更给“健者”的袁世凯以上下其手的投机贩卖之隙。

林旭等从入军机到被杀还不到一个月，戊戌（1898）离开现在却已经八十余年了，六君子的态度并不一致，也很难一致，指出他们之间的区别和实践上的失着也是必要的，但他们毕竟将头颅断送在屠刀下，他们的鲜血将随着历史的洪流而永远流下去。

# 捣衣真相

我们在古人诗歌中常看到写闺妇捣衣的故事，但它的具体情节如何？为什么总是在秋天晚上？为什么捣衣时心里总是有些感伤？查了新版的《辞海》《辞源》都未收“捣衣”专条。

李白的《子夜吴歌》中，有这样两句诗：“长安一片月，万户捣衣声。”我在《唐诗三百首新注》的初版中注云：“诗中写捣衣多在秋天，今乡村水边犹常见。”可是今天的乡村妇女捣衣大都在早晨，而且一年四季都在捣，也没有为此而感伤。可见以今证古，往往大谬不然。有的选本径注为“不明”，倒是很老实。捣是舂或捶的意思，今天乡村中所见的，严格说来，应用“敲衣”，也即手搓的补充。

《太平御览》卷七六二引《东宫旧事》：“太子纳妃，有石砧一枚、捣衣杵十枚。”这也许是仪节上的惯例，并不实用，但说明古代对捣衣很重视，连皇家婚礼中都备有砧杵。再检阅其他资料，又知道古代的捣衣，有时就是捣帛、捣练，并且常在户内，不在水边。

瞿蜕园、朱金城先生《李白集校注》中《子夜吴歌》之三有按语云：“古时裁衣必先捣帛，裁衣多于秋风起时，为寄远人御寒之用，故六朝以来诗赋中多假此以写闺思，此与下章词意相连。”（指“裁缝寄远道，几日到临洮”句）这就扼要地说明捣衣的真相。为什么裁衣必先捣帛？就是要使之平服，有的还用熨斗。

捣时也有两人对捣的。庾信《夜听捣衣》的篇首倪璠注云："《字林》云：'直舂曰捣。'古人捣衣，两女子对立，执一杵如舂米然。今易作卧杵，对坐捣之，取其便也。"再看庾信原诗云："同心竹叶（酒名）碗，双去双来满。裙裾不奈长，衫袖偏宜短。龙文镂剪刀，凤翼缠管。……新绶始欲缝，细锦行须纂。"诗中的"同心"两句，即指两人相对而捣。"龙文"至"细锦"数句，写以刀裁帛后开始缝缀的细节。其次，《文选》卷三十有谢惠连的《捣衣》诗："簪玉出北门，鸣金步南阶。榈[1]高砧响发，楹长杵声哀。微芳起两袖，轻汗染双题。纨素既已成，君子行未归。裁用笥中刀，缝为万里衣。"从这里并可看到由捣帛、裁剪到缝衣的过程，女主人还饰着盛装。何焯[2]《义门读书记·文选》评云："簪玉鸣金，无乃不类。"但也见得她们捣衣时是郑重其事的。诗中"轻汗染双题"的"题"是前额，称为"双题"，自非一人，也见得捣时之用力，连额上也有汗了。"榈高"之"榈"指檐廊，楹为屋柱，可见不在野外水边。李白《捣衣篇》也说"夜捣戎衣向明月，明月高高刻漏长，真珠帘箔掩兰堂"。地点便在珠帘所掩的"兰堂"，相当于"闺房"了。韦庄有一首《捣练篇》云："月华吐艳明烛烛，青楼（犹言朱门，非妓院）妇唱捣衣曲。……临风缥缈叠秋雪，月下丁东捣寒玉。"题为"捣练"，诗云"捣衣"，则捣练与捣衣当为一事。练是练过的布帛，即熟绢。"叠千雪"是说将绢帛先折叠好再捣，使之平。魏曹毗[3]《夜听捣衣》有"纤手叠轻素，朗杵叩鸣砧"句，也指先叠后捣。

唐代张萱曾经画过一幅《捣练图》（他还画过《虢国夫人游春图》），原作已佚，传世的为宋徽宗摹制。从画中看形象就比诗文中看到的更

[1] 榈（lǘ）：此处指檐廊。

[2] 何焯（zhuō）：清代学者、书法家。

[3] 曹毗（pí）：东晋文学家。

加清楚生动了：画里的妇女一共五人，中间的主妇是个丰腴的中年人，盛装而手持熨斗，左右两个女子正紧拉白练使它平直，好让主妇熨烫，从左边那个女子脸部上可以看到她用力的表情。一个小丫鬟（身份是否为丫鬟存疑）对准熨斗移动的地方用手绷着白练的边沿，另一个扇火的小丫鬟回首顾盼炉中炭火，生怕它息灭。各人有各人的动作，这既是因为画家对生活的观察十分细致，也是因为这种生活在当时很普遍，看得熟了。但这幅画名为《捣练图》，其实已经以熨斗代砧杵，和原始的捣衣已有不同，却说明捣衣的原来用意是要使布帛平服，和水洗无关，水洗是在捶捣之前。

由于捣衣集中在一个季节，便成为“万户捣衣声”、“砧杵夜千家”。捣时必在秋天，因为接着而来的就要缝好寒衣、寄往远方，而寄寒衣又触动了她们思念远方丈夫的心事。这些衣帛或是在早晨洗过，或只是拿干的晒去潮气，故捣时多在傍晚或月夜。只是后来不全是两人对捣，捣的也不限于帛练，也有只捣已经缝好的完整之衣的，目的仍是为了平服。

慈母手中线，闺妇砧上帛，从一盏灯，一片月上，又映萦着多少辛勤的劳力，多少深挚的情意，多少沉吟的黄昏。

# 乌珠与逻娑

唐李颀曾作七古《听董大弹胡笳兼寄语弄房给事》，也是一首名篇，内容借听胡笳而咏蔡琰在塞外的故事，诗云：

> 蔡女昔造胡笳声，一弹一十有八拍。胡人落泪沾边草，汉使断肠对归客。古戍苍苍烽火寒，大荒阴沉飞雪白。……乌珠部落家乡远，逻娑沙尘哀怨生。幽音变调忽飘洒，长风吹林雨堕瓦。……

这首诗里有三个问题不大好解释：（一）题目中的“兼寄语弄房给事”的“弄”是否衍文，还是嘲弄之弄，一说“弄”字是刻本错置，应当放在胡笳下，胡笳弄即胡笳曲之意，《乐府诗集·琴曲歌辞三》转录唐刘商序文，即有“后董生（董庭兰）以琴写胡笳声为十八拍，今之《胡笳弄》是也”的话，但能否就此证明李诗的“弄”字是误置，也很难说。（二）乌珠部落应作何解？（三）逻娑（今西藏拉萨）与蔡琰有什么关系？

《全唐诗》录李诗，乌珠径作乌孙。有的选注本于乌珠下注为“应作乌孙”。蘅塘退士的《唐诗三百首》作乌珠，是他谨慎处，却又觉得乌珠之名很陌生，便加按语说：“按，王阮亭《古诗选》、沈归愚选《全唐诗》皆作乌孙。”下即引乌孙公主事。章燮注本于乌珠部落下注云："夷国之部伍也。"这只是从乌珠这样一个僻见名词上来推断的，所以没有提到具体出处，但他还是正面承认乌珠是"夷国之部伍"。唐人选唐诗的《河岳英灵集》也作"乌珠"。新版的《辞源》有"乌珠"一目，共收四义，却未涉及乌珠部落。文学研究所编选的《唐诗选》作乌孙，并注云："这两句写所弹哀怨之声仿佛如汉朝乌孙公主之思故乡、唐公主之怨沙尘。"（按，当指唐文成公主、金城公主之嫁吐蕃事）《唐诗鉴赏辞典》也解为文成公主事。《唐诗三百首新注》于李诗原文未改乌孙，注文却从文研所的《唐诗选》，但又想到古籍中回鹘之与回纥，蒙古之与蒙兀，因另加注云："疑乌珠非误文，当为乌孙之异称。"不过，这究为臆测，并非"达诂"。我觉得，如果李诗原文确为乌孙，不大可能错成乌珠，所以对此注终觉耿耿于怀。

近查台湾版《中文大辞典》，却收有"乌珠留若鞮[1]单于"一目，并注明出处为《汉书》，随即检阅《汉书·匈奴传下》，传中记西汉成帝绥和元年，匈奴车牙单于死，"弟囊知牙斯立，为乌珠留若鞮单于"。这位乌珠留若鞮，即王昭君丈夫呼韩邪另一妻子颛渠阏氏[2]的次子。又检《后汉书·南匈奴传》，开头便说："南匈奴醯[3]落尸鞮单于比者，呼韩邪单于之孙，乌珠留若鞮单于之子也。"于是此一疑问，才得豁然贯通。匈奴之分为南北单于，始于光武帝建武时，因为蔡琰没入之地为南匈奴，所以李诗的乌珠部落其实是在说南匈奴。至于乌孙，《汉书》别入《西域传》，且曾与匈奴交战，自是两个部落[4]。

乌珠部落的疑问解决了，接下去的逻娑又如何理解？乌珠如确为

[1] 若鞮（dī）：匈奴语"孝"的意思。

[2] 颛（zhuān）渠阏氏：匈奴单于正妃的封号。

[3] 醯（xī）落尸鞮单于：南匈奴第一任单于，名比。

[4] 近检《中国人名大辞典》，其中收有乌珠留若鞮单于一目。——作者注

乌孙之误，那么，由此及彼，将吐蕃都城的逻娑解为唐公主之嫁吐蕃事，也还顺理成章，现在乌珠既非指乌孙公主事，逻娑如若仍解作二公主之出嫁，未免牵强突兀：为什么李诗要在半当中忽然插入她们故事？再说，唐公主之出嫁吐蕃，原是和亲性质，蔡琰则是被乱兵所虏而至南匈奴，李颀身为唐臣，以被虏沦落的蔡女而拟和亲之公主，非但拟于不伦，可能还要犯忌讳。后重读蔡琰《悲愤诗》，中云："卓众东来下，金甲耀日光。平土人脆弱，来兵皆胡羌。"其第二章云（范文澜先生以为第二章的作者应在民间）："身执累兮入西关，历险阻兮之蛮羌。"吐蕃系出西羌，逻娑为吐蕃首府，诗中说"历险阴兮之蛮羌"，似蔡琰先被董卓的羌兵虏至吐蕃，而后没入南匈奴，故此处逻娑实指西羌的吐蕃，犹以乌珠部落代表南匈奴。又，《胡笳十八拍》第十二拍曲词云："羌胡蹈舞兮共讴歌，两国交欢兮罢兵戈。"这曲词固非蔡琰所作，但当时南匈奴中当有羌人，李诗中的乌珠部落和逻娑沙尘这两句对文，则是指蔡琰曾身历南匈奴与吐蕃两地。

总之，李颀此诗，它的历史背景只限于蔡琰一人故事，和汉唐公主之远嫁塞外实无关系，并说明对古籍中疑义词的改动要谨慎。

# 区区与戋[1]戋

“区区”与“戋戋”，通常都解为微小或少量的意思。

但我在注解《宋诗三百首》胡铨《贬朱崖……》（参见本书《胡铨上疏》篇）中的“区区万里天涯路，野草荒烟正断魂”的“区区”时，却把我难住了：万里天涯，还能说区区之路吗？检阅新版《辞海》的“区区”条共收四义：（一）小；少。（二）自称的谦辞。（三）犹“拳拳”，忠爱专一的意思，并引《孔雀东南飞》的“新妇谓府吏，感君区区怀”二语。（四）义同“姁姁[2]”，喜悦自得貌。新版《辞源》共收五义，即增加“愚，犹言悫[3]悫”一义，引《孔雀东南飞》的“阿母谓府吏，何乃太区区”二语，其实与《辞海》所引“感君区区怀”意义略同。两书所释各义，对胡铨诗中“区区”一词，都不能得到圆满中肯的解释。于是我想到胡铨是一个忠直刚烈的人，因触怒秦桧而贬谪海南，所以这里的“区区”含有蔑视一切之意：在他看来，这样的万里天涯路又算得了什么？可是自己也觉得是强作解人，近于舞文弄墨。而且下一句的“野草荒烟正断魂”，情绪明明是暗淡感伤。凡是十月怀胎的人，总不可能在任何场合只有昂扬、绝不低沉的。这种手法，在有一时期

[1] 戋（jiān）：少，细微。

[2] 姁（xǔ）姁：喜悦自得貌。

[3] 悫（què）：诚实、恭谨。

倒是很风行的，例如对所谓“法家”人物。接着，又看到北宋苏舜钦《过苏州》七律的末两句：“无穷好景无缘住，旅棹区区暮亦行。”难道这也是蔑视一切吗？虽然这时苏舜钦也在谪废中。

最后找到张相《诗词曲语辞汇释》，在“区区”（驱驱）条中，一开头就下一定义：“区区，辛苦之义。”下引杜甫《赠王二十四侍御契》：“区区甘累趼[1]，稍稍息劳筋。”“累趼”是说因久经奔走而足生老茧。下又引刘克庄《秦城》诗：“君王自向沙丘死，何必区区戍桂林”，柳永《满江红》词：“游宦区区成底事，平生况有云泉约”，范成大《酹江月·咏严子陵钓台》：“富贵功名皆由命，何必区区仆仆。”由此，胡、苏诗中的“区区”，也得豁然贯通，引申之犹言“仆仆风尘”的“仆仆”，范成大词中的“区区”与“仆仆”并提，正是互文见义，尤为有力的佐证。瞿、朱两氏的《李白集校注》中的《寓言》：“区区精卫鸟，衔木空哀吟”，即采用张说，也见得张氏《汇释》的价值。

其次为白居易《买花》中“灼灼百朵红，戋戋五束素”的“戋戋”。

五束花不能说稀少，白氏原诗也无小或少的意思，有的选本引《易经·贲》中“贲于丘园，束帛戋戋”的旧注，注为众多貌，但把五束说成众多，似又不贴切。白居易这句诗，确是用《易经》语。“束帛”原指帛五匹为一束，白氏的“五束素”则指五把（五扎）白花。台湾《中文大辞典》于“戋戋”条引《易经》注为委积、众多。另引《集韵》：“猥积貌，一曰显见（现）貌。”新版《辞源》除引《易经》释为众多貌外，另加“显现”一义，引的却是江淹《刘仆射东山集学骚》“木瑟瑟兮气芬蒀[2]，石戋戋兮水成文”二语，可见六朝人已将“戋戋”用为显现。

[1] 趼（jiǎn）：同“茧”，手掌、脚掌等部位因摩擦而生成的硬皮。

[2] 芬蒀（yūn）：烟霭氤氲或香气郁盛。

颇疑《易经》中的“戋戋”，本来就是显现之意。贲是装饰，“贲于丘园，束帛戋戋”的意思是：装饰于丘园中的是那富有光泽的束帛。

《易经》为什么要这样说？那就无法得知它的原意了，《易经》中不可解的地方多得很，旧注对这两句发了一通“为国之道”的议论，实是附会之谈。“贲”为“墳”的本字，一说这两句指营墓。可备一说。古代也将束帛用作丧事的礼品。《易经》中有很多是对当时社会生活的一鳞半爪的摘录，别无深奥神秘的意思。

回到白居易这两句诗的原意上来：上一句用《诗经·桃夭》的“桃之夭夭，灼灼其华”语，“灼灼”即鲜明、光盛貌；下一句用《易经》“束帛戋戋”语，对仗非常工整。灼灼形容百朵之红，戋戋形容五束之白（素），合起来便是红花白花的颜色十分鲜艳之意。